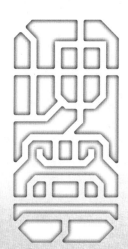

六

時鏡

第一四六章　搞事

花廳裡，姜雪寧坐在左側，抬眸瞅著自己右邊坐的這人，不由納悶：看著也是身量頎長瘦瘦高高一人，可肚子裡這顆膽怎麼就長得這麼肥？

她想過對方會來找自己，可沒想到這麼快。

才過了沒兩天呢。

蕭定非壓根兒就沒帶那礙事的管家進來，端起茶來喝了一口，眯著眼睛一副享受模樣，笑咪咪地道：「二姑娘不是說過罩著我嗎？」

姜雪寧一哂：「你倒記得清楚。」

蕭定非兩手捧著那茶盞，唉聲嘆氣：「二姑娘可不知道，我在京中可是舉目無親，今兒個上午在金鑾殿還把我那便宜爹給得罪了。」

姜雪寧很給面子：「哦？」

蕭定非於是添油加醋把早上朝議的情況講了一遍，可完全沒有半點自責模樣，反而手舞足蹈，言語之間竟有點得意，好像做了什麼了不得的大事似的。

姜雪寧就知道，這壓根兒一壞胚。

上一世蕭定非就很親近自己，究其因由，一是因為她當時與蕭姝、與蕭氏都是敵對關係，鬥得正狠，敵人的敵人就是朋友；二麼，蕭定非這人做什麼都看臉，登徒子好色鬼，偏她又是愛吊著人撩撥的，可不是臭味相投撞一起了嗎？

她也喜歡蕭定非這號人。

沒辦法，一把好刀，常能捅得蕭氏一族跳腳，還拿她沒辦法。便是蕭姝那樣高高在上不變色的，也常被氣得喝藥降火。

至於這一世……

姜雪寧看了看對方那說什麼話目光都在自己臉上轉悠的架勢，心裡認定「看臉」這一點是沒變的，可另一點原因大約是因為她與勇毅侯府的關係？

勇毅侯府乃是蕭定非外家，燕臨是他表弟。

京城裡誰不知道她同燕臨關係好呢？

一想到燕臨，姜雪寧心情倒低落了幾分，回過神來時只聽眼前這位越說越誇張，什麼皇帝都差點對他感激涕零，蕭遠被他氣得跺腳哭嚎……

牛都要吹飛到天上了！

她頓覺頭疼，不得不及時出言打斷：「世子，我已經知道了。所以你想讓我怎麼罩著你？」

蕭定非正吹到興頭上，恨不能說連那姓謝的都要給自己跪下了，乍然被人打斷，心裡還有點不高興。可抬起眼來一看，打斷他的姑娘唇紅齒白，皎若太陽升朝霞，灼若芙蕖出綠波，細細一彎罥煙眉柔柔地畫進人心裡，便覺得連著心尖尖那一塊兒都麻起來，通體舒暢，哪裡還記得什麼不快？

他討好似的向她湊了湊：「也沒什麼，想討教討教。」

姜雪寧挑眉：「討教？」

蕭定非掰著手指頭：「妳看啊，我有一個便宜爹，有一個便宜妹妹，有一個便宜弟弟，還有一個便宜的後媽。唉，我這麼個人一回來，他們肯定不痛快，想搞我。聽說妳當年在京中也是赫赫有名的混世魔王，當年回來就折騰得一家上下不得安寧，我本是想來向妳學學。可我一琢磨，蕭氏可比姜府厲害多了吧？妳說，我要不要當一陣縮頭烏龜，先保命，把地皮踩熟了再跟他們搞？」

姜雪寧：「……」

怎麼她就成了「混世魔王」？

蕭定非眨眨眼：「怎麼，哪裡不對？」

姜雪寧微笑：「不，沒有。只是在想，你想當縮頭烏龜，怕也沒用吧？」

蕭定非不解：「有講頭？」

姜雪寧一副過來人的架勢，慢慢道：「這裡面學問可大了。要知道，人都是挑軟柿子捏的，你一開始就示弱，是個人都覺得你好欺負，往後甭想安生了，誰都想要踩你一腳。想想你往日在天教過的是什麼日子，如今回了京城，回了自己的家，難道還要過得比在天教的時候還憋屈不成？那你回來幹什麼？何況你都得罪他們了，縮著又有什麼用？」

蕭定非點點頭道：「有道理啊。」

姜雪寧瞅他這模樣，不信他想不到這一層。

但人跟人不就是裝嗎？

她笑笑道：「定非公子在世上，有什麼志向嗎？」

蕭定非不假思索脫口而出：「吃最好的喝最辣的睡最漂亮的，活得痛痛快快，誰也別想讓老子回去過苦日子！」

嗯。

和上一世的回答一模一樣。

姜雪寧放心了，掛著十二分良善的笑容，道：「那你知道是誰妨礙你過好日子嗎？」

蕭定非心道「除了那狗逼姓謝的還他媽能是誰」，可又一想吧，沒謝危他也沒今天這日子。

只是這話不能對姜雪寧講。

他一副洗耳恭聽表情：「誰呀？」

姜雪寧忽悠他：「正是蕭氏啊。」

蕭定非正色起來：「怎麼講？」

姜雪寧循循善誘：「你知道勇毅侯府？」

蕭定非道：「知道，我外家嘛，都倒了。」

是啊，都倒了。

姜雪寧微微搭了眼簾，想起燕臨生辰那一日，蕭氏姐弟雙雙出現在宴席上，那所言所行，更有後來蕭遠一番囂張作為。

眉目間便多了一分冷意。

只是她沒洩露，眨眼又笑起來，續道：「我都替世子覺得可惜。一別京城二十年，卻被人鳩占鵲巢。那蕭燁一個續弦生的，卻把自己當成世子，位置還沒下來呢，就在京中作威作福。姐弟兩個都甚是囂張，霸占了你的名分，你的位置，花著你的錢財，享著你的福樂！這口氣，我想想都不能忍呢。倘若侯府還在，燕夫人未因心思憂鬱身故，必定站在你背後為你撐腰，哪兒輪得到什麼國公爺在金鑾殿上訓斥你？當年要不是燕夫人嫁給他，這國公爺的位置他只怕還拿不到手呢。一幫恩將仇報的小人！世子，你堂堂一介男兒，可不該在這樣一幫畜生的面前弱了氣性吧？」

蕭定非若有所思：「是不該。」

姜雪寧注視著他，心知這是個一肚子壞水兒的，今日來找自己只怕也沒打好主意，可也不介意相互利用一下，於是慢悠悠道：「你初到京城，若不知怎麼搞事，要不我教教你？」

蕭定非終於燦爛地笑了起來：「二姑娘對我可真是太好了。」

繞半天，他要的就是這話！

光他自己可不敢去搞事，天知道那姓謝的會不會拿自己開刀？可倘若他從姜雪寧這裡「學」了招數去，姓謝的可就怪不到他身上了吧？何況他順著姜雪寧的話一琢磨，姓謝的雖從未跟他交代過到了蕭氏要怎麼做，可他若真當了個縮頭烏龜，姓謝的嘴上不說，心底必在冷笑。

當下姜雪寧便揚聲叫外頭守著的小廝滾遠點，等人走開了之後，才叫蕭定非附耳過來，嘰嘰咕咕說了大半個時辰。

蕭定非頻頻點頭。

末了告辭時，他滿面春風，看姜雪寧跟看廟裡供的菩薩一樣，拱手道：「皇帝賞賜了我好些東西，怕是該送下來了，改日我叫人抬了來孝敬二姑娘。」

姜雪寧看著他也覺心情大好，客氣兩句，目送他從廳內出去。

❀

國公府的馬車在外頭已候了不知多久。

管家和車夫臉色鐵青，在入夜的寒風裡縮著脖子，凍得瑟瑟發抖，眼見蕭定非腳步輕快地從姜府出來，差點沒恨得咬碎一口鋼牙！

蕭定非可不搭理。

他從姜雪寧處告辭之後，就跟拿了免死金牌似的囂張，鼻孔朝天，誰都不看一眼，跳上馬車便道：「還他媽愣著幹什麼？小爺回府看看去。」

管家險些氣暈過去。

可畢竟也是在國公府這樣的地方混出點資歷和位置的，倒也忍得了氣，且還想蕭定非這樣的必定成不了大器，等回去之後稟告夫人，夫人一高興說不準大大有賞。

是以他一路都壓著火，只等著回府看公爺和夫人治治這狂徒。

定國公府可是京中豪門，宅邸占了有半條街，釘著門釘的朱紅色大門外頭兩座石獅子看著異常威武。

這會兒府門大開，可馬車卻要往側門去。

蕭定非從車裡出來便瞧見了，眉頭一挑，竟根本不搭理那管家的引路，抬腳就往大門走。

管家嚇了一跳，攔在蕭定非面前：「公子，這大門可不是給您走的。」

蕭定非可不是什麼好脾氣的主兒。

他就是個橫的，冷笑一聲，一腳就給這陰陽怪氣的老東西踹了過去：「公你媽子！你小爺我是二十年前先皇就親自封過的世子，再瞎他媽叫一聲兒，老子就砍了你腦袋提到宮裡去！看看誰給你個公道！」

管家一路接他回來，雖覺得他不大愛搭理人，可也沒覺得他有這般囂張，哪裡能料到他才一下車就能變臉，徑直給自己一腳？

膝蓋上一痛，人就直接被踹翻滾了出去。

跟個滾葫蘆似的，地上灰塵沾了滿身，腦袋也磕到了正門前的臺階上，痛得他叫喚起來。

蕭定非卻是看都沒多看一眼，天教裡更慘更狠的事兒見多了，這點連個屁都算不上，甚至懶得挪個位置，順便一腳踩在這人胸口上踏上了臺階。

守門的侍從早都看呆了，誰敢攔他？

就這麼埋下腦袋眼睜睜看他走了進去。

這會兒宮裡來送賞賜的傳旨太監才剛走，廳裡面蕭氏一干人等都在，桌上擺的飯菜早涼得差不多了。

蕭遠一張臉難看至極。

蕭燁在通州壞了一條腿，如今帶著傷也坐在旁邊。

國公夫人盧氏年紀比蕭遠小上幾歲，如今看著還是風韻猶存模樣，保養得極好，只是聚攏的眉目間難免也多幾分陰沉。

蕭姝今日也特意出了宮。

在聽到蕭定非回京的消息時，太后就已經昏厥過去，太醫診治說是情緒太激動。慈寧宮對外都說太后娘娘是看到蕭氏的骨血回來，高興得昏過去的。

可蕭姝知道，根本不是那麼回事。

對整個蕭氏來說，甚至對皇族而言，「定非世子」這四個字都像是一道魔咒，打落下來便能激起人心底最深處的恐懼，讓人且驚且怒且怕。

打從蕭定非踹了管家從大門走進來時，就有人一溜煙跑在前面進來通傳。

蕭遠一聽便是冷笑。

他決心要給這不孝子一個下馬威，好生治治他，是以故意端了架子，遠遠見著人進來，坐在位置上動也不動一下，只道：「還知道回來！」

蕭定非一路從大門走到此處，只覺蕭氏這府邸實在是太大了，入目所見假山亭臺，雕梁畫棟，簡直稱得上是富麗堂皇，太奢侈了！

想想這以後都是自己的，可真是高興得不得了。

因而他抬腳走進門時，臉上也是掛著真摯至極的笑容的。「哎呀，都在等本世子呢？你們懂事可就再好不過了，本世子也正琢磨剛回來，要給你們立立規矩呢，眼下都在倒省得本世子一個個去尋你們。」

什麼？

蕭遠眼珠子都差點瞪出來，猝不及防之下甚至沒想到要接什麼話。

蕭燁可說是心裡那口氣最不平的人。

往日京城裡誰不敬他是未來的定國公世子？父親母親也一直告訴他，待得他及冠之後，便可名正言順向聖上為他請封世子之位。

可半路殺出個程咬金！

如今竟然告訴他，他當年那個救過皇帝、被先皇封過了世子的兄長，竟然沒死！

他一見到蕭定非，一雙眼都要紅了，罵道：「憑你是誰也敢立規矩？長幼尊卑，父親可還在呢！你不先向父親行禮嗎？」

蕭定非這才注意到旁邊還有人。

他不由轉過頭來，左瞅瞅，右瞅瞅。

對對方的責斥，他倒沒什麼感覺。畢竟當乞丐從小被人打罵大，可不是三兩句就會被激怒的性情。

只是瞅瞅吧，覺得這小公子長得也實在太次了點。眼睛眉毛固然好看，拼起來卻顯得刻薄陰毒，一股小家子氣，縱然是他素來不想承認姓謝的神姿高徹，可打量蕭燁，實在趕不上謝危十中一二。

蕭定非不由搖搖頭，嘆了口氣，道：「你過來。」

蕭燁一愣，沒明白這人什麼意思。

蕭姝看著這人一身的做派，不知為什麼，竟然想起了當初在宮裡，姜雪寧公然栽贓尤月時那種有恃無恐、囂張到目中無人的架勢，微不可察地皺了皺眉。

蕭定非見他不過來，心想這小朋友還不大好騙，於是走了過去，十分自然地抬腳踩在了他面前那一方擺滿了玉盤珍饈的方案上，左手拿起了盤裡一隻雞腿，啃了一口，笑笑道：「你這麼緊張幹什麼？」

蕭燁坐著，他卻抬腳踩著他桌案。

這儼然是一種侮辱！

從小到大蕭燁又哪裡受過這等鳥氣，開口便冷笑想要羞辱他：「果真是天教蛇鼠賊窩裡學來的下等人架勢——」

可根本還沒等他把話說完！

亮堂堂的廳裡只聽得「啪」一聲脆響！

蕭定非右手抬起來毫不留情給了他一耳光，力道之狠，打得他腦袋都偏了過去，差點一個趔趄摔到旁邊地上！

「燁兒！」

「你做什麼！」

兩聲驚急的怒喝幾乎同時響起，是蕭遠和盧氏萬萬沒想到他竟忽然向蕭燁動手，終於沒能坐住，豁然起身來，向他怒目！

蕭姝也沒好到哪裡去。

她何曾見過這樣的渾人？

那一巴掌之狠，讓蕭燁半張臉都高高腫起來，看著觸目驚心！她眼皮跳了起來，寒聲道：「定非兄長才回家中，便這般容不下手足兄弟，傳出去怕要敗壞德性吧？」

蕭遠則是沉著臉朝蕭定非走過去。

蕭定非瞅他一眼，回眸來看見剛才被自己一巴掌打懵的蕭燁好不容易又坐直了回來，張嘴似乎要向他說什麼，喉嚨裡發出低低一聲笑，反手又一個耳光打了過去！

廳裡蕭遠等人簡直不敢相信自己看見了什麼。

廳外伺候的僕人更是全都嚇傻了！

蕭定非把眼看著便要昏過去倒下去的蕭燁拎了起來，似笑非笑回頭向蕭遠道：「勸你冷靜一點，要知道我可是謝少師這一趟帶回來的重要人，聖上剿滅天教可還指望著我給消息呢。你要敢對老子動手，老子就能讓你這兩個『續弦生的』變成『奸生的』！」

蕭遠只覺得腦袋裡一陣氣血亂串，人年紀大了，何曾受過這麼強烈的刺激？抬手捂著自己胸口，他眼前一片發花，竟是站不大穩當。

身子一陣搖晃，險些跌坐在地。

盧氏驚懼交加，眼淚都出來了，搶上去忙將蕭遠扶住哭道：「老爺，老爺你怎麼了！」

蕭遠好不容易才喘勻了氣兒，顫抖著道：「你，你到底想要幹什麼！」

蕭定非只覺得這家人安生日子過慣了，這一點折騰都受不了，實在太他媽掃興，不由搖頭嘆了氣，涼颼颼道：「不想幹什麼。只是吧，你們這幫狗日的好過了，老子的日子就好過不了。」

實在不是老子想跟你們作對嘛。

他心裡想，你們的好日子今兒個就算到頭了，要不搞死你們老子可不好交差！

蕭姝自來是難得的聰明人，曾在腦海中無數次構想過蕭定非回到蕭氏之後的情況，可卻沒有一種能跟眼前的場面對上。

不按常理出牌的人，誰見了都覺得棘手。

只是她還算得上冷靜，悄然緊握了手指，強迫自己不要發作，掛上笑容道：「聖上器重兄長，世子之位總歸是兄長的，他日國公府也是兄長的。同是家人，一榮俱榮一損俱損，兄長實在沒有必要對我與弟弟如此忌憚……」

「妳這臭娘們兒再敢叫一句『兄長』，我保管妳往後死都不知道怎麼死。」蕭定非聽了這「兄長」二字都感覺出了萬般的虛偽，瞧她雖然一張好看的臉，可從頭髮絲兒到衣角片兒，沒一處不透著讓人厭煩的假，看一眼都覺得倒了胃口，不由輕輕嘀咕了一句：「醜得過分，窯子裡的姐兒都比這順眼！還美人，花多少錢才能吹出來？」

雖是嘀咕，可聲音卻不小。

蕭姝讀的是詩書禮儀，也是京城遠近聞名的美人，從來只聽人恭維，何曾聽過人將自己與那青樓女子作比，一瞬間已是臉色大變！

第一四七章　翁昂

第二天一早，姜雪寧聽說，昨晚國公府打起來了。

世家大族裡做事的下人到處都是，隨便出去個人做採買，消息就傳遍了全京城，進而傳到主子們的耳朵裡。

更別說大清早直接鬧到宮裡去了！

蕭定非著實是個狠人，一句話得罪了蕭姝。

哪個大家閨秀能容忍他口出如此狂言？

盛怒之下一言不合，竟叫了人，兩相動起手來。本也沒準備真對蕭定非怎樣，豈料這無賴一點虧也不肯吃，口出狂言之後還半點不覺得有錯，下人們想要上去按住他，他一腳踹一個。拉扯之間，難免有些皮肉上的小傷。

這下好，蕭定非不幹了。

大晚上就跑到那院牆上面坐著嚎，口口聲聲控訴蕭氏一族容不下他，要謀財害命。嚎完人就溜了，當夜住在了京中最奢華的青樓藏嬌閣裡，抱著那溫香軟玉睡了一晚不說，還掛了房帳說他日定國公府自會來結。

嫖個妓都要讓蕭氏掏錢！

天還沒亮，直到凌晨才好不容易把氣血順了睡過去的蕭遠，還沒一個時辰就被人吵醒了，竟是管家哭喪著一張臉戰戰兢兢來報說，藏嬌閣的龜公來府裡要帳。

蕭遠一口氣沒喘上來，氣上頭來，一頭栽倒在地！

公府裡頓時哭天搶地一片。

這邊慌忙去請大夫來看，那邊卻是宮裡直接來了傳召，要宣蕭氏這一干人等覲見——

原來蕭定非這孽障從青樓裡出來，一大早直奔皇宮。

竟然是惡人先告狀！遞了牌子入宮向皇帝狀告他們容不下自己，稱蕭姝區區一個大小姐，沒名沒分卻敢唆使府裡的下人責打他。

皇帝面前，衣裳一解。

好傢伙，果然是有些青紫的傷痕，分明昨夜新傷！

沈琅雖也約略得知如今的定非世子已非當年的定非世子，多半已經成了個混帳，只是人才回去一天，就鬧成這樣，實在讓他這個當皇帝的面子上過不去。

甭管暗地裡怎麼想，明面上蕭定非還是他的救命恩人。

天下萬民看著呢。

當時便勃然大怒，立刻叫人去宣蕭氏上下入宮聽訓。

蕭遠年紀大了身子骨本就差些，昏倒之後好不容易救起來，卻是身子發軟不很站得起來，皇帝又要召見，無奈之下只好叫人抬著入宮，也好在皇帝面前賣一回慘，想自己昔日受寵，蕭氏又是太后的母家，該不會真把蕭氏怎樣，多半也就做做樣子。

可誰能想到，沈琅竟不買帳！

大殿之上，聲色俱厲地責斥，質問他們是否容不下蕭定非，若真容不下，那也不要蕭氏容了，即刻便將他這定國公的位置交出來給蕭定非，蕭氏一族乾脆搬出京城來分作兩支，也好過成日鬧事沒個體統。

蕭氏上下頓時大驚。

皇帝的態度著實在他們意料之外，誰都沒有反應過來，嚇得腿都軟了。

這一來哪裡還敢談追責蕭定非的事情？

蕭姝倒不覺得自己沒有道理，聲稱是蕭定非出言不遜，冒犯了自己。

可要問她究竟是罵了她什麼，她又說不出口。

女兒家面子薄，只是其一；臨淄王沈玠選妃在即，則是其二。

她固然不曾做過什麼出格的事，可蕭定非那句汙言穢語若是傳了出去，縱是清白也能傳得難聽，名聲輕而易舉就壞了，是萬萬不敢再說給誰聽的。

一時真是個啞巴吃黃連，有苦說不出。

臨走時，皇帝還冷著臉直接下了令，撥給了蕭定非一隊親衛，護他安危，另外責令蕭遠以「以下犯上」之名懲戒當日敢對蕭定非動手之人，若有再犯決不輕饒。

可憐那幫下人，是聽了蕭姝的命令動的手。

主子們入宮回來卻還要對他們嚴加懲戒，由蕭定非一一指認，凡是昨晚出手拉過他哪怕一下的，全都被拉了出來摁在院子裡打個五十大棍，兩條腿血肉模糊，不養幾個月絕對下不了床。

為主子盡忠，主子卻護不住自己，甚至反將他們推出來當替罪羊，當下人的哪裡想到能遇到這種事？

挨打的那幾個且不說。

在定國公府做事的其他下人，冷眼旁觀，難免感到幾分心寒，且由此一遭輕而易舉就認清了蕭氏如今的形勢：什麼世家大族榮華富貴，都是狗屁！剛回來的定非世子才是國公府未來的主人，皇帝親自罩著的！誰要再不長眼睛同蕭定非作對，那就是找死！

本來姜伯游昨日聽說姜雪寧去見蕭定非了，還頗有微詞，認為姜雪寧不該同這般的登徒子攪在一起，壞了自己的名聲，也損了姜府清譽。

可姜雪寧卻說：「父親別忘了，我同此人是在通州認識的。」

姜伯游乍一聽還沒明白。

姜雪寧便又淡淡笑道：「這般的混世魔王，若順著他意還好，總歸還在京城地界兒上。他是什麼渾人，女兒也看得清楚，絕不是咱們府裡招惹得起的。倘若不見，惹惱了他，把女兒一路被天教亂黨劫到通州的事情抖落出去，怕才真的壞了大事吧？咱們府裡還有一位不是要選王妃麼。」

姜伯游便沒了話。

次日聽說定國公府發生的事情之後，更是長嘆一聲，終於是絕口不再提姜雪寧同蕭定非有往來的事情，只叮囑她行事注意著些，也別太過。

姜雪寧心道：蕭定非這種滑不溜手的，被打到哭著入宮告狀，還身上都是青紫的傷痕？天知道是昨晚樓裡的姑娘留的，還是真被打的！

只是這人是她罩的，犯不著拆穿。

眼瞅著這位滿肚子壞水的主兒開始折騰蕭氏，她高興還來不及呢，恨不能端盤瓜子去國公府嗑著看戲，連著年後到元宵這些天，什麼煩惱都忘了個乾淨，心裡快慰得很。

元宵那一日，尤芳吟的信函也從蜀中那邊寄了過來，說是初到蜀地一切都好。除了有些當地的話聽不大懂之外，鄉民也都甚是和善；卓筒井做得熱火朝天，任氏鹽場重開，招了好些長工；任為志讀書人出身，對她頗為照顧，只是有點一根筋，埋頭折騰卓筒井便不管其他，是以人情世故方面她得幫著照料一些。

看模樣一切進展都很順利。

只是姜雪寧在看完這封信之後，反而鎖了眉頭，只抬頭看著外面冷風吹刮的天氣：冬日裡天乾物燥，正是要小心火的時候。舉凡所有新物新事，剛出世時總要經歷些挫折，很少有順順當當、簡簡單單就成了的。但願芳吟還記得她的告誡，看著點任為志，讓他勿要太過急進才是。

自打勇毅侯府出事，姜雪寧把任氏鹽場的銀股出了大半之後，手裡便只剩下兩千股。鹽場大多數的銀股只怕都在呂顯的手中，另有一小部分在尤月手裡，剩下的便是自己這些，還有些隨便買買的散戶。

元宵節後便要再次入宮伴讀。

她想了想，讓棠兒蓮兒吩咐人備車，難得往蜀香客棧走一遭，看看情況。

一路上自然難免又聽說了蕭定非這些天來立下的種種豐功偉績——

他行事作風本就霸道專橫，自打府裡上下都知道他說話是什麼分量之後，還有幾個人敢不聽他的？於是寶馬香車、美玉美人，有什麼好的都往自己屋裡撈。

原本好好一個定國公府，奢華歸奢華，到底經年的氏族，點綴得很有幾分雅韻。

可蕭定非這人俗。

什麼破木頭破柱子全都塗了給包上一層金，地毯要鋪大紅的，屏風要用牡丹的，連睡覺那屋的腳踏都換成了赤金打造。

從此以後，出門再也不提自己是世子。

他逢人便笑，說：你們別不信，其實蕭氏一族上上下下，甭管老的小的，統統是小爺面前洗腳的孫子！

自打有任氏鹽場的銀股在客棧裡掛牌之後，蜀香客棧就成了商人們常來的地方，又因為附近就是琉璃廠，常有上京趕考的士子讀書人往來，客棧人多熱鬧了，路過的讀書人自然也樂意在裡面落腳。

士人比起商人，更愛論政。

最近京城裡發生的事兒可太多了，姜雪寧打外頭進來被小二引著樓上雅間入座時，便聽見下面有幾桌在說。

「我看這定非世子吃喝嫖賭樣樣俱全，實在不像是什麼好東西，可憐蕭氏一族竟被如此折騰，足見老天長眼，往日囂張跋扈也終究有更惡的來治。」

「這話可說岔了。」

「是啊，哪兒有面上看著那麼簡單呢？也不想想，蕭氏往日如何受寵？勇毅侯府都倒了，他們又是太后娘娘的母家，按理說聖上得護著啊。可這一回好，非但沒護著，還打了臉。我看啊，聖心難測，只怕是蕭氏要倒楣了。聖上不過是借這定非世子敲打敲打他們罷了。」

此言一出，滿座皆驚。

便連正要踏上臺階的姜雪寧都不由得停了腳步，驚疑地朝著此人所在的方向看了過去。

那是個長衫儒生。

看模樣，讀書人無疑。生得倒是一副不錯的好模樣，可兩道長眉飛起來卻頗有幾分不羈的灑脫，桌上其他人喝茶，他卻喝酒，也不知是不是喝多了，平白有種疏狂之態，竟是目下無塵，有點恃才傲物之感，誰也不放在眼底。

旁邊人都嚇了一跳，忍不住朝左右看了看，壓低聲音勸他：「豈凡兄，酒可亂喝，話卻不能亂講，你喝醉啦！」

那儒生把他一推：「翁某清醒得很！」

他面上掛著笑，又喝了一口酒，抬起手來頗有點指點江山、激揚文字的架勢，慨然道：「看看你們，看看朝廷！真個一幫廢物！他蕭氏處心積慮搞倒了勇毅侯府，累得邊關無人，不能拒韃靼於關外，如今人家使臣逼到京城來，還要堂堂一個大乾朝推出個女兒家去和親，保得一朝安平！可真是太有骨氣，辦得太漂亮了！聖上可也真捨得妹妹，要按翁某說，禍是誰闖的，便該叫誰去填，乾脆把他們蕭氏的女兒推出去和親不好嗎？身分夠貴重，樣貌也好，保管韃靼滿意嘛！」

真是越說越嚇人。

旁座之人真是連待都不敢待了，生恐這人禍從口出，連忙將他嘴巴捂了，一路道著「借過借過」，七手八腳把人拽了出去。

客棧裡頓時一片嗡嗡的議論聲。

姜雪寧眼底暗光一閃，眉頭輕輕一鎖，細琢磨之下卻忽然覺得「翁豈凡」這名號有點隱約的耳熟，好像在哪裡聽過，便笑了一笑，聲音和緩地問旁邊小二：「剛才樓下說話的那位是誰呀？」

小二「哦」了一聲，顯然是知道的。

他一面殷勤地給姜雪寧引路，一面笑著道：「別看常喝得糊塗，可卻是個湖北來的舉人老爺，叫翁昂，大夥兒都叫『翁豈凡』，才華高得很。」

翁昂？

姜雪寧面色頓時古怪了一些，終於是想起在哪裡聽過這個名字了——

上一世那個倒楣的榜眼？

分明會試高中，卻偏在放榜前一日因喝醉了酒同人起了爭執，被幾個市井混混失手打死。消息一傳，頓時震驚整座京城，扼腕之餘，人皆引之為奇談。

第一四八章 挨訓

眾所周知，有功名在身的舉人，便是堂上見了官也不必下跪，走到哪裡人都要敬重幾分。遞個名帖去普通人的府邸，旁人供吃供喝還不夠，得送上點銀子見禮。

可以說不愁吃，不愁穿。

一般來講，混混們欺軟怕硬，都得有點眼色，京城裡不是什麼人都能欺負的。

有人曾說，這件事很不合理。

但也有人說，喝醉了誰認得誰是誰？肯定還是酒誤事。

總歸打死人的混混跑了，到頭來也沒抓著。

從此成了一樁懸案。

上一世姜雪寧這會兒還忙著為選臨淄王妃的事情處心積慮，可沒功夫關照科舉場上的種種。

翁昂這事兒也是她嫁給沈玠後才聽人當樂子說的。

今日意外得聞此人狂言、得見此人狂行，仔細一想，竟覺這裡面恐怕有點東西能說道。

推蕭姝去和親……

這話從翁昂嘴裡說出來，真能嚇死一幫人。

落到姜雪寧耳朵裡，則長了根似的。

直等到她看過了任氏鹽場飆升的銀股價錢，回到姜府，睡了一覺起來，開始打點收拾起年節後入宮伴讀的一應事宜，這話都還在她腦海裡時不時晃蕩一下，無論如何都無法消失。

已是午後，殘雪化了。

挨著窗沿的案角上擺了兩本棋譜。

是姜雪蕙那邊來人知會她準備的，說是她不在宮裡的那段日子，謝先生雖然領旨一路追討剿滅天教，沒教什麼新的東西，可另一位先生興之所至卻是教了大傢伙兒下棋，今次入宮怕還要繼續學。

姜雪寧現在盯著它們，怔怔出神。

蓮兒那邊正點著這一回入宮為姜雪寧準備的銀票和幾把打成各樣式的銀錁子，預備著回頭入宮打點宮人。

只是她一邊數著，卻是一邊撇嘴。

然後絮絮地念叨：「這入宮的日子，不早一點，不晚一點，正正好是您的生辰。中午時太太那邊來人請您過去同大姑娘一道過生辰，您倒好，一句話給推個乾淨，讓他們在那邊熱鬧。不知道的見了，怕要以為今兒個只是大姑娘的生辰。要換了是奴婢，誰叫我去我便去，非但要去，我還要過得比他們都高興！等入了宮規矩那般嚴，可不好大張旗鼓再過什麼生辰……」

姜雪寧聽她說了一串，回過神來，才明白她是在想自己生辰的事。

上一世她何曾沒去呢？

的確像是蓮兒說的那樣，非但去了，還過了個高興。畢竟那時的情況可和現在不一樣。上一世她討好了沈玠，最終去選臨淄王妃的那個人是她，且幾乎是板上釘釘的事情，因而尤為得意，故意要在生辰這樣的好日子裡去尋姜雪蕙和孟氏的晦氣，三言兩語便叫所有人都變了顏色。

姜雪蕙當時朝她看了許久。

然後什麼話也沒說，叫旁人都散了，自己也起身告辭。

姜雪寧最厭惡的便是這位「姐姐」平靜的一張臉孔，叫她有一種一拳打進棉花裡的感覺，於是追出去喊住她，冷笑著問：「妳不是喜歡沈玠嗎？但如今臨淄王殿下要娶的人是我。當年鳩占鵲巢，頂了我的身分，過了這麼多年衣食無憂的好日子。可恨老天爺不長眼，仍舊讓妳舒舒坦坦地活著。那也只好我自己來，讓妳知道報應的滋味兒了。」

姜雪蕙仍舊要走。

她上前一步，攔著不讓。

她便終於停步，抬眸看向她，慢慢說了一句：「妳真的高興嗎？」

為什麼不高興？

嫁了溫文爾雅的臨淄王，搶了當年占據自己身分如今也還頂著嫡女名頭壓著自己的姐姐的姻緣，闔府上下都要看她臉色，榮華富貴指日可待……

姜雪寧覺得自己原本是很高興的。

可看到姜雪蕙彷彿不為所動模樣，那點子高興便像是長了翅膀輕輕一揮飛走了似的。等到真同沈玠行禮成婚那一日，她腦袋裡竟然空空蕩蕩，充滿了茫然，整個人彷彿被人拋上雲端，輕飄飄不著地。

「二姑娘，太太和大姑娘那邊您雖然不去，可今日到底是您生辰，吉祥的意頭還是要討一個的。」棠兒微微笑著，竟打自己袖中摸出一隻荷包來，然後從中拎出了一條手鏈，用紅繩子穿了十九枚圓圓的小金鈴鐺，做工極為精緻。「大前年您生辰的時候，燕世子叫人給您送來的，攏共二十顆鈴鐺呢，長一歲便加一顆，奴婢已經給您加上了。」

她將這手鏈遞給姜雪寧看。

姜雪寧接過來看見，才恍惚想起，的確是有這麼件禮物的：是她十六歲，到京城過的第二個生辰，燕臨那天帶她在燈會上瘋玩了一整天，臨到送她回去時，卻把她拉到旁邊小巷的昏暗角落裡。少年大約是紅了臉吧？胡亂往她手裡塞了這串東西，窘迫得扭頭便走。

那是燕臨頭回送姑娘東西吧？

她當時納悶，還覺得有些俗氣。

可架不住燕臨逼迫，每年都要穿一顆鈴鐺上去，生辰時戴上。

後來勇毅侯府倒了，這東西她自然也沒有再戴過，久而久之便和婉娘那玉鐲一般不知所蹤。

如今掌心裡攤著這一串許久不見的舊物，姜雪寧腦海裡響起的，竟是已經成了將軍的燕臨班師還朝掌權後，低垂著頭半跪在她面前，拿出那串早不知在她那裡不見了多少年的金鈴鐺，繫在她細細的手腕上，聲音輕緩似夢囈般對她說：「娘娘，當年我心裡曾悄悄想，待這串鈴鐺加到二十顆的時候，我便能將那戴著鈴鐺的姑娘娶回家。可原來，娘娘志向高遠，竟是不屑一顧……」

棠兒看她神情似悲似喜，不由忐忑起來，這才陡然想起勇毅侯府已經倒了：「都怪奴婢……」

姜雪寧打斷她道：「無妨。」

她輕輕吐出一口氣來，只將這串鈴鐺遞給棠兒，笑起來道：「不是說討個好吉祥的意頭嗎？幫我戴上吧。」

這一世她同燕臨已經說了清楚，斷了瓜葛。

對這鈴鐺倒不必再有什麼避諱。

總歸少年一番心意，她盼著他好，他也盼著她好罷了。

棠兒見她笑起來，心底才稍稍鬆了幾分，猶豫了一下，還是為她戴上了這條金鈴鐺綴成的手鏈。

纖細雪白的手腕，一串金色的小鈴鐺。末端的紅繩打了個細細的絡子垂落在肌膚細嫩的手背上，豔豔的。

蓮兒不由得讚了一聲：「可真好看，怕也只有咱們姑娘的手才能戴得出這般模樣了。」

姜雪寧晃晃手，細細的聲響便會隱約傳出，不大，卻很有幾分輕靈之感。

她道：「行了，準備入宮吧。」

姜家兩位姑娘都要入宮伴讀，按理說該要一道走，可姜雪寧對姜雪蕙終究有些介懷，故意找了藉口說自己還沒收拾停當，讓姜雪蕙單獨先出發，自己則叫府裡重新備了一輛馬車遲了小兩刻才走。

可沒想到，姜雪寧坐在車裡，才駛過兩條大街，迎面竟然馳來幾匹快馬。馬上之人皆著胡服，頭戴皮帽，外族人長相，手裡還甩著呼嘯的馬鞭子，相互大笑著。

這可是熱鬧的街市，他們的速度居然半點也不見慢！

姜府的車夫可嚇了一跳。

慌亂之間連忙趕著車往旁邊避讓，迎面來的快馬倒是避開了，可馬車的車輪卻撞了邊上幾個攤販擺攤時撐在攤位上的硬石頭，「咔」地一聲便折了，再也滾不動。

姜雪寧在車內差點被甩出去，待車停下時，緊皺了眉頭，先開車簾便問：「怎麼回事？」

車夫驚魂未定：「方才幾個韃靼人縱馬過來，還好小的躲得快，只損了車沒撞上人！」

姜雪寧向著街道另一頭看去。

那幾匹馬早沒了影蹤，可沿街上到處人仰馬翻，路人也好，商販也罷，全都罵罵咧咧，顯然剛才都被波及到，遭了殃。

❀

街對面幽篁館。

呂顯坐在窗邊上，皺眉看著擱在案上的這塊琴板，顯然是前段時間才雕琢過的，櫸木料，木質紋理都是上佳。

只是在左側半掌的位置上硬生生戳了一處敗筆。

明顯是刻刀歪了。

上頭甚至還沾著點沒擦乾淨的血跡。

「我記得這是我兩個月前給你找的那幾塊料裡最好的，你不是已經拿去斫琴了嗎？」呂顯看向對面正在喝茶的謝危，聲音裡帶著點不滿。「一株老樹長個八百十年，砍下來也就這麼幾塊好木頭，我上哪裡再給你找幾片同棵樹甚至一樣的來？謝居安，你斫琴的時候是在做夢了，還是撞鬼了？這都能斫壞！」

謝危近來瑣事纏身，眼看著年後雪下了好幾天終於化了，才從府裡出來，特意到幽篁館走上一趟。

他自然知道這斫琴的木難找。

可若不難找，又哪裡需要勞動呂顯？

他坐時背對著那糊著雪白窗紙的窗扇，一張臉便有小半埋進晦暗裡，只放下茶盞，道：「勞你費心，再替我找找。」

呂顯真是一個頭兩個大。

他心知既然是謝危親自來，這張琴怕比較緊要，所以揉了揉太陽穴，到底還是叫下面人來把前幾個月的入庫帳本都拿出來，一一對著翻找，想從中找一塊材質紋理都和眼下這塊木頭差不多的，好能搭上謝危之前斫的琴。

查了半天也沒結果，倒是讓他腦袋靈光一閃，忽然想起什麼來，道：「你今日都有空過來，那蕭定非近來在國公府無法無天，你該都聽說了吧？」

這倒是一樁事。

十多天來蕭定非做了多少荒唐事，無一不傳到謝危的耳朵裡，只是他初掌工部事情繁多，蕭定非折騰的又是蕭氏，他便暫時沒多管。可這世上的事情過猶不及，真要扳倒蕭氏不是一朝一夕的事，鬧一陣便該消停下來圖謀大計。

若不約束，只怕蕭定非連自己是誰都要得意忘了。

這麼想著，謝危便叫了劍書進來，吩咐道：「一會兒讓刀琴親去一趟，告誡告誡他，威風已經逞了，不要鬧得太……」

話音才剛落，外頭忽然喧鬧起來。

聽著像是出了什麼事。

正查著帳本的呂顯不由抬起頭來，豎著耳朵聽了片刻，眉頭陡地一挑，竟把旁邊窗扇推開來，朝著外頭街上看去：「好像是年前入京的那幫韃靼人鬧市縱馬……」

謝危聞言，眉尖也是一蹙，同向著窗外望了一眼。

下頭果然一片紛亂。

街邊上還斜著一輛馬車，車夫正蹲下來查看車輪，旁邊卻是名裹了雪狐毛滾大紅緞面斗篷的姑娘站在旁邊瞧著，巴掌大一張俏生生的臉上，竟是冷若冰霜。

呂顯也瞧見了，不由轉眸向謝危看去。

❀

韃靼來的一幫使臣，可真是威風八面！

真把京城當自己家了。

姜雪寧從姜府裡出來本就要比姜雪蕙晚上幾分，若路上不出什麼意外，差不多挨著宮裡定的時辰去。可半道上遇見這種事，馬車壞了，人在半路，還不知要耽擱多久，當真是一肚子火氣沒地方撒。

她正想說去附近雇一頂轎子，先入宮去，馬車的事情留給車夫慢慢處理，結果還未開口，一抬頭就看見街對面二樓的幽篁館裡竟下來一人，直朝著她走過來。

當下便訝然了幾分。

劍書腰間佩劍，看了一眼那馬車，果然是壞了，便向姜雪寧拱手道：「二姑娘是要入宮吧？這下車壞了一時也不能成行，外頭風大，不如到樓上稍坐，先生也正在那邊。」

姜雪寧便下意識向對面臨街二樓看了一眼，當中一扇窗果然是半開著，她一眼就看見了謝危那張輪廓清雋的側臉。

通州回來後，已有十數日沒見過了。

謝危也沒再逮她過去學琴，加上蕭定非鬧了一齣又一齣的好戲，她難得過了個舒坦的好年。今次又要入宮，剛才在車裡時她便琢磨，回頭少不得又被這位少師大人拎著，伏低做小。

可沒想，沒等入宮便撞上了。

姜雪寧突然想起張遮，通州回來他也得了晉升，大約也是在忙吧？

心裡雖這般念叨，可不知為什麼還是悶了一下。

謝危既叫她去，外頭也的確風冷，她自然沒得拒絕，點了點頭，便交代了車夫兩句，隨劍書上了樓去，進到幽篁館。

此地她曾隨燕臨來過，館中一應布置倒沒怎麼變化。

劍書引著她往更裡面去。

掀開一道門簾，姜雪寧就看見了裡面坐著的謝危，屋裡擱著燒了銀炭的火盆，暖烘烘的，他坐在窗下，穿身蒼青的道袍，也正好抬了眼瞧她。

謝危在幽篁館，肯定是見呂顯。

可現在卻沒看見呂顯人。

姜雪寧的目光從謝危對面那只尚且還未收走的茶盞上一晃而過，規規矩矩地上前道禮：「謝先生好。」

她行禮時雙手交疊在腰間，纖細的手指尖便露出些許來，袖裡卻隱約有點清泠泠地聲響。

謝危道：「撞見韃靼的人了？」

姜雪寧不由得撇嘴，想起方才的事情來還有些上火，氣道：「學生可沒完全撞見呢，真要打個照面，您現在見著的我只怕就是缺胳膊斷腿兒了。」

謝危眉頭就皺了起來：「正月十六，胡說八道些什麼？」

正月十六還是我生辰，我都不忌諱，你忌諱個什麼勁兒？

姜雪寧腹誹，不大爽他，可又不敢頂撞，只好把腦袋埋下來，小聲道：「哦。」

謝危看得出她不服氣。

盯了她片刻後，忽然道：「這些天同蕭定非往來，眼瞅著他折騰定國公府，連宮裡賞賜的許多東西都抬了去送給妳，妳倒收得爽快，看得高興？」

姜雪寧心裡咯噔一下，可沒料想謝危竟然會找自己說這件事，頓時抬起了頭來。

可對上謝危那雙通明的眼時，又莫名沒了膽氣。

她想，在這件事上實沒必要瞞著謝危。

索性說了真話，坦蕩蕩道：「反正他也不是什麼好貨色，看他折騰國公府，學生的確高興。非但高興，還要為他喝采。國公府越水深火熱，學生越是高興。」

說到底，睚眥必報罷了。

一番話竟是有那麼點往昔刁鑽跋扈的模樣，秀氣的眉蹙起時甚至帶點嬌氣的乖張，連掩飾都懶得。

謝危看了她半晌，陡地道：「眼下妳在我面前倒是不裝了。」

姜雪寧心中一凜。

可轉念一想，便自嘲似的一笑，道：「我什麼德性先生不早知道得一清二楚嗎？您在我面前懶得裝，我又跟您裝個什麼勁兒？」

他倆又不是現在才認識的。

早四年前荒山野谷裡已經把面具扯了個乾淨，彼此都見過了對方最不堪的一面，如今裝得越溫雅賢良、越聖人君子，便越是虛偽。

所以她對著謝危倒比對著旁人放肆些。

謝危私底下同她說話不也不大客氣嗎？

只是話才出口，姜雪寧脖子後面便冷了一下，陡然間意識到：這話自己不該說的。當年同謝危一道上京的那段經歷，合該埋進心裡，再不拎出來說上半句。

這是謝危的忌諱。

果然，她慢慢抬眸，便對上了謝危平靜至極的視線。

姜雪寧難免覺得自己要倒楣，人在屋簷下不得不低頭，於是主動先認了錯：「是學生口無遮攔，又說錯話了。」

謝危又看她半晌，道：「伸手。」

姜雪寧一聽見這兩個字，頭皮都麻了一下，還記得自己上回要銀票朝謝危伸手時挨的打，她記疼，非但沒伸出手去，還嚇得往後退了一步。

謝危道：「妳收蕭定非東西怎麼說？」

姜雪寧這下把方才說錯話的茬兒都忘了，嚷道：「折騰人這事兒學生是箇中好手，他主動來求我教他，我對他一番指點，他交點束脩不過分吧？」

謝危冷笑：「長本事還能出師教人了？」

姜雪寧還想頂嘴，可看他一張臉已經有些沉下來，倒比剛才還嚇人，不由得打了個激靈，及時住了嘴。

桌邊上有把竹制的戒尺。

不是學堂裡教書先生用的那種，而是呂顯去廟裡聽大師講法時請回來的那種。

正好趁手。

謝危抄了起來，仍舊向她道：「伸手。」

姜雪寧心知還是要挨打，眼睛一閉，終於把手攤開伸了出去。

謝危是真想給她兩下，好叫她長長記性。可那伸出來的手腕上繫了串小小的金鈴，輕晃間發出細碎的聲響，紅繩襯得皮膚越發白皙。

內側隱約有道斜劃的舊疤。

他抬起來的竹尺，到底沒有落下去。

姜雪寧等了半天，心裡忐忑，沒等來預想之中的疼痛，不由悄悄睜了眼。

謝危問她：「今日是妳生辰？」

姜雪寧眼前一亮，想也知道謝危這樣的人不可能知曉她生辰，該是瞧見自己腕上戴的手鏈了才有此一問，於是腦筋一轉，慘兮兮道：「對啊，今日學生可是個小壽星，但趕著入宮的日子，生辰都沒過呢，既沒吃好的也沒喝好的，長壽麵都沒人做一碗，先生還要罰我！學生都知道錯了，往後不敢再犯，要不看在生辰過得這麼慘的面兒上，便饒過這一回吧？」

謝危沒說話。

姜雪寧膽子肥了點：「您默認啦？」

她把手往回縮。

可就是在這時候，「啪」一聲響，謝危手裡那一柄戒尺毫不留情地落了下來，打在她掌心裡，疼得她一下縮回手來攥著，憤怒地向他看了過去。

謝危聲音裡半點波動都沒有，道：「今日的罰不留到明日。蕭定非這等輕浮浪蕩的紈褲，倘若再叫我知道妳同他有過密的往來，便沒有這般容易饒過妳了。」

姜雪寧又驚又怕，含著淚看他。

謝危把戒尺一扔，卻不向她望一眼，端茶起來，揚聲向外頭道：「劍書，叫刀琴把我車裡的奏摺拿出來，送她入宮去。」

劍書進來請姜雪寧去。

姜雪寧都沒反應過來，腦袋裡還想著「謝危這人冷血無情居然真在生辰這天打我」，捧著自己被打出一道紅印子的手坐進了謝危的車裡，還生氣得不行。

刀琴駕車直接往皇宮方向去。

劍書回來便看見先前回避去了密室裡的呂顯，不知什麼時候又晃悠回來了，只用那種耐人尋味的目光瞅著自家先生。

劍書考慮了一下道：「刀琴送寧二姑娘去了，那定非公子那邊，屬下親自去一趟？」

謝危那盞茶放在手裡，卻沒喝。

他看了那茶湯上泛開的漣漪一會兒，竟道：「不必了，隨他鬧去吧。」

劍書愣住。

謝危眉心蹙著似乎有些煩亂之意，鬆了茶蓋任其蓋回茶盞，打得一聲響，然後把茶盞撂回案角，道：「總歸有我兜著，出不了大事。」

劍書：「……」

呂顯：「……」

呵呵，現在又你兜著了，方才哪位說要約束蕭定非叫他少搞事兒來著？

第一四九章　舔狗

等等，她居然坐上了謝危的馬車！

姜雪寧在捧著自己手心那道紅印子吹了半天之後，終於後知後覺地反應過來，不由得渾身一激靈，抬頭打量。

車廂兩邊車簾厚厚的，壓得很緊。

便是外頭寒風呼嘯，也很難掀起一片簾角。

確是謝危自己的馬車。

唯一的光線來自於身後雕了菱花的窗扇，照在鋪滿車廂的雪狐毛上，既有一種冬日的慘白，也透出幾分柔軟的溫暖。小方几上的奏摺已經被先行搬走，連一張碎紙片都沒有留下，乾乾淨淨的一片，唯獨隱隱的書墨香氣還飄散在空氣中。

左手邊的角落裡擱著一摞書。

姜雪寧也不敢翻，只仔細瞅了瞅，似乎都是些佛經道典，最面上那本是《楞嚴經》。大概是放在車裡，時不時會翻一翻的書，看著不是很新。

讀這麼多佛經，清心寡欲，難怪人雖在朝堂，上輩子年過而立卻未婚娶，也沒聽說家中有什麼姬妾，料想是個俗世裡留頭髮修行的和尚道士……

「無趣，乏味。」

她瞧見「楞嚴經」三個字時便沒忍住翻了一下白眼，一時倒把「自己居然坐上謝危馬車」這件事的驚訝拋之於腦後了。畢竟謝危是她先生，她這學生遇到意外，謝危借輛馬車給她用用，好像也沒什麼大不了嘛。

一路到宮門前，已是暮色昏昏。

刀琴請她下車。

姜雪寧道過謝，因知道這少年看上去內向沉默，可一手好箭卻是箭箭奪命，且自己已經見過不止一次，所以並不敢伸手去扶他的手，只自己從車上跳了下來。

仰止齋中，眾人早都到了。

道中耽擱的姜雪寧，無疑是最後一個。

蕭姝坐在幾名伴讀中間，穿一身雍容的杏黃色宮裝，一手捧著精緻的錯金手爐，一手則執著棋子，正同對面的陳淑儀對弈。

往日她是牡丹似的濃豔。

可姜雪寧從廊上進來時瞧見，卻覺得她精心描繪的眉眼間似乎藏著幾許抹不去的陰鬱，於是想起這些天來在國公府連番上演的好戲，心底不由一哂。

陳淑儀先瞧見她，目中異色微微一閃，笑道：「還道姜二姑娘一病何時好，今日是不是又不來，沒想到剛念完就到了。看姜二姑娘氣色，倒是將養得很好呢。」

姜雪寧彷彿沒聽懂話裡藏著的意思，同樣笑著回道：「可不是麼。人雖病在家中，卻不用來上這勞什子的學，聽夫子們成日聒噪，日子過得可太愜意。非但沒消瘦，只怕在家還胖上兩斤呢。」

周寶櫻原本趴在棋盤邊上眼巴巴望著，恨不得伸出兩隻手去幫著蕭姝、陳淑儀兩個人下棋，一看見姜雪寧進來，聽見她說了這話，原本就掛了幾分苦相的臉上，腮幫子便鼓了起來，又可憐又豔羨地道：「寧姐姐在家一定吃了好些好吃的東西吧？唉，寧姐姐病了，姚姐姐也病在家裡不來。我怎麼就這麼能吃，長得這麼壯實，從小到大都沒怎麼病過呢？這大冷的天，藏在被窩裡吃東西該有多好……」

眾人頓時無語。

姜雪寧掃眼一看，才發現的確少了一人，眉梢不由一挑：「姚姑娘也不在呀？」

棋盤兩邊是蕭姝與陳淑儀，旁邊是看棋的周寶櫻；坐在角落裡喝茶的是尤月，與她向來不對付，只用那含著冷笑的目光瞧她；站在窗前盯著那窗格的形狀皺眉思索的是方妙，不知是又在琢磨什麼風水堪輿的問題；怯生生的姚蓉蓉拿了針線在尤月對面坐著，正繡著一方手帕；最顯嫻靜的當屬姜雪蕙，手裡持了一卷書，坐在那半人高插了紅梅的花瓶後面，抬眸看了她一眼，又埋下頭去繼續看。

如今伴讀，應為九人。

可連著姜雪寧自己在內，也還差了一人，正是曾與姜雪寧起過不少齟齬的吏部尚書之女姚惜。

直到這時候蕭姝才淡淡抬了眸，彷彿看出她疑惑，帶了點似嘲非嘲的語氣提醒她：「姚家妹妹不早都因為溫昭儀娘娘的事情被罰回家了嗎？病了多日，在床上起不來身呢。姜二姑娘這會兒像是在找她，真是貴人多忘事。」

誰不知姜雪寧當初與姚惜起爭執正是因為張遮？

起初是姚惜要退親。

後來玉如意一案時在慈寧宮中得見張遮其人，倒是改了主意又不想退親了。可沒料到這時候人張遮主動來退了親，措辭雖很謹慎，可姚惜從來好面子的人，只覺是此人不識好歹。與姜雪寧的仇，便結得死了。

如今前朝張遮官升一級，頗得聖上青睞，在百姓中也頗有聲望，姚惜本人若是在此，不知是否覺得臉疼？

姜雪寧聽著蕭姝這話有點意思，雖奇怪她怎麼會病了，可想想這人下場不好，也懶得去追究因由，只道：「確是有些失望，不過來日方長，總有見到的時候。」

蕭姝看她這恬淡神態，莫名想起了蕭定非。

聽說她這位「兄長」，前不久才把聖上賞賜下來的許多珍玩一股腦地送了大半去姜府，討好了姜雪寧，再想起父親與弟弟說在通州曾看見姜雪寧一事，心底已是冷笑了一聲。

她捏著棋子的手指微微用力，強壓下這些天來積攢的火氣，若無其事地笑了一聲道：「姜二姑娘既然到了，咱們人也齊了，這便去慈寧、坤寧二宮向太后娘娘和皇后娘娘請安吧。」

立春已有五日，北地卻還是寒風呼嘯。

一行八人從仰止齋出來時都罩了厚厚的斗篷，或揣著手籠或捧著手爐，順著朱紅的宮牆下走過。

肅穆恢弘的宮廷，有一種過於規整的逼仄。

見過外面粗獷自然的山川河嶽，經歷過了驚心動魄的冒險，重新見著這琉璃瓦，雕梁棟，姜雪寧心底不免壓了一口氣，步履之間有些出神。

尤月這些天來春風得意。

一則是手裡任氏鹽場的銀股飛漲。她眼瞧著情況甚好，已經特意派了個人趕往蜀地，名為伯府派過去幫襯、照顧尤芳吟的人，實則是看好她也看好任氏鹽場的情況，以讓自己暗中拿到更多的分紅，手裡的銀股能賣上個好價錢。

二則是沒了姜雪寧找她晦氣，運氣又好起來，臨淄王選王妃一事她也得以報選上了名字。聽聞臨淄王殿下愛琴棋書畫，是個雅人。待得遴選那一日，她只需好好地露上一手，再花大錢請人打扮得漂漂亮亮，未必不能得了沈玠青眼，一步登天當上王妃。

這時回頭看見姜雪寧神情，並不似往日那般明豔灼人，心底不免生出了幾分優越感——

往日誰都知道姜雪寧是勇毅侯世子燕臨罩著的，可侯府去年就垮了；後來臨淄王殿下又同她認識，言語之間表現出對她的照顧，可惜如今沈玠選妃，姜府報上去的竟然是姜雪蕙，壓根兒沒有她姜雪寧的份兒；長公主殿下的確寵信姜雪寧，可今時不同往日啦，沈芷衣很快就要去韃靼和親，就算能護姜雪寧，又能護幾天呢？

眼下的姜雪寧，可不是秋後的螞蚱，蹦躂不了幾天嗎？

尤月是好了傷疤忘了疼，渾然忘記往日在姜雪寧這裡得到的教訓，陰陽怪氣地嘆了一口氣，道：「這可是去見太后娘娘，姜二姑娘這愁眉苦臉的模樣，又是何必？」

姜雪寧回神看她。

尤月披著件顏色鮮亮的斗篷，笑起來：「太后老佛爺前些日得聞定非世子回來的消息，一激動高興得昏過去，纏綿病榻養了好些日才好，妳這一副臉色不知是要尋誰的晦氣。如今可沒人能護妳了，又聽說定非世子對太后娘娘分外孝順，這些天常常來宮中請安，且脾氣還不太好。若讓他瞧見姜二姑娘這架勢，嘖……」

她這話本意是要挖苦姜雪寧，畢竟不知國公府與定非世子有關之事的內情，是以語氣格外尖酸。

可誰想頭一個變了臉色的竟是蕭姝。

姜雪寧尚未想好怎麼回她，一抬頭瞧見前面慈寧宮的方向竟然轉出來一行人，眉梢不由得一挑。

蕭定非近日來的確常常入宮看望蕭太后，畢竟這老太婆聽說他還活著，「驚喜」得都暈了過去，他當然要時不時到老妖婆面前去晃晃，順便跟幾個能出入宮禁的王侯勳貴子弟混在一起，也打打自己在京城的關係。

此刻便是已在慈寧宮請了安，正和臨淄王、延平王等人出來。

這下好，和蕭姝等人正好撞上。

蕭姝在仰止齋一干伴讀之中本就是顆明珠，眾人皆以她馬首是瞻，眼下又是去拜見太后，自然她走在眾人前面。

蕭定非一眼瞧見她。

當下那輪廓分明的下巴抬起來，便是一副沒將蕭姝放在眼底的傲慢輕蔑姿態，背著手踱步上前，輕浮地哼笑一聲，打量蕭姝這華貴的宮裝：「野雞插上幾根撿來的毛，也能唬人充鳳凰啦！」

仰止齋這邊眾人一時有些目瞪口呆，一則沒想到這位定非世子竟然口出如此汙言穢語，二則沒想到他竟會對同為蕭氏血脈的蕭姝這般無禮！

尤月心裡立刻驚了一下。

蕭姝面色已然鐵青：自打從皇帝那邊得了偏袒後，蕭定非在國公府的做派益發囂張，早已經是無法無天，將蕭氏一門的臉面直接踐踏到了地上！縱她往日天之嬌女，遇到這種人竟也束手無策，顯得捉襟見肘！

當著這許多人的面，她當然不能退縮，口一開便要呵責：「你在別處胡言亂語倒也罷了，如今皇宮禁內，也敢口出狂言——」

可還沒等他把話說完，蕭定非眼前陡地一亮。

竟是眼一錯，忽然瞧見了後面的姜雪寧。

頓時又驚又喜地喊了一聲：「二姑娘！」

霎時，所有目光都匯聚到姜雪寧身上。

姜雪寧頭皮一陣炸麻，嘴角微微一抽，心道「大事不好」！

果然，下一刻蕭定非這惹禍精已經直接走到了她面前來，興高采烈模樣，簡直跟異鄉漂泊的遊子見了親人似的，哪裡還見得著半點先前的囂張？

手一抬，向她見禮作揖。

他道：「沒想到在宮裡也能遇到姜二姑娘，可真是緣分大了！上回我請人抬到貴府的那些玩意兒，您收用著可還稱心吧？」

周遭所有人的目光已經變成了不可思議，包括另一頭的臨淄王沈玠和尚且年少的延平王，眼睛都忍不住瞪得大了些，彷彿是看見什麼世所罕見的奇景一般。

姜雪寧卻想起了謝危的警告。

她硬生生把自己掛起來的笑容收斂了七分，顯出些許冷淡來，還了一禮後，道：「世子厚贈，無功而受，實在惶恐，還請世子改日將之收回吧。」

蕭定非那一張風流英俊的面孔頓時垮了下來，簡直不敢相信她說出了什麼，也察覺出了她的謹慎和疏遠，心中暗罵一聲「不知哪個王八蛋暗中作梗妨礙他抱姜雪寧大腿」，面上卻瞬間換了一副可憐巴巴的表情。

他幽幽道：「二姑娘不愛搭理我了。」

聲音不大，藏了小小的怨氣；身材雖然高大，可站在姜雪寧面前卻甚是乖順，簡直像條聽話的小狗似的，與剛才對著蕭姝時簡直換了個人！

姜雪寧整個人瞬間不好了。

延平王更是險些下巴掉到地上。

連臨淄王沈玠都不由換了一種審視的目光，打量著蕭定非與姜雪寧。

仰止齋這邊，尤月簡直看傻了眼：怎麼可能……

才剛嘲諷了姜雪寧今時不同往日啊！

走了燕臨，不選臨淄王妃，連一向護著她胡作非為的樂陽長公主都要去和親了！她本以為從此以後，姜雪寧就要夾著尾巴，仰人鼻息。

可誰想到，最近在京城如日中天的定國公世子蕭定非，又巴巴湊到她跟前兒！

這女人……

這女人！

究竟是有什麼蠱惑人心的妖魔手段！

第一五〇章　長壽麵

光看周遭人的表情，用腳趾頭也能猜到眾人內心究竟是如何震驚，姜雪寧面上勉強掛上的微笑，有了幾分隱隱的裂痕。

她倒是想搭理。

可一想到謝危，想到搭理的代價，姜雪寧是半個親切的笑都不敢奉送，十分禮貌地撇清了關係：「我同世子並不熟識，還請世子莫要玩笑。」

玩笑？

女人變臉可真是比翻書還快。

前陣子還說著「到京城我罩你」呢。

蕭定非眼珠子一轉，心裡嘀咕歸嘀咕，可用腦子想想也知道這中間有點緣由，且姜雪寧傻了才會在這眾目睽睽之下與他「狼狽為奸」，於是會意地換上先前那副眾人都熟悉的恬不知恥無賴相，咕噥起來：「京城裡的漂亮姑娘就是傲氣，難馴服哦！」

他身後有人變了臉色。

臨淄王沈玠站在後方，因得過燕臨照顧姜雪寧的囑託，且不清楚內情，只當是蕭定非色迷心竅，言語之間占人便宜，眉頭便皺了起來，難得有幾分威嚴，聲音微冷地道：「姜二姑娘乃是皇妹最青睞的伴讀，姜侍郎府上嫡小姐，定非世子不可造次。諸位小姐要去向母后請安，便儘快去吧。」

沈玠今日穿了一身杏色的錦袍，金冠玉帶，是一派儒雅俊秀模樣。

姜雪寧的目光越過蕭定非朝他看去，正對上他看過來的目光。

對方也是一怔，而後竟向她微微頷首。

姜雪寧心頭一跳。

並非認為這目光有什麼深意，只是這一張曾經熟悉的臉出現在眼前時，即便心知自己這一世與此人毫無瓜葛，可仍舊會被他的目光拽回前世的記憶中，生出幾分唏噓的慨嘆。

上一世溫婕妤小產，沈琅無後，最終傳位給沈玠這個一母同胞的弟弟；這一世溫婕妤避禍，若順利誕下皇子，沈琅便有了後，只怕儲君之選也輪不到沈玠。

眼前這位臨淄王殿下，是否知道？

他的命運，已在不知覺間，被旁人的手輕輕一撥，吹了口氣兒，兜兜地轉過了一個大彎？

姜雪寧及時地搭下了眼簾，未露出異樣，只隨同眾人彎身道禮，從這幫王公貴族子弟的旁邊經過，重新向慈寧宮方向去。

沈玠怔了怔。

他不由向姜雪寧回首看去，但見這位僅有過幾面之緣的姜二姑娘身姿婀娜，背影細瘦，縱走在眾人之中也仍舊可以一眼分辨，眼底於是慢慢露出幾分困惑。

總覺那一眼裡，透出了深奧的傷懷。

約莫是他一時晃神，看錯了吧？

蕭姝走出去不遠，一張臉卻還是怒意未消，轉頭便似乎要對姜雪寧說點什麼。

然而姜雪寧早有預料。

在蕭姝轉身面向她的那一剎那，她唇邊已經掛上了幾分似笑非笑，率先向蕭姝發難，倒打一耙：「原聽人傳國公府的定非世子年少時過目不忘，乃是神童。不成想如今回了京城卻是個言語輕浮的浪蕩子，國公府怎的也不好好管教管教？」

眾人：「……」

蕭姝：「……」

肚子裡再多的話都被堵了回去，一時連自己原本想說什麼氣忘了。

近一月沒見，重新回來，姜雪寧還是那個讓人束手無策、恨得咬牙切齒的姜雪寧！

姜雪寧本以為去慈寧宮能看見沈芷衣，可跟著眾人入內請安時，抬眼卻沒在太后身邊找著人。

老妖婆大病初愈，神情有些懨懨。

受了她們的請安後，只問了蕭姝幾句話，反常地連沈芷衣都沒提一句，更不敲打她們好生為長公主伴讀，便擺擺手叫她們退下。

才從慈寧宮出來，姜雪寧眉頭便皺了起來。

顯然疑惑的並不只她一個。

周寶櫻小包子臉鼓鼓的，也有些納悶：「今天怎麼也沒看見長公主殿下？」

蕭姝不回答。

陳淑儀卻是意味深長地笑起來：「宮裡的大喜事，殿下很快就要去匈奴和親，這些天來都在做準備，快有小半月沒出過宮門了，自然沒有同咱們一般來給太后娘娘請安。」

周寶櫻掩口，「啊」了一聲。

姚蓉蓉眨眨眼，也不知是真不懂還是假不懂，竟然小聲道：「便是要去和親，可連太后娘娘的安也不來請，是不是，是不是有些不合適啊……」

姜雪寧冷冷地看了她一眼。

尤月打量姜雪寧面色，難免幸災樂禍：「說是準備去和親，可誰不知殿下的脾氣呀？這怕是在和太后娘娘鬧小性子呢。只不過家國大事，又豈能容殿下任性呢？唉。」

她假惺惺地嘆了一聲。

姜雪寧只覺得手掌心發癢，想要給她這賤嘴兩巴掌，心裡才能痛快。

可的的確確是今時不同往日了。

她強壓下了這股火氣，冷笑了一聲，卻看向蕭姝：「我等到底是殿下的伴讀，新年來入了宮，合該去給殿下請個安吧？」

若是以前，以蕭姝八面玲瓏的性情，必定會同意姜雪寧的提議。

然而讓沈芷衣去韃靼和親的聖旨已下。

對於一個即將離開這座宮廷，且幾乎已經與太后、與皇帝鬧僵了的長公主，縱然往日的確熟識，然而掂量利害，她終究笑笑，淡淡道：「如今殿下心煩，連聖上和太后都不見，我等又何必叨擾呢？」

這滴水不漏的作風實令姜雪寧厭惡，乾脆連面子也不裝了，只涼涼道：「找什麼藉口呢？蕭大姑娘趨利避害的本事是頂尖的。不去便罷了。有誰要一同去嗎？」

她轉過目光，看向旁人。

陳淑儀向來同蕭姝站一邊，並不出聲；姚蓉蓉害怕地低下了頭；周寶櫻擰著眉毛，看了看蕭姝和陳淑儀，似乎有些納悶，十分為難模樣；尤月冷哼一聲，動也不動；方妙卻是迅速地從袖子裡摸出了一枚銅錢來，攏在手心裡搖晃，閉上眼睛念念有詞。

姜雪蕙身形動了動，可看了一眼姜雪寧，想到長公主同她交好，只怕心裡不很待見自己，所以又打消了要走出去的想法。

她斟酌片刻道：「我同殿下所交不厚，不敢貿然前往，寧妹妹若見著殿下，請代我問殿下安。」

姜雪寧看她一眼，卻不回答。

等了片刻，既無人站出來，也無人應聲，她於是冷笑一聲，拂袖便走。

走出去有好幾十步遠了，背後才傳來急切的一聲喊：「呀，出來了，正東上上卦！等等，姜二姑娘，大貴人，可等等我呀！」

她回頭一看，果是方妙。

這位打扮得體卻滿身神棍習氣的姑娘拎著裙角，忙忙地朝著她跑過來，訕訕向她舉起了先才那枚銅板，微微喘氣，卻是笑得一臉神祕：「卦象告訴我，是該跟您一起去的。」

仰止齋這麼多伴讀中，只有方妙看著是最不靠譜的那個，不管做點什麼事，都要先求神問卜一番，方做決斷。

姜雪寧對此人的觀感一直頗為微妙。

到底是人的命數與氣運當真可算，又或是只以求神問卜為自己的決定找些看似與利害無關的藉口呢？

她瞧了方妙片刻，終於還是微微向她一笑，沒有多問，徑直向鳴鳳宮去。

姜雪寧實在擔心沈芷衣。

這宮中的這段時間，都是沈芷衣在照顧她，對她好。

她不是沒心的人，又豈能心安理得？

天色暗下來。

她同方妙走到鳴鳳宮時，外頭已經掌了燈。

燈影裡卻見著那一位女官站在寢宮外面悄悄拭去眼角淚痕，近一月沒見，好像憔悴了許多。不是那位素來與沈芷衣親厚的蘇尚儀又是誰？

姜雪寧心中越沉，走上前一道禮：「蘇尚儀，殿下可在宮中？」

蘇尚儀眼角還有些發紅，抬眼看見她，卻是有些詫異：「姜二姑娘，妳們這是？」

姜雪寧道：「今日入宮，來給殿下請安。」

蘇尚儀向來是嚴厲而無表情的一張臉，聽得此言卻是險些淚湧，只將她們帶了朝宮內去，甚至有些哽咽：「過年那陣殿下還念叨姑娘呢，您能來看殿下可真是太好了。」

外頭宮燈明亮。

鳴鳳宮中卻顯得有些昏暗，只點了兩三盞燈，冬日裡走進去甚至給人一種淒冷的錯覺。

姜雪寧打了個寒戰。

前方一道纖細的身影，投落在幽暗光滑的地面。

沈芷衣穿著一身淺黃的飛鳳紋宮裝站在一座屏風前，雖僅點點光華照落那宮裝精緻的繡線上，也襯出幾分煥然的流光溢彩，當真是天之嬌女，天潢貴胄。

她正抬頭看著那座屏風，似乎有些出神。

蘇尚儀入內通傳。

她這才略略回首，看見小一月沒見的姜雪寧向她請安時，竟沒多少驚訝，彷彿她這段時間一直都在一般，自然地笑起來：「寧寧來了呀。」

這一刻，姜雪寧心中大慟。

只因沈芷衣轉過來的一張臉上，竟是平靜如許，不起波紋。再沒有了昔日愛玩愛鬧甚至有點跋扈不講理的刁蠻架勢，彷彿對什麼都沒了興趣，無可無不可。

那是一種倦怠的感覺。

就像將一個人外表鮮豔的色彩剝開，留在裡頭的只剩下慘慘的灰白。

她的內疚與愧怍忽然潮水似地往外湧：對她千般萬般好的沈芷衣還困囿於宮中，她怎麼就敢生出趁著通州剿滅天教一役逃去天涯海角呢？

上一世她曾親見沈芷衣去往韃靼和親。

送親的使臣與衛隊從皇宮蜿蜒到城外。

可歸來卻是一具冰冷的棺槨！

姜雪寧眼淚猝不及防地往下掉。

沈芷衣卻走過來，拉了她的手，眼角下那一道疤再未用脂粉遮掩，明暗跳躍的光線下，是當年飄搖的社稷、流血的江山，在她面頰劃下的一道創痕。

她引著她到那屏風前：「看，很快我便要去往雁門關的另一頭啦。」

那竟是一幅輿圖，用墨筆描繪著雁門關外屬於韃靼的那片疆域。

姜雪寧辨認得出邊上一行小字乃是外族所用。

於是想起，當年韃靼和親，曾命使臣送來一副韃靼的輿圖，獻給沈琅：中原自古有典故，獻輿圖便等同於獻上圖上所繪的疆域與國土！

沈琅是有野心的君主。

不過割捨區區一位皇族公主，卻能換來韃靼的臣服，何樂而不為呢？

只可惜與韃靼和親終究與虎謀皮，沒過幾年，韃靼便撕毀和約，舉兵進犯。身具大乾皇族血脈的長公主沈芷衣，自然犧牲在了權力的刀戟之下……

姜雪寧想說話，卻說不出來。

沈芷衣便淺淺地笑：「我還當妳要來安慰安慰我，不成想一見了我便掉眼淚珠子，反倒要我費心來安慰妳啦。聽聞今日還是妳生辰，這樣哭哭啼啼可不行？好事都被妳哭倒楣了，本公主可不依。」

她叫宮人擺酒菜進來。

然後拉著姜雪寧的手，也看了一眼方妙，竟沒問旁人為什麼不來，只道：「來都來了，今晚也正好喝上兩盅，只當是為妳慶賀生辰了。」

方妙自來與沈芷衣不大搭得上話，畢竟仰止齋諸位伴讀裡厲害的多了去，怎麼排也輪不到她，是以雖然沈芷衣並未多關照她兩句，她也並不介意。

宮人們擺酒置菜。

她便同姜雪寧一道坐了下來，同沈芷衣飲酒。大約也是知道眼下氣氛不好，所以儘量說些湊趣兒的話逗她們倆開心，偶爾倒是能笑上一笑。

酒過三巡，煩惱全拋。

三個人都喝得醺醺然了。

方妙酒量最差，頭一個趴在了桌上。

沈芷衣酒意也上了頭，見方妙倒了，哈哈一笑，然後拉著姜雪寧要走出宮門去看十六的月亮，卻是腳底下飄飄，跌坐在了外頭臺階上。

夜深露重，臺階上濕漉漉的。

姜雪寧酒喝不少，昏過一陣，後面卻是越喝越清醒，也坐在了階前，陪著她一道，抬首望著中天那輪清冷的霜月。

沈芷衣彷彿覺得有些冷，輕輕抱了她的手臂。

有模糊的聲音溢出：「寧寧……」

姜雪寧不敢回頭看，怕對上一雙淚眼，只道：「殿下，我在。」

沈芷衣呢喃：「好怕去了就見不著妳呀。」

姜雪寧望著那慘白的月亮，任由它照得自己薰染了酒氣的面頰也慘白，許久沒有說話。有淚沾濕了她頸窩。

是沈芷衣含著笑在嘆：「有時真恨生在帝王家……」

姜雪寧顫抖起來，可這一刻胸懷中亦有莫大的勇氣衝撞起來，讓她心底那個瘋狂的念頭又冒了出來，引誘著她開了口：「殿下，不去和親，我幫妳，逃得遠遠的，好不好？」

沈芷衣臉挨著她頸窩。

人似乎是喝醉了，模模糊糊從喉嚨裡發出一聲笑：「嗯，寧寧帶我遠走高飛。」

肩上重了。

是沈芷衣終於也與方妙一般睡過去了。

姜雪寧僵坐在臺階前良久，待冰寒的露水打濕她眼睫，一旁的蘇尚儀走過來扶起醉倒的沈芷衣，她才搭著宮人的手，起身來，與被人喚醒的方妙一道，喝了半碗醒酒湯，由鳴鳳宮的宮人提著燈籠送回了仰止齋。

方妙是一腳深一腳淺早不知東南西北，一回到自己屋裡，倒頭便睡。

姜雪寧進到屋中，意識卻還格外清醒。

她點上一盞燈，打了水洗臉，站在水波漸漸平靜的銅盆前，卻盯著盆中的倒影，久久出神。

直到放得很輕的敲門聲將她喚醒。

「叩叩。」

這大半夜，竟有人站在了她門外，低聲問：「姜二姑娘可睡下了？」

是有些尖細的嗓音，一聽便知道是宮裡的太監。

姜雪寧面上還掛著水珠，瞳孔陡地一縮：「誰？」

外頭那太監道：「給您送長壽麵的。」

姜雪寧頓時一愣。

長壽麵？

她心有疑竇，上前打開門來，果見是一名小太監。面生得很，穿的是御膳房那邊的衣裳，手裡拎只食盒，也是御膳房食盒的形制。

這大半夜還能使喚得動御膳房的，能有幾人？

且這深宮禁內，又有誰知道今日是她生辰？

她從小太監手中將食盒接過，恍惚又覺眼底潮熱，只垂下眼簾道：「有勞了，謝公主殿下還惦記著。」

那小太監原有些畏縮地埋著頭，聽見這句卻是有些詫異地抬眸，張口似乎想要說些什麼，末了又緊緊閉上了嘴。

他不作聲，悄然退走。

姜雪寧本沒注意到這細節，自也不會深想，只掩上門，坐到桌前，將食盒的蓋子取下。簡簡單單一碗面，麵湯是用熬煮的雞湯，邊上臥著個荷包蛋，面上撒了些嫩綠的蔥花，刀切了細碎的肉絲攪拌在裡面。

熱氣騰騰，飄著層香。

姜雪寧拿起食盒裡擱著的那雙銀筷，挑起來吃了幾口，可竟嘗不出是什麼味道。唯有那眼淚珠子斷了線似的往碗裡掉，混進麵湯裡，越吃越鹹。

末了，抱著那空碗，竟是大哭一場。

只是哭也無聲。

坐在冷寂的夜裡，聽著外頭玉漏一聲聲滴過三更子時，便又是新的一日。

第一五一章　起心

次日一早起來上學，姜雪寧眼眶微有紅腫。旁人自然看見了，只在心中想她昨日去鳴鳳宮不知與樂陽長公主說了什麼，方致這般，倒不敢多問。

方妙卻是差點沒能起來。

仰止齋這邊的宮人掐著時辰把她從暖烘烘的被窩裡挖出，她胡亂一通洗漱後，頭重腳輕地出來，見姜雪寧在外頭廊下嫻靜地立著，便哭喪了一張臉：「昨夜我是不是喝醉了？可沒出什麼醜，沒說什麼胡話冒犯長公主殿下吧？」

姜雪寧笑笑搖頭。

她才放下心來。

周寶櫻在旁邊甚是驚訝：「妳們昨夜還喝酒了呀？」

方妙揉著腦袋道：「公主殿下喊來喝，還順道為姜二姑娘慶賀生辰，可不是只能跟著喝了？哎喲，我這頭，晃晃蕩蕩，簡直不像是自己的了……」

尤月瞧見，在旁邊譏誚地笑。

昨夜無風無雪，今晨日起東方，薄雲覆著宮殿群落裡一片又一片的琉璃瓦，是個難得的好天。

上學照舊是在奉宸殿。

眾人順著宮中長道過去。其他人這些天大多混熟了，走在前面有一搭沒一搭地小聲說話，猜測著今日先生們又會講些什麼，新教的圍棋又會考什麼定式。姜雪寧走在後面，有一陣沒一陣地聽著，沒一會兒便心不在焉。

只是待轉過個彎，到得奉宸殿前面那條宮道上時，最前面的陳淑儀已經忍不住「咦」了一聲：「那不是聖上身邊伺候的人嗎，怎麼在這裡？」

姜雪寧順著聲音抬頭望去。

竟是鄭保。

有日子未見，他被自己的師父掌印太監王新義提拔之後，在宮內混得似乎好了起來。身上穿著的那件墨綠的袍子簇新，手裡還拿了一支拂塵，唇紅齒白，模樣清秀，正輕輕蹙著眉看著東面偏殿的方向，向立在他跟前兒的小太監問著什麼。

小太監回了幾句，略一躬身，往偏殿去。

鄭保立得端正了，回頭就看見了這邊走過來的仰止齋眾人。

昔日坤寧宮前面，眾人是看著鄭保受罰，被臨淄王沈玠說了情才救下。後來得聞他一個後宮的太監，竟有本事去了皇帝身邊伺候，暗地裡都是驚奇過一陣的。

眼下看見他在此處，不由有些驚訝。

姜雪寧心中也生出疑惑。

眾人還未來得及多問，鄭保心思細敏，覷她們眉眼神情，已猜得大概，主動頷首道：「昨夜謝先生與聖上並幾位老大人議事到很晚，留宿宮中，睡在了奉宸殿偏殿。聖上本不欲大清早攪擾，不過下頭又呈上來幾件棘手事，須得先生前去商議，少不得來攪先生清夢，請他去一趟了。」

原來是請謝危。

這倒是了。姜雪寧還記得，上一世謝危有事在宮中待到很晚，宮門下鑰後有留宿在宮中時，幾乎都在奉宸殿。一則離皇帝的寢宮近，方便及時聽召議事；二則離文淵閣近，若有講學，去也方便。

眾人聽得鄭保此言，心中疑惑頓解，皆同他行了一禮，便從他身邊經過，入奉宸殿正殿中等候來講學的先生了。

姜雪寧眼觀鼻鼻觀心走過，並未多看鄭保一眼。

在殿中等了有一會兒，沈芷衣才在幾名宮人的跟隨下前來。只是她來的時間實在不算早，剛看姜雪寧一眼，笑上一笑，國子監算學博士孫述便來了。

姜雪蕙先前叫人給她找了兩本棋譜來看，說她不在的這段時間，先生開始教圍棋，果然不假。

孫述的《算學十經》已經講了小半。

他比起別的先生尚算青年，雖不是個書蠹，卻沉迷算學，擺開了架勢便同她們講，這天下許許多多事都暗含了算學之道。譬如圍棋，看似比誰深思熟慮，可實則比的是誰腦子轉得快，計算更長遠。

姜雪寧可萬萬沒料想還有這一齣，圍棋本來下得也不好，前面又因通州之事好些天沒在，根本不知前面講了什麼。人雖老老實實坐在殿中，皺著眉頭認認真真地聽講，可腦子裡仍舊跟一團漿糊似的。

聽不懂就自然容易走神。

她的位置恰好在窗邊，百無聊賴自然朝外頭看看，開些小差。可沒料想，才神遊天外沒多久，一道身著蒼青道袍的身影從她視野的左邊闖進來，嚇了她一跳。

謝危昨夜被御膳房那爐火的炭氣嗆了一口，犯了咳嗽，且回到偏殿已近子時，一晚上輾轉反側，並未睡好。

小太監來請，他才起身。

面色算不得很好。只是去歲入冬以來他面色也沒特別好過，旁人瞧不出來。

略作洗漱後，便從偏殿出來。

這時正殿中已經開始講學，國子監那位算學博士講圍棋的聲音從裡面傳出來，他聽見不免下意識朝那邊看上一眼。

結果就是這一眼，竟讓他瞧見姜雪寧。

冷天裡的窗扇半掩著，她一張粉白巴掌臉嵌在窗縫裡，手掌撐著削尖的下頷，一雙平日瀲灩的眼瞳顯出幾分無神的呆滯，好半天不動上一下。

明擺著是在開小差！

謝危一見，腳步一頓，眉頭已經蹙了起來。

姜雪寧隔他甚遠，可在看見他停下腳步朝她看過來的瞬間，已經覺得背脊骨竄上來一股寒氣，打了個哆嗦，也不知腦筋怎麼轉的，竟一伸手「啪」地把窗扇給關上了。

視線頓時被隔絕。

只是這突然來的聲響也不免驚動了殿上正講圍棋的孫述，他瞧見是窗邊的姜雪寧，不由皺眉道：「姜二小姐幹什麼？」

眾人都朝她看來。

姜雪寧訕訕一笑，解釋道：「外頭吹風，有點冷。」

畢竟她坐在風口上。

孫述雖然對她在自己講學時鬧出動靜來略有不滿，卻也沒說什麼，轉過頭便繼續往下講了。

姜雪寧聽了又有片刻，眼瞧孫述沒注意自己了，才又湊上去悄悄把窗扇扒開一條縫。

殿外霞飛簷角，光盈玉階。

卻已是沒了謝危身影。

想是沈琅那邊還等著他，無暇為這些許小事停下來同她計較。

還不准人上學開個小差了怎麼的？

姜雪寧心底這麼嘀咕著，越想還真越覺得自己有道理，於是放下了心來。

可沒料著，上午的學才上完，下午便有人來「請」她。

是以前見過的在奉宸殿伺候的小太監，恭恭敬敬地垂著腦袋對她說：「先生說，姜二姑娘好些日子沒有入宮進學，功課該落下了不少，讓您下午過去，由先生考校考校。」

姜雪寧頓時如喪考妣。

雙腳灌了鉛似的，一步步挪回到奉宸殿偏殿，進到殿中，果見謝危已經坐在了那熟悉的書案後面，手中執了一管細筆，正寫著一封奏摺。

她上前見禮。

謝危眼皮都不抬一下，手中的筆也是行雲流水不見遲滯，只問：「通州瞎玩幾天，心玩野了，回到宮裡連課業都不聽了？」

姜雪寧心道冤枉：「今日是聽了的。」

謝危長指輕輕一轉，已擱了筆，從旁邊匣子裡摸出一方印來，抽空朝她看了一眼，淡淡道：「聽外頭花什麼時候開，雪什麼時候化，好出去放浪形骸？」

千不該萬不該，不該她開小差還被謝危抓個正著。

姜雪寧兩手背在身後，手指攪緊。

想了想被謝危打過的手板心，又聽他「放浪形骸」四字彷彿意有所指，她不由想起自己昨日去慈寧宮的路上同蕭定非說過話，生怕被翻起這些帳來，到底不敢頂嘴，只埋著頭。

謝危把印蓋在了奏摺落款處，重新合上，便叫了外頭小太監進來，遞去內閣那邊。回頭看見姜雪寧跟隻鵪鶉似的悶著，心裡也不由跟著悶了一下。

這模樣沒半點活泛氣兒。

他看了半晌，忽道：「孫述講的妳聽不懂？」

姜雪寧頓時驚訝得抬起頭來看他。

謝危道：「缺了好些日的堂，能聽懂才怪了。這也不難猜。」

姜雪寧驚訝的其實不是他猜著這一點，而是他願意去猜這一點。畢竟先前似乎要責問她開小差的事情，可一旦要說「聽不懂」，便跟她沒什麼關係了。

謝危這樣子竟不像是要追究。

她眨巴眨巴眼，心裡萌生出個大膽的想法，試探著道：「孫夫子講得又枯燥又乏味，學生絞盡腦汁都跟不上他。聽說先生琴棋書畫皆是大才，要不，您教教我？」

這話先把孫述踩到腳底下，再把謝危抬起來，是再明白不過的吹捧和討好。

謝危覺著，若按自己往日脾性，必定是皺了眉叫她端正態度。

畢竟國子監裡孫述可不是個庸才。

只是看她乖乖地背著手在他面前立著，上午在窗內開小差時呆滯的一雙眼已填滿靈動，像是林間溪畔沒見過人的馴鹿，不覺氣順不少。

唇角僵了片刻，終於還是劃出一絲微不可察的弧度，道：「攤上妳這麼個不學無術的，也不知我是發了哪門子的顛。」

他起身來坐到窗前，把棋盤擺上。

姜雪寧打蛇隨棍上，立刻道一聲「先生真好」，然後坐到了謝危對面。

她發現謝危這人是實打實的吃軟不吃硬，只要不渾身帶刺地同他對著幹，哄起來總很容易。不不不，這可是殺人不眨眼的謝居安，她真是吃了熊心豹子膽了，居然敢用上一個「哄」字了？

要不得，要不得。

該放尊重點！

姜雪寧被自己心裡蹦出來的那個字嚇了一跳，及時把自己跑偏的念頭給拽了回來。

謝危把旁邊棋盒放了過來。

他一身蒼青道袍，衣袖上滾著暗色的雲紋，似松濤雲浪，往窗下坐著，半點不見通州那日的殺伐冷厲，又恢復了平日那一點閑聽落花的悠然隱逸。

「下棋須算計，的確是一法。只是我輩若論圍棋，更多講『勢』。」謝危對孫述教的那一套，倒並不排斥，看了她一眼，許是覺著姑娘家都喜歡白，便將那一盒白子擱到她右手邊上。「算計乃是術，若能得『勢』方為得道。」

姜雪寧看向那盒棋子。

不意間一抬眸，卻發現謝危右手五指修長，煞是好看，可無名指中間的指節處卻裹了一層細細的絹布，隱隱透出幾分藥膏的清香。

她腦袋裡於是轉過個念頭，想起在通州時見到他手上有傷，卻記不得是什麼地方，哪根手指了，於是道：「先生的手傷還沒好麼？」

謝危去拿棋子的手指一頓。

他自然搭著的眼簾掀了起來，唇線抿直，看著對面的姜雪寧，許久沒有說話。

姜雪寧心裡打鼓，莫名覺得這眼神裡浸著點寒意，嘴唇蠕動，想說點什麼，可臨了又不敢開口。

半晌令人心悸的靜默。

終究還是謝危先收回了目光，壓根兒沒搭理她方才一問，全跟沒聽見似的，續上了先前的話：「圍棋盤上可演兵，拚的便是心智。棋盤若疆域，棋子若兵卒。自古水能載舟亦能覆舟，一子得失或許微不足道，若久積成勢，則難以疏導，積而成患。是以，執棋者當因勢利導，如治民、治水。這棋盤上的學問，妳若能明白些，做人也好，做事也罷，都不至於糊塗到這般的境地！」

做人做事，糊塗到這般境地？

姜雪寧覺得他是話裡有話。

可她一則對謝危知之不多，二則也不知道是自己哪裡又做錯了，只當這位當世半聖是奚落自己這顆蠢笨的腦袋，並不敢追問。

且謝危方才之言，忽然讓她想起了沈芷衣和親這件事……

水能載舟，亦能覆舟。

這話姜雪寧不是第一次聽，知道是朝堂上常說的一句話，可也從沒把這句話當太真。然而謝危說，下棋如治民、治水，卻讓她起了心思。

須知上一世蕭姝之所以能壓她一頭，除了自小在京中大族長大，見多識廣之外，姜雪寧私下琢磨，怕當年奉宸殿進學她實學了不少的東西，日積月累，是以深厚。

如今，謝居安這等人便在自己眼前……

她摸起一枚棋子來，用指腹輕輕蹭著，眸光閃了閃，道：「人和棋子也一樣麼？棋子由執棋者撥弄，人心卻是各有一顆，自己長在肚子裡。下棋能撥弄棋子，可人心要說撥弄……」

謝危想起昨夜小太監來回稟的話，眼下只想把姜雪寧這顆漂亮的腦袋摘下來擱在棋盤上，叫她自個兒好生反省，對她問了什麼卻沒在意，只漠然接了一句：「英雄造時勢，時勢推英雄。人心向背雖然難料，也怕豪傑揭竿。若不慎思明辨，旁人稍加煽風點火，心隨勢走，又有何難？」

實則人心比這棋子還不如。

一陣風吹過來，棋子尚能靜止不動；幾句話拂過去，人心卻總會飄搖跌宕。

姜雪寧搭下眼簾，隱有所悟。

有些東西，總是要有個用處，方能使人虛心刻苦去學。

她今日學來，便甚是認真。

謝危為她答疑解惑，講了一個半時辰的棋，她恭恭敬敬地謝過了。因心裡面的念頭翻江倒海，臨走時也沒注意到謝危那若有所思的眼神。才離了奉宸殿，掐指一算時辰，便往去慈寧宮的必經之路上候著，不多時果然看見蕭定非出來。

她故意打前面宮道上走過。

蕭定非看見她是一個人，思索片刻，走出去一段路後，便藉口有東西丟在慈寧宮要去找，往回轉過頭來找姜雪寧。

這會兒天色都暗了。

姜雪寧站在宮牆角下，也不廢話，單刀直入地道：「定非世子多年來混跡市井之中，該認識一些人吧？我有事想托你去做。」

蕭定非那俊秀的長眉頓時一挑。

他半點也不推辭，直接問：「什麼事？」

姜雪寧便讓他附耳過來，如此這般，如此那般地一說。

蕭定非聽得大為疑惑：「妳想幹什麼？」

姜雪寧道：「你就說辦不辦得了。」

蕭定非一聲笑，哪兒能在美人面前丟了面子？拍著胸口道：「這事兒包在我身上，只不過麼……」

姜雪寧看他：「什麼？」

蕭定非撓撓頭：「人若多了，得要花點錢的。」

姜雪寧皺了眉頭，腦海裡把自己手裡有的錢都盤算了一遍，想起還有大幾萬兩銀子在謝危手裡，不覺有些發愁。

只是腦筋再轉過一個彎，眉心便重新鋪平。

尤月養了許久，也該找個機會宰了。

她笑一聲道：「這簡單。」

第一五二章　還錢

蕭定非雖不知道她怎麼敢說這麼大一筆銀子是簡單的事，可也根本不多問。得了託付，當晚便去宮外忙碌奔走，完全是看熱鬧不嫌事兒大。

姜雪寧回了仰止齋，則開始盤算起錢的事情來。

她想到的辦法其實十分簡單，眼下也並沒有第二種方法。而上一世那個尤芳吟，將她這種行為稱之為，「割韭菜」。

只是要割韭菜，手裡首先得有一筆錢能用。

這段時間來，蕭定非雖然「孝敬」上來不少東西，可許多都是御賜的珍玩，倒不好拿去換成錢財。

姜雪寧盤算著，就惦記起了謝危。

於是，接下來的這些天裡，大名鼎鼎的謝先生發現，自己這調皮搗蛋的學生，不知道是吃錯了什麼藥，在他面前忽然變得溫馴乖巧，甚至有一種狗腿似的討好。

殿中進學時，一雙眼睜得大大的，總是看著他；下學到偏殿學琴學棋，又一反常態對他噓寒問暖，時不時倒個茶，遞支筆；就連偶爾在宮裡別的地方撞見了，也是恭恭敬敬，再沒有往日半點的不耐煩和不情願。

……

事出反常必有妖。

她什麼脾性，謝危早已摸得一清二楚，老早就看出她是「無事獻殷勤，非奸即盜」，可也不拆穿，樂得享受這原本刁蠻的學生的伺候，就想看看她這「孝順」模樣還能裝多久。

終於，一眨眼又快到了出宮休沐的時候。

姜雪寧這一日早早就到了偏殿裡等候，把從沈芷衣宮裡討來的好茶，仔仔細細地沏上一壺，還提前把謝危要考校的琴曲給彈奏了一遍。

待得謝危來，她就先奉上好茶，接著又純熟地彈奏了琴曲。

謝危難得得閒，端著茶一面喝一面聽，可不時打量姜雪寧神情，發現她琴音止後有一搭沒一搭地抬頭悄悄打量自己，心底便是一哂。

果然，接下來這小騙子囁嚅著開了口：「先生看學生這些天來，還算長進，也算是改邪歸正了吧？」

謝危故意平淡淡地道：「就那樣吧。」

姜雪寧：「……」

她憋了一口氣，想到自己「存」在對方那兒的幾萬兩銀子，強忍住了翻臉的衝動，面上的笑容非但沒淡下來，反而更加真誠了，道：「先生用心在教我，往日都是學生不識好歹，不知先生嚴苛要求乃是為了我好。學生已經知道錯了……」

花言巧語當真一套一套的。

謝危的目光在她臉上轉一圈。

站著規規矩矩，看著懂禮識儀，好像是個溫良賢淑的大家閨秀模樣了。可裡子麼，一雙眼珠子不安分地轉動著，帶著幾分勾人的靈動，可不是什麼「改邪歸正」的眼神。

他似笑非笑：「有事求我？」

姜雪寧早知此人不好對付，可也沒想到對方會直接問，頓時訕訕：「果然瞞不過先生，我在想什麼先生一清二楚。其實也沒有什麼大事，也就是近來長公主殿下要去和親，她待學生極好，學生想要挑些珍貴的東西送她，可手裡餘錢不多，捉襟見肘。學生還有些錢保管在先生那裡，不知道能不能……」

謝危瞧著她的眸光漸漸變深。

姜雪寧被他這樣看著，聲音也越來越小，只覺最初開口要錢的膽子都飛到了九霄雲外，後腦杓直冒冷汗。

這一瞬間，她甚至已經琢磨著放棄了。

回頭把自己的家當清點，或者把蕭定非送的東西變賣，也差不多是能湊出一筆銀子來的。

可沒想到，謝危瞅了她半晌之後，竟然道：「明日來我府中取。」

姜雪寧簡直懷疑是自己耳朵壞了，睜大了眼睛不大敢相信地看著謝危。

謝危看她這目瞪口呆模樣，只覺好笑：「過午不候。」

姜雪寧立刻點頭如搗蒜。

她灌迷魂湯似的，好話一串一串往外說：「多謝先生！先生對學生可真是太好了。常言道，一日為師終身為父……」

前面那些話還好，謝危聽著只當耳旁風。

可「一日為師終身為父」出來時，他面色便僵了一僵，又聽姜雪寧一張小嘴叭叭說個沒完，終是覺得她粲然的面龐竟有幾分礙眼。

姜雪寧還在說他好話：「往後學生一定學得更努力，以求將來好好孝敬您……」

按捺住將手裡這盞茶潑她一臉的衝動，謝危微微一笑：「妳可以滾了。」

姜雪寧：「……」

假聖人當面一套背後一套，果然還是喜怒無常！罷了，看在他肯還錢的份兒上，她大人大量就不跟他計較了。

姜雪寧也沒覺得自己先前的話有什麼不對，收斂起那一點小小的不愉快，便行禮告辭。

下午出宮休沐。

次日一大早，她就去找了謝危。原以為可能還有點阻礙，不曾想對方竟十分爽快地給了，總讓她心裡有些疑惑。

只是等她揣著銀票從謝府走出來，才想起：這本來就是自己的錢啊，是謝危先前扣著不給，現在看她聽話了，爽爽快快給她，不是應該的事兒嗎？

於是連那一點疑慮也乾脆拋開了。

姜雪寧拿著錢便偷偷去找蕭定非籌謀接下來的事情。

斫琴堂裡，謝危卻是盯著呂顯剛送來的那一塊木料，思考了許久，末了還是笑一聲，吩咐劍書道：「寧二拿了錢去，必不老實，暗地裡找人盯一盯，看看她幹什麼。小騙子不知又要騙誰去。」

第一五三章　割韭菜

買人一張嘴並非難事，可同一句話，從市井中潦倒乞丐的一張臭嘴說出，和由士林裡博學高才的一條利舌講來，卻是完全不同的分量。

這樣簡單的道理，姜雪寧當然懂。

只是要買後者喉舌，價錢也不便宜。且光買喉舌還不行，手裡得有軟硬兩張牌，畢竟文人骨頭軟，不拿點「硬」的手段作為防備，焉知一夕之間不會改口？

一番算下來，開銷不是小數。

從謝危處拿到錢後，她當即給了蕭定非二萬兩先花著。蕭定非到了京城後也算見過世面了，可見著姜雪寧這樣的閨閣姑娘出手便是二萬兩，儼然是「花完了再找我要」的闊綽架勢，還是狠狠地吃了一驚。自然也就覺得自己抱住的這條大腿透出點深不可測之感，辦事時那叫個盡心盡力。

姜雪寧自己，則開始折騰銀股的事情。

隨著蜀中那邊任氏鹽場一應事宜進展順利，消息不斷傳回京城，鹽場銀股價錢已經一路走高。三天前一匹快馬到了蜀香客棧，說第一批雪花似的井鹽已經出來，還帶了一小袋來給京中買股的諸位東家看看。姜雪寧當時在宮中，自然無緣得見。可在她入宮伴讀之前，銀股是一千二百文一股，等她休沐出宮，價錢已經飆升到一千五百文一股，且還有價無市。

比起當初一股五百文的價格，眼下任氏鹽場的股價已經是翻了兩番！

為了勇毅侯府抄家時候那件事，姜雪寧手裡的兩萬銀股大多已經出出去，被呂顯「趁火打劫」走不少，留在手裡的只有兩千股。

眼看此刻價格高，正是出手的好時候。

要做「割韭菜」這件事，按上一世尤芳吟的話來講，其實是不大厚道的。且她是重生而來，知道的消息本就比別人多，要與市場中其他買賣銀股的人相比，占盡優勢，十分地不公平。所以在做出決定的時候，姜雪寧心裡並不是沒有猶豫和心虛，可想到宮中她生辰那一日，沈芷衣對她種種的好，又怎能容她那一點猶豫壞了大事？

是以咬咬牙，到底還是將這兩千股直接拋出。

❀

市面上有人拋售銀股的消息傳來時，尤月正在自己的閨閣中試著閑雲坊繡娘們新給她制上來的衣裳。

上好的蜀錦，淺青的顏色。

裙襬上繡著幾枝漂亮的夾竹桃，她身量纖細，穿上時略略轉身，腰肢也有了那麼一點不盈一握之感，叫她看了大為滿意。

身邊的丫鬟把馬屁都拍上了天：「咱們姑娘真是天仙下凡，這衣裳穿著再好看沒有了，襯得氣色都無比的好。那什麼姜府的大姑娘，哪裡有我們姑娘這樣好看，這樣有才華？聽說臨淄王殿下乃是個文雅的人，那姜雪蕙無趣乏味，豈能得著殿下青眼？待得擢選那一日，您就把這一身穿上，保管叫旁人看傻了眼。這王妃的位置，非您莫屬！」

這些日子以來，尤月著實春風得意。

本來伯府因出錢保她從牢裡出來那件事，對她很有一番怨懟，畢竟拿出去的都是真金白銀，一萬五千兩銀子，換誰都得吐口血。可出了這件事後，反而激起了她的脾氣，一怒之下將自己全部的積蓄都拿去買了任氏鹽場的銀股，足足四千股在手。

後來任為志求娶尤芳吟那小賤蹄子，怕她從中作梗，前後塞給她二千兩紅包。

她手裡自然又寬裕起來。

一開始伯爺和伯夫人得知她如此敗家，把錢都拿去買了鹽場的銀股時，差點沒氣病，當時就要她把銀股拿出去賣掉。

還好她以死相逼給攔了下來。

如今任氏鹽場的股價節節攀升，伯爺和伯夫人見了她都是眉開眼笑，成日裡比她還關心那股價的漲跌。她在府裡的地位自然跟著水漲船高。

且伯府一開始也沒將那求娶尤芳吟的任為志看在眼底，不過就是個蜀中偏遠之地的破落窮小子，完全是看在彩禮的面上才把尤芳吟嫁過去的。

畢竟是個妾生的女兒，三千兩不虧。

可在任氏鹽場的情況好起來後，清遠伯和伯夫人就漸漸起了心思。

清遠伯說：「她怎麼說也是我們伯府嫁出去的女兒，沒道理人到了蜀中之後就跟家中斷了聯繫。那姓任的小子之所以能把鹽場做起來，不也多托了伯府的名聲嗎？商人娶了官家女，他便宜占大了！任氏鹽場那麼大地方，還事關月兒手裡銀股的價錢，無論如何不能由著他們亂來。咱們挑個辦事俐落的管事過去，好好教教他們，也盯著點鹽場的情況。他在京城也不過才發了四萬銀股，占鹽場的四成分紅，剩下還有六成。怎麼著也該再拿出一點來，孝敬孝敬岳丈家！」

所以年後伯府這邊就已經派人去往蜀中。

像任氏鹽場這種地方，一旦開始產鹽，那雪花似的井鹽便是雪花似的銀子，誰見了能不心動？

尤月可沒想到尤芳吟那種賤人生的還能交上這樣的好運。

只是她也不嫉妒。

但凡是尤芳吟的，她只要想要，便都能搶過來。旁人將嫁衣做好了，她再去穿，不也是件省事兒的事兒嗎？所以尤月這些天放鬆得很，只在家裡搗鼓脂粉衣飾，準備在臨淄王妃擢選那日大放異彩。

聽見外頭進來的丫鬟說，蜀中客棧有人開始拋售銀股，她整個人都愣了一下，接著便笑起來：「任氏鹽場如今的情況大好，想也知道這什麼卓筒井能源源不斷地收進銀子來，旁人就是想要模仿都需要很長一段時間。手裡有銀股卻這麼早拋了，不是缺錢就是鼠目寸光！」

丫鬟們都有些疑惑：「那姑娘您呢？」

尤月眼珠子一轉，卻是突地一笑，眸底放出了異彩，拿了鑰匙便打開自己裝銀兩的匣子，有些按捺不住興奮地道：「旁人鼠目寸光，卻是本小姐的大好機會！如今正愁沒地方買進銀股呢，到處有價無市！這筆銀股，我一定要趁機拿下！」

接著拿了銀票與印章，便往蜀香客棧去。

只是這些天來任氏鹽場的銀股行情是何等熾熱？

那拋出來的兩千銀股共分作四批放出來，尤月到的時候，前面兩批早就被人搶走了，她以一千六百文的高價，也只來得及搶下了最後兩批，共一千股。

加上她自己手裡四千股，便有了五千股。

另一千股實則是被呂顯派人搶先買入手中。

因這批銀股量小，也無法確定到底是哪邊出來的，他並沒有十分在意。

銀股入帳後，便去謝府找謝危喝茶。

彼時謝危正聽劍書稟報姜雪寧那邊的情況。

聽完後，眉頭便擰緊了。

劍書琢磨著呂先生與自家先生認識多年了，且同為先生效力，銀錢的事情他一向十分在意，視財如命，所以猶豫了一下，問道：「姜二姑娘動了銀股，像是有所籌謀。這事兒是否先知會一下呂先生那邊？」

這會兒穿著一身文人長衫的呂顯已經從長廊那頭走了過來，閒庭信步，好似走在自家一般自然，透著滿面的春風。

謝危掀了眼簾，便看見他。

片刻後收回目光來，長眉輕輕一剔，竟道：「知會什麼？」

劍書頓時愕然。

謝危神情淡淡，毫無異樣：「生意上的事情，呂照隱自己有數，用得著你插手？」

劍書：「……」

道理好像是這樣，可怎麼就覺得有哪裡不大對呢？

❀

兩千銀股，其中一千以一千五百文的價格成交，剩下的一千以一千六百文的價格成交。

姜雪寧手裡頓時多了三千一百兩銀子。

先前給了蕭定非兩萬兩，加上自己兩千兩的體己銀子，再加上拋售銀股這三千多兩，攏共剩在手裡的便有三萬三千兩銀子。

在她將手裡的銀股拋出去之後，蜀香客棧裡銀股的價格還往上高了有幾十文。

蓮兒棠兒聽說後都直說賣虧了。

姜雪寧對此卻無動於衷，半點也不搭理，只再三跟她們強調，一旦尤芳吟那邊有信送來或者蜀香客棧那邊有新的消息，需要立刻想辦法著人將消息送給自己。

接下來一段時間，自然又是入宮伴讀。

只是二月十六便是臨淄王沈玠選妃的日子，宮裡面難免人心浮動；樂陽長公主沈芷衣去韃靼和親的日子也定了下來，在三月廿一，宮中不少人都向鳴鳳宮道賀。

身懷有孕的溫昭儀更在一月底過了個盛大的生辰。

闔宮上下一片喜氣洋洋。

只是漸漸的，開始有人發現，市井之中好像多了許多流言蜚語。

比如，韃靼來的使臣在京中凶橫霸道，簡直把京城當成了自己的跑馬場。

比如，若是勇毅侯府還在，何至於還要送公主去和親？

比如，立主送樂陽長公主沈芷衣去和親的便是太后娘娘的母家蕭氏，自己養個如花似玉的閨女在家裡備著選臨淄王妃，要過錦衣玉食的生活，卻要把苦命的嬰孩兒時遭反賊在臉上劃過一刀的長公主送去和親。

比如，樂陽長公主幼時便曾遭逢不幸，命裡帶煞，送她去和親說不準更為大乾帶來大禍。

……

剛剛開始的時候，不過就是大家茶餘飯後瞎傳。

就連朝野文武百官都沒當一回事。

畢竟市井中對國家大事的非議時常有，也就是大家隨便說說，沒有能成氣候的。像這些猜測謠傳，過不了多久，自然會散。

可這一次，事情卻好像和之前任何一次都不相同。

眼見著已經進了二月裡，市井中這些謠傳與非議非但沒有小下去，反而有越演越烈之勢。

二月二龍抬頭那一日，甚至有個上京趕考的士子，名叫翁昂，在踏青酒酣時直接說出了「蕭氏狼子野心，就該讓他們自家姑娘去韃靼和親」這樣的話。

彼時在場士子不在少數。

翁昂又是飽學之士，此言頓如一石激起千層浪，傳得開了。

本來是贊同與反對的人都只各自占半。

可沒料想這話不知怎的，輾轉竟然傳到了好不容易在家把傷勢養好的蕭氏二公子蕭燁的耳朵裡。蕭燁小公子在府裡受了蕭定非一窩的鳥氣，好不容易出個門還要聽這幫人非議，不由得怒從心頭起。他打聽得這些話的來源之後，便直接使了銀子，讓人暗地裡去教訓那翁昂，好叫對方不敢再胡說八道。

就是這一頓教訓，鬧出了大事。

翁昂性極放曠，身上本無幾分銀兩，這些天來也不知交了什麼朋友，送了他不少銀錢，越發恣意縱橫，成日裡都泡在酒缸中。

那日才從花樓裡走出來，便被一夥人蒙了麻袋。拳打腳踢，言語辱罵。

文人的身子骨可不禁打，當時便受了重傷吐血。

還好當時錦衣衛的人夜巡到暗巷，千戶大人周寅之武藝高強，阻止了匪徒行凶，還將這一夥小混混給抓了起來，押到衙門受審。

錦衣衛的刑罰何等了得？

沒用半個時辰，這幫軟骨頭便哭爹喊娘，把背後指使的蕭燁招了個乾乾淨淨。

國公府自然是花了大力氣買通審問的這些人，避免消息外傳。

可天底下哪裡有不透風的牆？

加上這一回出事的乃是入京趕考且有功名在身的翁昂，頓時就跟捅了馬蜂窩似的，京中士人群情激憤，仗義執言，幾乎是指著國公府上上下下所有人的鼻子在罵！

原本也有些人覺著和親之事與蕭氏沒什麼關係，可翁昂不過醉後一句胡言，蕭氏二公子蕭燁便要使人暗中打殺了他，天下豈能容忍這等恃強凌弱之事？

便是十分的有理也成了無理！

南面來的暖風方將梢頭吹綠一分，一夜間，京城大街小巷已都是「蕭氏心虛要滅翁昂之口」的消息，真真假假都已經不再重要。重要的是蕭氏之行為已犯了眾怒，種種的矛頭立刻調轉過來，齊齊朝著這昔日尊貴的門楣投去！

一時間，朝野文武百官都驚呆了，萬萬沒想到是這麼個發展。

外面鬧得這樣大，宮裡自然清淨不了。

消息多多少少會傳進來一些。

姜雪寧老神在在看戲。

旁人則是事不關己。

唯有蕭姝，連日來得了外頭傳進來的消息，心內越發壓抑，偶爾在人前時都會為些小事發作情緒，明顯是被京中那些傳言所影響。

旁人或許覺得這些事都是巧合。

可在蕭姝看來，這些天來發生的事，都像是精心籌謀過的。否則一件連著一件，怎麼能巧合到這個份兒上？向來是軟骨頭的文人，又怎敢在春闈之前鬧出這樣大的事來？

暗中彷彿有一隻手在操縱。

她只覺得，樁樁件件都是衝著她來的！

二月初七離宮這一日，蕭姝連陳淑儀都沒搭理，逕自乘了馬車出宮，直接回到國公府，準備親自應對此事。

姜雪寧卻是慢悠悠的。

她和其他人都在後頭，眼見著蕭氏來接人的馬車揚起滾滾煙塵而去，唇邊還掛了三分笑。

再過八日便是臨淄王選妃，又加上天氣開始暖和，仰止齋裡這些出身官宦人家的伴讀小姐，大多換上了新衣。

尤月更是穿得花枝招展。

姜雪寧沒參選臨淄王妃之後，在宮中便越發低調，不顯山不露水，且那位定非世子也沒有再來獻過殷勤，於是又讓尤月覺得姜雪寧不過爾爾。

走出順貞門的時候，她故意搶在了姜雪寧前面一步，撞了她一下。

姜雪寧抬眉看她。

尤月輕輕掩唇，不大好意思模樣，笑起來：「真對不住，姜二姑娘近來蔫頭耷腦的，也沒幾句話，總讓我覺得像是沒這人似的。這一不小心走過去，還道前面沒人，可不就撞著踩著了？」

姜雪寧打量她，竟沒發作，而是若有所思地道：「尤姑娘近來好像變了。」

尤月一怔：「什麼？」

姜雪寧扯開唇角，意味深長地一笑：「胖了些。」

大乾到底還是纖瘦為美。

尤月一聽她這話，頓時變了臉色，下意識抬手一撫臉頰，心道自己這些日來為了選臨淄王妃做了許多準備，皮膚都好了不少，也注意著沒吃太油膩的食物，斷不至於胖了。

於是冷笑一聲：「沒話找話！」

說罷拂袖便把姜雪寧甩在身後，自向清遠伯府來接她的馬車去了。

只是才走到近處，她心裡便咯噔的一下。

因為平日府裡伺候的丫鬟，此刻就站在馬車旁邊，一臉的倉皇無措，又害怕又驚慌模樣，見著她時喚了一聲「姑娘」，眼淚珠子都滾了下來。

尤月心底湧起一陣強烈的不安：「怎麼了？」

那丫鬟害怕極了，哆哆嗦嗦道：「蜀地，鹽場，鹽場失火，燒了一片，銀股的價錢……」

尤月腦袋裡頓時「嗡」地一聲炸開。

她面色瞬間變得猙獰起來，一把掐住了那丫鬟的胳膊，厲聲道：「妳胡說八道些什麼，好端端的怎麼可能出事？」

這聲音有些大，站在宮門口都能聽見。

眾人好奇的目光全都投了過去。

姜雪寧站在邊上，目光悠悠從尤月身上掠過，渺渺投向茫茫遠處：湛藍清空下，已有了少許飛鳥的影子，城外河湖上結的冰該化得差不多了，再過月餘山花開遍，是個踏青賞玩的好時節。屆時，誆上沈芷衣同去，大約不錯。

第一五四章　黃雀在後

雕漆長案上置著一座汝窯白瓷的筆山，一管小筆輕輕搭在筆山左側，筆管上斑駁著湘妃竹的淚痕，墨跡則在細軟的羊毫上凝結，看得出有許久沒動過。邊上一方端硯裡的墨水也早就乾涸。

任氏鹽場來通傳情況的人就立在簾外。

姜雪寧坐在案邊，深靜的目光與窗外漸漸昏暝的天光一起，落在面前這兩頁薄薄的信紙上，聽著外頭那人的聲音，卻有些出了神。

「半個月之前還好好的，只等著第一批鹽出來，甚至已經找好了買主。可沒想到，最順當的時候出了這種事，整座鹽場都已經燒了起來。蜀中井鹽本來大部分是火井，引氣燃燒煮鹽。今次不慎卻是引燃了鹽井裡的炎氣，地火燒成一片。及至屬下自蜀中出發時，鹽場裡搭建的卓筒井已經全部燒光……」

「家主知曉事大，派人先來京中通傳。」

「信函乃是家主親自寫就，特意囑託小的跟姑娘說，夫人手指略有灼傷，雖不嚴重卻不能親自寫信，所以由家主代筆，還請姑娘不要太過擔心。」

信箋上的字跡，比起以往尤芳吟寫回來的信，的確是字跡流暢，漂亮的館閣體，一看就知道是任為志親筆所寫。

信中大致交代了鹽場如今的狀況。

只是鹽場起火的程度和遭受的損失，有些超出了姜雪寧的預料：上一世她就聽聞卓筒井初建，因防範不當引起著火，點燃了炎氣，引發了地火。這一世既是尤芳吟嫁了過去，她便是不掛念任為志及鹽場如何，也提點過了尤芳吟要多加小心，做好防範。本以為這樣即便不能完全避免失火，也當能防患於未然，儘量減少損失。可沒想到，非但沒能避免，反而比上一世還嚴重一些！

棠兒蓮兒都在外間候著。

傍晚的庭院有餘暉晚照。

姜雪寧朝窗外看了一眼，抬手輕輕壓住眉心，只問：「蜀中引氣煮鹽，地火的防範向來是重中之重，便是任公子不當一回事，煮鹽的長工也不該不當一回事。如何會失火，又如何會發展到這般境地？」

簾外立著的那人頓時有些支吾。

姜雪寧便看出事情似乎沒那麼簡單，於是道：「是人禍？」

那人頭便抬了起來，聲音裡透出了幾分不平與憤怒，道：「正是人禍！姜二姑娘遠在京城，家主與夫人本都不想您太過擔心鹽場的事情，所以特意叮囑過小的不用講鹽場的事情，他們自有解決之法。可小的一口氣壓在心裡實在咽不下去。您有所不知，清遠伯府大老遠從京城派了個人來，說是照看夫人，可到了鹽場卻是作威作福。」

原來大半月前，任氏鹽場來了位不速之客。

此人拿著清遠伯府的腰牌，自稱是伯爺擔心尤芳吟嫁得不好特來看看情況，若鹽場有點什麼事情也好幫襯，畢竟大戶人家出來的管事，見過的世面多，有個什麼對官府的應酬也可派了他前去。

可這不過是把話說得漂亮。

此人剛住下的第一天，便要好酒好菜好房間地伺候著。蜀中自然不比京城繁華，任氏鹽場又正在篳路藍縷之中，哪兒能叫他滿意？

於是沒過三天，對方便大發雷霆，甚至指著尤芳吟的鼻子罵賤種。

尤芳吟是何等好相處的脾氣？

嫁到四川後，同任為志相敬如賓，舉案齊眉；該給長工的錢，一個子兒也不少；平日待人不管尊卑，都是面有笑容，溫溫和和。

有個這麼好的少奶奶，誰不誇讚兩句？

上上下下，所有人都喜歡她。

京城來的這管事，仗著自己是少奶奶娘家人，仗著自己背後是清遠伯府，一個做下人的反而要往主人的頭上踩！

對伺候的下人和鹽場的長工也是動輒打罵。還時不時進出鹽場，對他不懂的事情指手畫腳，便是旁人停下來歇口氣喝口水，也要被他責斥成偷懶。

沒過幾天，鹽場所有人對此人便已厭惡得無以復加。

說到這裡時，蜀中來報情況的人，聲音裡的憎惡也達到了極點：「那天鹽場裡一位老長工正在引氣煮鹽，沒留神攔了他的路，他喝了酒也不聽旁人解釋，一意揪著老長工便要打。旁人看他早不高興，上來勸架。沒料想他發作得更厲害，拿起邊上的竹竿就連著別人一起打。一打打出了事，引氣的竹管斷了。卓筒井是用竹做成的，加上地湧炎氣，沾火便燒起來。很多弟兄們為了救人都受了傷，這老王八蛋剛出事便嚇得躲了出去，還拉踩別人做墊背！」

清遠伯府竟然派了人到蜀中去？

姜雪寧著實吃了一驚，眉頭緊蹙。

心念一動間，卻是片刻就想明白了原因，臉色也漸漸沉下來。

最初尤芳吟嫁去蜀中，伯府是不管不顧的。

可隨著任氏鹽場銀股價錢的走高，尤月手中又握有不少的一部分銀股，伯府內裡更是個被掏空的破落戶，自然上下都會對鹽場起心。以照顧尤芳吟的名義派人去，卻行監視、插手、蠶食之實，所圖只怕不小。

只是既懷了這般壞心思去，必不可能做什麼好事。

鹽場失火，也就在意料之中。

即便這一次僥倖沒出事，他日也未必能夠倖免！

人心不足蛇吞象。

看今日宮門前尤月那大驚失色彷若天塌的模樣，大概無論如何也想不到，這一遭乃是她作繭自縛吧？

姜雪寧對這一家子的厭惡更深。

她輕輕敲了一下桌案，問：「其他人怎樣？」

那人道：「回姜二姑娘，因鹽場地勢開闊，見機得快，倒是無人折損性命。只是有些長工煮鹽一輩子，捨不得見那些雪花鹽白白毀在火裡，拚了命想去救下一些來，有些被砸了傷了，可都不算很嚴重。眼下應該都請了大夫來診治，少奶奶連自己的體己銀子都拿出來抓藥了，除了鹽場沒了之外，都還好。」

姜雪寧點點頭：「那就好。」

尤芳吟「嫁」任為志去蜀地之前，她已交代過若遇到意外的處理之法，想來尤芳吟與任為志都會採用。

那接下來的事情，對她而言便很簡單了。

姜雪寧抬眸看向簾外，道：「任公子派你來得正好，我這裡正缺個人辦事。」

任氏鹽場出事的消息，如同一團燒起來的火，眨眼便燒穿了外頭包裹的紙。

蜀香客棧幾乎炸了鍋。

店裡的客人不減反增，個個人都想知道任氏鹽場先前攤子鋪這麼大，眼下要如何收場。

清遠伯府中，尤月更是焦得嘴唇上都起了個泡，時不時朝著門外望去。

清遠伯坐在書房的書案後面，看著她這模樣便氣不打一處來，前些天還對尤月和顏悅色，如今卻變了一張臉似的，聲音裡透出尖刻嚴厲：「早說過他們這些商人沒有一個靠譜的，偏妳要自己逞能耐，花錢買什麼勞什子的銀股！這下好，鹽場燒了！有多少錢都竹籃打水一場空！趁著現在消息剛剛出來，銀股的價錢還沒跌得太厲害，趕緊都賣出去！原來的銀子能收回來多少是多少！」

尤月本來就上火，一聽這話面容都扭曲了幾分。

她少見的沒遵循往日的尊卑。

目光轉回來時看向自己的父親，卻是狠狠地冷笑起來：「父親如今說話可真是站著不腰疼！早些天不還巴巴問我漲了多少嗎？如今出了事又好像自己曾未卜先知一樣，還來責斥起我！」

清遠伯窩囊歸窩囊，可在自己家裡向來是拿架子拿得最狠的一個，豈能聽得她這般尖銳的諷刺？

一股火也從心裡竄出來。

他拍案而起就要教訓這逆女，指著她鼻子大罵起來：「反了反了！府裡養著妳供著妳！說什麼妳的私房體己錢，那還不是府裡給妳的！」

伯夫人也不懂生意場上的事情，只知道鹽場出事，銀股價錢必定會跌，女兒手裡的生意就是虧了。她雖然也憂心忡忡，可尤月畢竟是她親女兒。

眼看清遠伯發作將要鬧起來，她便舉袖擦淚哭著上前拉住。

一面哭一面道：「伯爺，月兒可是要去選王妃的，打不得！再怎麼說也是你親生的閨女啊。如今銀股的價不還沒跌到底嗎？我們規勸著她早些把銀股出手了也就是了。」

說著又轉頭勸尤月：「這節骨眼上可別鬧出什麼事情來，若讓京城裡的人看了笑話，我伯府的顏面又往哪裡放？妳既中意臨淄王殿下，便是讓他知道也不好。女兒啊，退上一步就此作罷吧。這時候賣出去總歸還是賺的。」

尤月哪裡肯聽？

她簡直覺得自己的父母愚不可及：「賣出去賺？這種時候消息都已經傳開了，你們以為京城裡那些都是善人嗎？鹽場出事了誰還買這種註定收不回來錢的銀股？你肯賣只怕也沒人肯買！既然這樣為什麼不賭上一把？鹽場出事了，那姓任的和小賤蹄子不還沒死嗎？手裡有點錢未必不能東山再起！」

她瞪著眼睛一意孤行模樣，甚至透出幾分駭人的戾氣。

所有人都驚呆了。

伯夫人一愣之後，哭得更傷心欲絕了，伯爺更是被怒火焚沒了理智，抄起旁邊不遠處的藤條便向尤月衝了過去，大罵起來：「逆女，逆女！」

尤月見清遠伯發作到這般猙獰的程度，心下也有幾分害怕。

只是她無論如何也不肯接受自己做的這件事就這般失敗，硬生生梗了一口氣在喉嚨裡，昂起頭來，挺直脊背，決然道：「賺是我的，虧也是我的，與你們又有什麼相干？該賣的時候我自然會賣！」

她一甩袖子從屋裡走了出去。

不多時便聽到後面的書房裡有瓶罐摔碎的聲音，可她沒有停下腳步，而是直接走回了自己的房中。直到進了門，把門合上，沒有旁人在了，她才戰慄起來，不住地打哆嗦，面上的血色也消失殆盡，顯出一種慘澹的青白來。

「怎麼會，怎麼會呢……」

尤月捂著臉，身子漸漸滑了下來，終於是在人後露出了幾分倉皇無措。

接下來的一段日子，堪稱痛苦的煎熬。

明明距離臨淄王選妃的日子已經沒有多少了，她卻為著任氏鹽場銀股的事情茶飯不思，輾轉反側。原本這些天來好不容易養得玉潤的一張臉，肉眼可見地憔悴下來，眼圈下積攢了一層青黑，便是用最好的脂粉也難以遮掩。整個人甚至變得有些魂不守舍，有點什麼動靜都會一下站起身來，問是不是鹽場那邊來了消息。

可蜀香客棧那邊的消息始終沒變。

那就是鹽場失火嚴重，幾乎燒了個乾淨，但任為志和尤芳吟都沒事，將會著手重建鹽場。

光是這樣的消息如何令人信服？

天底下做生意的人多了，倒下去爬不起來的，更是比比皆是。

大多數人心底並不看好。

在鹽場失火消息傳來的當天，便有人忙慌慌想要將自己買入的銀股出手。怎奈這消息傳得太廣，所有人都知道出事了，也沒幾個願意花錢接盤當賠本的冤大頭。

是以銀股雖然掛出，卻沒人肯買。

那價錢便一天天地往下跌。

最開始還是一千六百文，接著便是一千五百文，一千四百文。

第四天，更是直接暴跌五百文！

因為在這一天，京城裡那位持有最多銀股的幽篁館呂老闆，都沒扛住鹽場出事的刺激，仔細想了想之後，大概為了求穩，往外先拋了一萬股，試圖為自己止損。

消息傳到姜雪寧這裡時，她正坐在棋盤前面打譜，黑白二子已經鋪了有半張棋盤，聞言卻是目光有些古怪地抬起頭來。

過了好半晌才笑起來。

烏黑的眼仁中隱約劃過一抹狡黠，她用那枚棋子輕輕點著自己下頜道：「當初趁火打劫壓低價錢買我銀股，還當這奸商有多沉得住氣呢！沒想到也拋了……」

外頭站的正是前段時間鹽場來報消息的人，名叫劉揚，已在京城逗留了好些天，卻不很看得透這位姜二姑娘種種心思。

他遲疑了一下問：「要趁此機會買入嗎？」

姜雪寧把棋子按回了棋盤上，挑眉看他一眼，道：「慌什麼？眼下還是九百文的高價，等它再跌兩天不遲。」

更何況……

她看著棋盤思索起來：頭回遇到這種情況，連呂顯都穩不住了，怎麼尤月這等蠢人反倒紋絲不動半點也不慌的模樣？

居然還是個孤注一擲的賭徒不成？

近來蕭定非那邊花錢跟流水似的。

眼看著便要到關鍵時候。

姜雪寧算算清遠伯府的情況，忽然心生一計，向外頭的劉揚道：「清遠伯府的人沒見過你吧？」

第一五五章　直接

姜雪寧叫劉揚進來，壓低聲音交代了一番話。

劉揚目瞪口呆。

姜雪寧卻只淡淡地笑了一笑道：「縱然是有人想要孤注一擲賭上一把，可我猜旁人未必讓她如願，你且按我說的去做。」

❀

呂顯一萬銀股拋出後，任氏鹽場立刻崩了盤，銀股價錢斷崖似的往下掉。

八百文，七百文……

到了第六天時，乾脆連最初的五百文都沒了，只剩下四百文。

伯夫人在府中幾乎以淚洗面：「早同妳說過，大家閨秀做什麼不好，何必折騰這勞什子的東西？出了事也不肯聽人的勸，若賺夠一些早點把那銀股拋了，又何至於到如此境地！月兒，伯爺都被妳氣病了，妳就聽娘一句。選王妃的時候快到了，可別這樣熬下去……」

房內尤月直愣愣地坐著。

她一雙眼死死地盯著面前匣子裡那幾張銀股交易的契約和憑證，連日來睡不著覺，讓她眼底都滿布了血絲，看上去竟有幾分猙獰可怕。

伯夫人的話，她置若罔聞。

只是不知第幾遍問身邊丫鬟：「有新的消息了嗎？」

伺候的丫鬟這些天也慌得很，府裡人瞧著尤月這幾天不大對勁，也不敢逆著她的意思來，幾乎每隔半個時辰便派人去蜀香客棧打聽最新的消息。

可眼下新的消息還沒來。

丫鬟戰戰兢兢，聲音細如蚊蚋：「沒，暫時還沒有。」

尤月的神情便陡然一厲，站起身來竟然一巴掌朝這丫鬟的臉上摔了過去，呵斥起來：「都已經過了有一個時辰了，還不見回來，都是幹什麼吃的？」

丫鬟半邊臉立刻紅了一片。

伯夫人驚叫起來：「妳瘋啦，這又是要幹什麼？旁人回不回來與後宅裡的丫鬟有什麼相干？妳可真是鬼迷了心竅啊，月兒，不過區區幾千兩銀子，放下便放下吧？妳若選上臨淄王妃，他日榮華富貴還不是唾手可得？」

這位置，往日的尤月也不是沒有肖想過，可如今伯夫人的話在她聽來卻是格外刺耳，更刺激了她這些天來備受打擊的心，讓她反感極了。

她竟冷笑一聲：「有那麼容易嗎？」

伯夫人愣住。

尤月卻是惡狠狠地道：「京城裡名媛淑女都要去選，上有一個蕭姝，下有一個姜雪蕙！別人府中多闊綽，我們府中又是什麼樣？若連這點銀子都沒了，我連點拿得出手的頭面都置辦不下來，縱是去選了不也是叫別人看了笑話！」

眼見著府中去探消息的人還沒回來，她已經是等不得了，竟不顧伯夫人的阻攔，把桌上裝契約的匣子拿鎖鎖上，鑰匙卻親自揣進自己懷中，然後大聲叫起來：「為我備馬車！」

伯夫人問：「妳幹什麼去？」

尤月頭也不回地道：「我要親自去客棧那邊看看，你們故意不叫我知道消息，休想！」

她在府中慣來霸道，自打選進仰止齋作伴讀後，在府裡便是她姐姐尤霜都要矮她一頭，是以下人雖然為難，也不得不為她準備馬車，唯恐受了她的責打。

伯夫人在後面叫她她根本不聽。

馬車出府的時候，有一名身材高壯的青年策馬而來停在府門口，若是平時尤月一定要問問此人身分。可如今整個人都跟魔怔了似的，只看了一眼目光便掃過去，催促著車夫趕車去蜀香客棧。

這些天來任氏鹽場的銀股價錢一路往下，九頭牛都拉不回來，剛開始的時候還有許多人來看熱鬧。可跌得久了，也就見怪不怪，只當這鹽場是廢了，買了銀股的人是栽了。

所以尤月本以為，今日到時人該不多。

可沒料想，才剛下馬車，就聽得客棧之內一片人聲，竟是頗為熱鬧。

「可真沒想到，這種節骨眼上誰有這種膽量竟敢接下那一萬銀股啊？」

「都跌到三百文，無人問津啦！」

「不是有傳言說，蜀中那邊傳來消息說鹽場正在重建嗎？只是那任為志琢磨出什麼卓筒井來，倒讓周遭鹽場眼紅得很，趁火打劫起來，非逼著他教其他鹽場打卓筒井才肯施以援手，不然便要橫加阻攔。我看任氏鹽場不值錢了，可這卓筒井怕還要值點錢。三百文一股買這個，倒也不算虧！」

「可這辦法一旦告訴了人，也就不值錢了啊……」

「是啊，到底誰膽子這麼大？」

「說不準是有錢沒地兒花呢？」

尤月在外面聽見這話時，心裡便陡地一跳，一時完全忘了自己還是個矜持的大家閨秀，走進去就向方才說話的一人問道：「呂老闆的那一萬股有人買了？」

客棧裡大多是大老爺們兒，可沒想到竄出個姑娘。

只是抬起頭來一看，這姑娘五官雖然清秀，神情卻有點偏執的凶狠，一雙泛紅的眼睛瞪著，隱隱緊咬著牙關，叫人看了心裡直冒寒氣。

那人看她穿戴不是普通人家，倒也不敢怠慢。

當下回答道：「是有人買了下來，可還不知道背後是誰，剛一個時辰前的事。不過前段時間還值一萬五千兩的銀股，如今只賣了個三千兩，呂老闆這生意做得可也是虧本極了。」

尤月心跳驟然加快。

一絲隱祕的希望升了上來：只要有人肯買，銀股的價錢就有可能穩住，說不準還能漲上去！

她大概算過，按照任氏鹽場以前的習慣，最晚今天也該有鹽場那邊的確切消息傳過來了，她無論如何都沒辦法待在府裡聽著，不如親自來等。

於是皺著眉便對櫃檯邊上的掌櫃說了話。

「掌櫃的，樓上備雅間。」

掌櫃的不由一怔：「這位姑娘，今兒來的人多，樓上雅間已經沒了。」

尤月頓時皺眉，瞧見樓上分明還有個雅間的門窗開著，像是沒人，便冷笑一聲：「我乃是清遠伯府的嫡小姐，你這裡連個雅間都挪不出來嗎？」

民怕官，何況掌櫃的是商？

他也抬頭看了那空著的雅間一眼，卻是十分為難：「姑娘，樓上那雅間是另一位姑娘早就定好的，做生意講究一個誠字，我實在是無法做主啊。」

尤月掃視了周遭一眼，輕輕抬了下頷，不屑道：「你這裡來往的都是販夫走卒，本姑娘來是看得起你地界兒！誰訂好的叫他讓出來便好，料想他也不敢有什麼不滿。」

周圍「販夫走卒」們面色不由一變。

連掌櫃的臉色都難看了幾分。

就在這時候，外頭忽然傳來一聲清泠泠的笑：「怎麼尤姑娘連我訂下的雅間都要搶上一搶了？」

這聲音……

尤月面色驟然一變，渾身都緊繃起來。

縱使萬般不願，轉過頭來時，也還是看見了那張令她深惡痛絕的臉——姜雪寧！

近來宮中又是準備選王妃，又是準備和親，伴讀們已經不必再入宮，所以尤月已經有好些日子沒見過姜雪寧了。

再次看見，真有一種目眩神迷之感。

天氣開始轉暖，她穿了一襲鵝黃的百褶裙，春衫透薄，更襯得她腰肢纖細，烏黑蓬鬆有若鴉羽，體態穠纖合度。巴掌臉上更是五官明媚，目光流轉，只使人自慚形穢。

在她後面一點竟然還跟了一人，正是昔日曾在宮中打過一回照面的那位定非世子。

一身富貴風流氣，一雙邪氣勾人桃花眼。

人往姜雪寧身邊一站，若忽略其唇邊隱隱帶著的一抹玩味的壞笑，倒是覺得男才女貌，養眼至極。

他二人是一前一後進到客棧的，旁人並不知他們相熟。

尤月見了卻是立刻在心裡罵：淫男蕩女！

她與姜雪寧結仇已深，不欠這一點半點，可對蕭定非回京之後的一干行徑卻是有所耳聞，便不大敢造次。

姜雪寧今日卻是一反常態，對她和顏悅色地笑起來，好像同她沒有半分過節似的，竟道：「難得在這種地方能遇見，我同芳吟也交好，有些擔心她在蜀中的情況，是以也來等消息。尤姑娘既然沒尋著雅間，若不介意，不如與我一道？」

姜雪寧今日吃錯什麼藥了？

這是尤月腦袋裡冒出來的第一個想法。

她警惕起來，半點也不相信，反倒沒了對雅間的想法，冷笑一聲道：「誰不知姜二姑娘想害人有千萬般的手段？我可消受不起。」

姜雪寧盤算現在劉揚正在伯府裡勸說清遠伯，要把尤月手裡那四千股算計下來，可不能讓她這時候回去了，壞了那邊的事。

是以腦筋一轉，便想用激將法。

可正當她要開口時，眼角餘光一晃，忽然瞥見了那道正從門外走進來的身影，還未出口的話便頓時忘了個乾淨，一時竟生出幾分隔世之感。

他彷彿不愛穿那身官服，只一身無趣刻板的墨藍長袍，目光即便是不從人臉上過時，也透出比尋常人多幾分的靜肅沉凝。

冷若磐石，寂似寒潭。

刀裁似的長眉微微低下，一隻長指嶙峋的卻從簡單寬大的袖袍中露出幾分來，拿著一卷紙。

看見姜雪寧時，接著也看見了同她站得頗近的蕭定非，他腳步頓了一頓，但仍舊走了進來，身後還跟了兩名差役。

掌櫃的唬了一跳。

他忙從櫃檯後面轉出來，拱手作揖：「哎喲，何事竟勞動差爺們親自來一趟？」

市井百姓很難見著官，掌櫃的自然也認不出張遮。

他卻也不道明身分，只將手裡那卷紙展開來，請掌櫃的細看：「畫像上的人，近日是否來過貴店？」

掌櫃的凝神細看，搖頭道：「若長這樣，來過小人肯定記得，完全沒有印象。」

張遮的眉頭於是輕蹙了幾分。

兩名差役都低聲同他說著什麼。

他卻沉默，只將那畫像收起，向掌櫃的道了一聲謝，便往客棧外面走。

那一刻，距離分明不遠，可姜雪寧竟覺這人彷彿在天邊，一下有些魂不守舍，只想：他分明瞧見我，卻像不認得我似的。

尤月可記得清楚，自己同姜雪寧最初便是因為一場與張遮有關的口角結仇。看見張遮進來時，她先愣了一下，接著便下意識去看姜雪寧神情。

眼見那張遮進來渾不似認識姜雪寧一般，她幾乎立刻掩唇笑了起來。譏諷之言在幸災樂禍之餘，脫口而出：「嘖，我還當姜二姑娘與人家張大人兩情相悅，原來是恬不知恥一頭熱，倒貼呀！也難怪，聽說這位張大人可不是登徒子，哪兒會搭理某些朝三暮四、水性楊花的女人！」

說著她還意有所指地看向了蕭定非，言語之間那鄙薄與暗示，已是明明白白。

姜雪寧心內一股無由的躁意。

眾目睽睽之下，她竟直接一巴掌半點沒帶留情地甩在了尤月臉上！

「啪！」

清脆的一聲響。

整個樓下茶堂裡頓時安靜了，人人目瞪口呆，多少帶了幾分震駭地朝著姜雪寧看過來。

蕭定非更是聽得面皮都緊了一下，斷斷沒想到自己瞧著溫軟漂亮的美人兒還有這般令人心底發寒的一面，不由得打了個哆嗦。

尤月捂住臉愣片刻才大叫起來：「姜雪寧妳這賤人！」

姜雪寧冷冰冰地看了她一眼，卻是一句話也沒說，轉身直接從客棧裡走了出去。

若方才沒看見張遮，逢著今日這樣特殊的收網時刻，她或恐會耐住性子同尤月周旋。可張遮只出現那麼片刻，便將她心思攪得一團亂。

她明知這時若出去，只怕明日京中便是流言蜚語傳遍。

可——

連暗中籌謀逼迫蕭姝去和親這種事她都已經做了，那一點點既不能害她命也不能改她心的閒言碎語，又算得了什麼？

姜雪寧不在乎！

她腳步很急，直追張遮而去，離得近時便朝著他背影喊了一聲：「張大人！」

張遮停步，轉過身來。

他身邊跟著的兩名差役詫異回頭，看見姜雪寧時都不由得愣了一愣，遲疑的目光也轉向張遮。

張遮卻沉默不言。

姜雪寧根本不在乎旁人目光，彷彿那兩名差役根本不存在似的，挺直了脊背，站在他面前，再不遮掩自己的心意，直接問道：「除夕那夜我送的東西，張大人收到了嗎？」

兩名差役的目光頓時震撼極了。

第一五六章　嫉妒

說實話，張遮進入刑部的時間雖然算不上太久，可有眼睛的都能看出他是什麼為人性情。

去年侍郎陳瀛大人在洗塵軒請客。

這種場合，免不了喚一些容貌昳麗的女子進來「伺候酒水」。有些放浪形骸、習慣了聲色犬馬的官員，當場便開始毛手毛腳，與這些姑娘調笑。

這位張大人五官端正，相貌清冷，坐在眾人之中卻格格不入。

風塵女子見了，不免意動。

畢竟有些貌似正人君子的，實則比那些直截了當的還要下作幾分。既來了這樣的場合，就不可能出淤泥而不染。退一步講，即便他是真的正人君子，撩撥起來豈不更為有趣？

於是，就有那麼兩個姑娘沒長骨頭似的，想往他身上黏。

可還沒等靠近，他便站了起來。

旁人頓時笑鬧起哄。

這位張大人卻是低眉斂目，直言自己不勝酒力，不能喝酒，不便在此攪擾眾人興致，先行告辭。

說完轉身便走。

那時洗塵軒裡眾人面面相覷。

陳侍郎的臉色都不大好。

那回結束後，刑部暗中都是風言風語，說張遮此人既不識趣也不識相。

兩名差役當然也聽說了。

且他們還聽說過張遮與姚府千金退親的事。

本來八字只等一撇了，忽有一天就黃了。雖不知到底哪邊先要退親，可人姚府高門大戶，張遮出身寒門，總不能是張遮自己傻了去退親吧？畢竟當年親事定下，他自己也是同意的。所以多半是那位高貴美麗的千金姚惜小姐，嫌棄此人木訥無趣，一張寡淡死人臉，這才退了親。

這位張大人什麼做派，他們實在太清楚。

一天到晚臉上不見一絲笑。

刑部衙門裡，他往往到得最早、走得最晚，成日裡同卷宗、凶案、牢獄、律例打交道，便有些小家碧玉相中他，也總因這一副不近人情、不解風情的做派屢屢碰壁，久而久之，便無人問津了。

可眼下……

兩名差役簡直不敢相信自己的眼睛！

方才在蜀香客棧時，他們就已經看見了姜雪寧，畢竟這樣好看的姑娘實在是驚豔至極，只晃眼一掃便讓人難以移開目光，比他們見過的任何一名女人都要漂亮！

同她一比，什麼倚紅樓的嬌娥，偎翠閣的柳眉，都是下乘中的下乘！

若非有公幹在身，他們必定貪看不走。

可萬萬沒想，他們剛走不久，這位姑娘竟然追了出來。

而且叫住了……

張大人？

兩名差役看向姜雪寧的目光，很快由最初的震撼轉為了憐憫：可惜！這般漂亮的姑娘，腦子竟不好使！有這樣好的樣貌嫁誰不是飛上枝頭，怎麼瘸了眼神偏看上了張遮，除夕甚至還送了東西？

街道上行人往來，車馬絡繹。

兩人相對而立，靜止不動。

像是平緩細流裡兩塊沉底的石頭。

張遮本以為自己已經做好了決定，也一遍遍地告誡過了自己，可又見到她時，心裡那堵高高築起的牆便搖晃起來，一點一點往下坍塌。

身靜心難靜。

他甚至沒有想過姜雪寧會追出來，更沒想到她會拋卻矜持這般直截了當地問他。可轉念一想，這不正是她性情嗎？張揚著、跋扈著、明豔著，不大會往裡收。若畏畏縮縮，患得患失，反倒不像是她。

姜雪寧微微仰著臉看他，一雙盛了光的眼底隱約有幾分氣悶的委屈，可她並不宣之於口，甚至帶了點霸道地又重複了一遍先前的問題：「張大人收到了嗎？」

明明句句都是在乎的話，可張遮卻覺字字刀割。

他看似無恙地站在她面前，心裡卻遍體鱗傷，鮮血淌滿，要用力地攥一下手中那卷畫像的紙，才能保證聲音如常平穩：「收到了。」

旁邊兩名差役對望一眼，幾乎都疑心自己是聽錯了。再看看這位張大人似乎如常的神情，卻罕見地覺出了一種不尋常。

到底張遮如今正得聖眷。

他們若不知死活聽了人私事，焉知人將來不會忌憚、防備？

這兩人一躬身，悄無聲息地退了走。只是走出去老遠還要忍不住回頭望上一望，顯然有壓抑不住的好奇。

姜雪寧卻渾然不覺，聽見張遮肯定回答之時，心跳驟然快了幾分，可伴隨而來的是一種隱隱的不祥，讓她心底如扎了暗針一般刺痛。

有道聲音在她腦海裡喊，不要問了，不要再問了。

話都到這裡了，還有什麼不明白呢？

可那綿綿而來的刺痛，已經讓她有一種呼吸不過來的錯覺，也使她執拗地忽略了那道聲音：「那裡面寫了什麼，張大人也看見了？」

張遮道：「看見了。」

姜雪寧還笑了一笑，前所未有地坦誠：「旁人都道大人冷面寡情，不好相處。可通州一行，雪寧有幸蒙大人一路照顧，識得您實則冰壑玉壺，清介有守。張遮，我屬意於你。」

張遮，我屬意於你。

沒有尋常女子那種羞怯，只有一腔不撞南牆不回頭的孤勇。

張遮覺得她好像快要哭出來了，可微顯蒼白的臉上，那一抹微笑始終不曾褪下，好像她相信自己一定能得到自己想要的答案一樣。

屠沽市井，俗世喧譁。

他卻忽然被這一句話拉回了前世。

上一世，姜雪寧也曾說過這樣的話的。

只不過彼時她還是看不慣他，只因他同周寅之乃是死對頭，宮內宮外一有機會便恣意妄為地作弄他，給他氣受；調侃他，使他難堪。

因知他為人刻板守舊，便故意調笑。

若稍有不慎露出片刻的窘迫，常能引得她撫掌大笑，倒好像是打了什麼勝仗似的。

他雖是堅忍沉默性情，被捉弄久了，也難免有沉不住氣時。

那一日是深冬，朝臣奉詔入宮議事。

他住得離皇宮遠些，道中濕滑，來得也晚些。到了乾清宮，卻見一干重臣包括已是太子太師的謝危在內，皆在偏殿等候。

眾所周知，謝危乃是帝師，且體性畏寒。

聖上召見眾臣，誰在外面候著都不稀奇，可讓謝危在外頭候著，當真聞所未聞，見所未見。

當下有位老大人走進來，納罕得很：「不是聖上召咱們這時辰來議事嗎？怎的反叫這麼多人在外頭等著？」

謝危立在階上，倒還淡泊，回頭答了句：「皇后娘娘在裡面。」

眾人頓時面面相覷。

那位老大人噎了片刻，低下頭去嘀咕了一句，終究沒有再說什麼。

張遮向乾清宮裡望了一眼，竟莫名一陣心煩意亂。

又候了有大半刻，司禮監的秉筆太監鄭保，才親自彎身送了一人出來。

是姜雪寧。

華服高髻，抱著精緻的錯金手爐，粉白的臉頰豔光逼人，點作櫻桃色的唇瓣，色澤卻似比尋常時候淺了一些，像是在哪裡蹭掉了原本的口脂。

她出來先看見了階上的謝危，眼底飛快地劃過了一絲厭憎，把目光轉開來。

下臺階時，才看見他。

於是眼底那一點華光轉而變得玩味，故意挑眉勾出了一抹笑，到底是乾清宮門，也沒敢當著這許多大臣的面來為難他，腳步輕快地帶著一干宮女走了。

隨後沈玠召他們入殿議事。

行禮後起身時，張遮恰巧看見那年輕儒雅的帝王，將翻起來的一段衣袖整理回去，一點櫻粉不大明顯地染在他右手無名指那透明的指甲蓋邊緣，彷彿還殘留著一段柔情繾綣的餘溫。

他不知還有沒有別人注意到。

但長達一個時辰的議事中，他雖對答如流，可不說話時比起往日的沉默，卻更多了一點難以察覺的沉悶。

眾人告退，從乾清宮中出去時，謝危忽然停下步來，看了他一眼，道：「江南科場舞弊一案牽扯甚廣，張大人今日的話，比往日還要少些。」

張遮與這位帝師並不相熟。

可那一刻猶自心中一凜。

他答道：「茲事體大，性本寡言，更不敢妄言。」

謝危面上總帶著點笑，待人接物亦十分圓熟，便是冬日裡也常叫人有如沐春風之感。

可聽了此言後，他卻沒有接話。

旁邊那位老大人正好走過來邀他同去內閣，謝危便似什麼都不曾提過一般，與其餘輔臣一道往值房去。

張遮在階下站了有片刻，才朝東面文淵閣走。

科場舞弊一案錯綜複雜，甚至牽扯到了過往幾任會試總裁官，總要找相關的人問問口風不可。

只是一路上竟有些心不在焉。

連姜雪寧什麼時候帶著宮人遠遠走過來，他都未曾看見，也就自然沒能避開。

她似乎是去了一趟御花園，身後幾名宮人，其一端著剪子，另外的幾名卻是各自手裡拿著幾枝雪裡梅。

天氣正寒，梅花開得正烈。

有的紅，有的白，有的黃。

獨姜雪寧自己手裡那尺許長、欹斜的細細一枝，竟是如豆的淺綠之色，甚是稀罕。

聽聞宮中御花園東角栽著一樹世所罕見的綠梅，乃是先皇沈琅登基一年後，那位國師圓機和尚同帝師謝危打賭輸了後種下的，每逢冬寒時節開放，梅瓣皆是淺綠之色。

宮人們都很愛惜，不敢擅動。

可落到姜雪寧手中卻是隨意攀折，輕輕巧巧地捏了賞玩，半點都看不出它的珍貴。

他自知撞見姜雪寧便沒好事，躬身行禮後不欲惹事，是以讓行左側，從旁離開。不想他往左邊走，姜雪寧便往左邊站；他往右邊走，姜雪寧便往右邊站。

無論如何都正正好把他堵住。

張遮於是知道她又起捉弄之心，原就寡淡冷刻的面上越發沒了表情，瞥見她彎著粉唇似笑非笑地看自己時，更覺一股煩亂冒了出來。

他道：「下官有事在身，娘娘容讓。」

姜雪寧擺手叫宮人都避得遠遠的，偏擋住他路，瞧著他那道冷峻的眉，竟執著那枝綠梅，抬起他削尖的下頷來，打量他這張臉，語藏戲弄：「張大人脾氣又臭又硬，可這眉生得卻是好看。倘若本宮偏是不讓你過呢？」

這般言行哪裡像是母儀天下的皇后？

張遮終於拂開了她，肅然了一張臉，冷冰冰地道：「娘娘乃是一國之母，位極坤寧，行止當有其度，視聖上是夫亦是君。如此輕佻之言，恐惹朝野非議。」

姜雪寧彷彿沒料著他竟會說話。

先是怔了一怔，隨即才像發現了什麼好玩的事似的，拍手道：「還當你是個鋸嘴的悶葫蘆，為難你許多回以為你修煉成了謝居安第二，正覺沒趣。不成想也有壓不住火氣的時候嘛！」

張遮不為所動，只道：「娘娘如此，置聖上於何地，置下臣於何地，又置禮義廉恥於何地？」

他頭回在避暑山莊見到姜雪寧時，便是這般。

豈料姜雪寧聽了此言，方才玩笑般的神情雖然沒變，眸底卻壓了一分戾氣，反讓她一張臉豔色倍增，走到他面前，幾乎腳尖抵著他腳尖，一扯唇角：「誰叫本宮頭回見了，就屬意於張大人呢？」

這般的話，本該是纏綿繾綣的情話，可從她口中說出來，卻是輕浮乖戾，暗地是十分的尖刻嘲諷！

那一刻張遮的忍耐到了十分。

他知對方戲弄自己，退了一步垂眸道：「下官立身正，不懼流言；娘娘之言行，卻未必不憚蜚語。朝野非議，恐非您所樂見，還請娘娘慎重。」

低垂的目光，只能看見姜雪寧那繡著鳳尾的一片衣角。

有片刻的安靜。

然後接著便是幾瓣綠梅進入視線，竟是姜雪寧那一枝綠梅點在了他的眼角。隨著他輕一抬眸，那細瘦的枝條末端有微冷的尖銳木刺，在他眼角劃了極淡極細的一道血痕。

疼痛十分隱微，卻切實存在。

姜雪寧換了一副若有所思的神情，打量他道：「張大人恪守禮義，素性忍耐，怎的今日被本宮隨口幾句胡言一激，就沉不住氣呢？」

張遮沒有說話。

姜雪寧的梅枝沒有收回，仍舊點在他眼角，目光也則移到他冷峻沉默的眼中，探究地看了許久，唇邊忽綻開了一抹笑，彷彿連自己也不敢相信般，竟問：「你在嫉妒？」

那一刻，張遮的忍耐彷彿達到了極限，徑直拂袖而去。

姜雪寧在他身後笑彎了腰。

回到自己府邸，他自當姜雪寧乃是與往日一般胡言亂語來攪擾他心神，翻了卷宗來看，可腦海裡那荒謬的兩個字竟揮之不去。姜雪寧暗中支持周寅之，周寅之卻是朝中一大禍患，他又怎會被色相所迷，甚至心生嫉妒？

不過是她故意言語辱他。

可他把卷宗翻過一頁一頁，卻連半條線索都未理出。

孤燈一盞照徹長夜，腦海裡浮現出的竟是那薄了色澤的口脂，染在帝王指甲上的櫻粉。

張遮頭一回恨起自己鉅細靡遺的洞察之能。

便有那一點細碎的蛛絲馬跡，也能叫他窺知冰山的一角，竟惹得心浮氣躁，再看不下去一字，只想：天底下怎有這樣壞的女子？

然而許久許久以後，他身陷囹圄，透過那小小一方鐵窗朝著雲外望時，旁的壞竟都忘光了，反而總想起那一天她含著戲謔而尖刻的笑，同他說的那句戲言──

誰叫本宮頭回見了，就屬意於張大人呢？

那時戲謔與尖刻，戾氣與嘲諷，都從回憶裡的那張面容上褪去，只餘下清風靈動，雪梅淡綠。

她作弄過他，也曾懇求於他；她擠兌過他，也曾展露過偶爾的柔軟。

她拉拽著他進了旋渦，可最終貪生怕死的人，也將那一條命捨了償還給他……

而此時此刻，隔了兩世，她就站在自己面前，不再總是戲謔地喚他「張大人」，而是異常認真地喊他「張遮」，坦坦蕩蕩地承認自己屬意於他。

這一世她不是皇后，他不是臣子。

他們本該在一起的。

張遮整個人都好似被運命的鈍刀割成了兩半，一半的他顯露在外，冰冷而理智；一半的他沉淪地獄，慘怛無望。

恍惚又是通州上清觀那日。

這一世的謝危一身道袍獵獵，立在嶙峋的山岩上，問他：「你也屬意於她嗎？」

他停步，沉默了良久，一字一句道：「我愛重她。」

那真是他這兩世最坦蕩的一刻，甚至拋去了所有的負累，得到了一種全然的釋放。

可謝危眼角微微抽了一下，只笑了一聲，彷彿很好奇地問：「那真是奇怪。謝某怎覺張大人對著旁人，反倒比對著心上人更坦誠些呢？」

他久久地立在那處，同謝危對視。

謝危卻輕嗤一聲，對他全無溫和之態，淡淡說：「寧二是個傻子，你若心有顧忌，還是別去招惹她了。」

拂面風已不冷，京城裡人們都換上了新制的春衫，街旁的垂柳也泛出了隱約的綠意。可百花將放，寒梅卻都凋零了吧？

張遮回過了神來。

姜雪寧望著他，只覺這雙眼底好像掠過了永世的掙扎，隱隱竟透出一種熟悉之感。

可她沒來得及深究。

因為下一刻，張遮的話，便叫她腦袋一下變成了空白，嗡嗡地震響起來，生出一種頭重腳輕踩在棉花上的感覺。

張遮注視著她，慢慢道：「姜二姑娘容諒，在下心中已有屬意之人了。」

第一五七章　起死回生

姜雪寧甩了人一個巴掌，轉身就走，可挨打的尤月哪裡能忍氣吞聲？她情知方才眾目睽睽，姜雪寧大家閨秀竟為一個男人打了她，實是千載難逢的機會，便趁勢抹淚將哭起來，一面哭一面還嘴裡委屈，不停用言語抹黑著姜雪寧與張遮——

儘管她其實什麼也不知道。

蜀香客棧中的眾人沒料不過三兩口茶的功夫，就上演了一場大戲，且還是京城裡的官宦人家，一時不由交頭接耳，竊竊私語。

蕭定非倒是頗早一些時候，就知道姜雪寧與張遮之間不一般。

畢竟從京城劫獄去通州時，這二人同乘一騎。

可這關係他也沒看明白。

有時覺得這兩人是心意相通，彼此都對對方有意；有時又覺得他們相互之間克制且隱忍，好像中間隔了一層什麼，誰也不敢灑脫恣意。

聽著堂內尤月假惺惺的哭泣，言語之間還在說什麼姜雪寧與張遮有私情，若非姜雪寧水性勾引，堂堂姚尚書府的大小姐姚惜又豈能與張遮退婚云云，蕭定非有種撕爛這女人一張臭嘴的衝動。

可轉念一想，忍了。

他莫名笑一聲，竟是好整以暇地一撩衣袍下襬，在堂中一張桌旁坐了下來，只心裡琢磨姜雪寧什麼時候能回來。

只是沒想到，坐了足足有兩刻，等得都有些不耐煩了，也沒等到姜雪寧回來，反倒是一聲勒馬的響動落在了蜀香客棧門外。

馬上的漢子，人還沒進客棧，那一嗓子因為連日奔波而乾渴上火的嘶啞聲音便傳了進來。

疲憊中充滿了狂喜。

竟是喊道：「任氏鹽場的消息！上上大吉的最好消息——」

尤月臉上還浮著那稍顯紅腫的一道巴掌印，正用帕子蘸了水敷上，心中惡毒地想著他日得勢一定要姜雪寧好看，另一面卻也焦急任氏鹽場的消息怎麼還不來。

此刻聽見外頭聲音，她豁然起身。

竟是頭一個沒忍住問道：「什麼好消息？」

一時間蜀香客棧裡幾乎所有人都湧了上去，詢問的聲音此起彼伏，下一刻便將尤月的聲音蓋住了，倒也沒引起太多人的注意。

那漢子早已風塵僕僕。

一身棉襖沾滿灰土，面上黑黃，頭髮糟亂，嘴唇更是早已乾裂起皮，可一雙眼睛卻炯炯有神，亮得發光，藏著誰也按不住的興奮，高聲呼喝起來：「諸位安靜，諸位安靜，先聽我說！我們家主，也就是任公子，已經與夫人合力，解決了鹽場眼下所面臨的危機！鹽場重建，不過就是一個月內的事情。」

眾人頓時驚訝至極：「竟有這樣的本事？」

掌櫃的忙擠進人堆裡給遞了一碗水。

那漢子連忙道謝接過來，先灌了一大碗，才簡明扼要地同眾人說了最新的情況：「鹽場出事之後，有許多人都受了傷，連官府都介入了此事，許多長工的家裡人也都到鹽場來要討個說法……」

當時可真說得上是「捉襟見肘」。

鹽場失火出了事，且還是尤芳吟娘家派來的人所引發，到底還是激起了一些眾怒。有些青壯長工，養家糊口全靠一副身子，失火卻或多或少讓他們受了傷，短則半月長則半年下不了地，做不了活兒，這等損失自要向雇傭他們做工的主人家去要。

任為志與尤芳吟皆是仁善心腸。

出事的當天幾乎就請了許多大夫來看，又以本就所剩無幾的銀錢賠償安撫。

這本是一件大善事，大好事，長工們都沒了意見。

可世上總是落井下石多，雪中送炭少。

這邊鹽場一應殘局還沒安排好，那邊便有其餘鹽場的場主與管事尋來，先是假惺惺說一番對任氏鹽場的同情，還送上了些許薄禮。任為志與尤芳吟還當他們是好心前來，豈料這幫人話鋒一轉，便涎著臉向他們討要那「卓筒井」的造法，說什麼反正任氏鹽場都垮了，既然手裡攥著這樣的好東西，不如教給別人，留在他們手裡也沒用。

卓筒井的技術乃是任為志，能重新支撐起任氏鹽場的重要原因，又豈能在這種關鍵時刻拱手送人？

他勉強沒翻臉請人送客。

本以為這幫人要一次沒成也就罷手了，畢竟人活臉樹活皮，不該苦苦相逼才是。可沒想到，蜀地這一部分鹽場早看任為志不順眼，打定了主意要趁火打劫。要卓筒井的技術不成，便暗中聯合了採買的鹽商，甚至糾集了一幫混混，警告所有做事的長工，讓人不敢再為任氏鹽場效力。

如此，任氏鹽場就被孤立。

到這時候，任為志與尤芳吟哪裡還能看不出來？這幫人絕對不會輕易罷手。

眾人先前雖已經聽了這漢子說有好消息，任氏鹽場的重建已經開始，可聽到這裡時仍舊忍不住為之心頭一緊。

有人破口大罵：「這也太他娘無恥了！」

有人笑：「天下熙熙皆為利來，天下攘攘皆為利往，實在沒什麼稀奇的！從古到今，見得還少嗎？」

有人性急追問：「後來呢？這怎麼解決的？」

小二端了兩盤廚房剛做出來的小菜並幾個饅頭出來，都給放到了桌上。

那漢子一路從蜀中來，道上不是趕路就是睡覺，吃的東西都少，說了幾句話眼前都在發暈。見小二端東西上來，連忙謝過。

他先啃了兩口饅頭，又一口熱湯沖下去，才繼續往下講。

可以說，到這時候，任氏鹽場已是山窮水盡，四處催逼。

任為志都差點想放棄了。

可他們那位才嫁到蜀中不久的、來自京城的夫人，看著溫溫和和，面對此事時竟決然極了，不肯退讓半步。也不知她是使了什麼法子，竟把知府大人請到了鹽場之中，說要請他做個見證之人。接著還廣發請帖，邀集蜀中尤其是自流井一片以開採井鹽為主的鹽場主赴宴。

蜀中自貢的井鹽產出，在數量上雖比不得沿海出產的海鹽，可大大小小的鹽場也有百餘之多。

宴席一擺，好酒好菜伺候。

知府大人坐在中間，其餘鹽場主們則都陪坐一旁。

酒過三巡，誰也沒先說話。

直到座中最大的那位鹽商十分直接地發問：「任老闆說要邀集我等，共同商議分享卓筒井的事情，如今菜也吃了，酒也喝了，不如還是開門見山說正事吧。。」

任為志同尤芳吟對望一眼，這才起身。

旁人全都看向他夫婦二人，二人卻是叫了管家端進來厚厚一摞早已寫好字、蓋好印的宣紙來，凡是在座的鹽場主，人手發上一張。

這可大大出乎眾人意料。

待低頭一看紙上所寫，更是皺起眉頭來，面面相覷，更有甚者冷笑一聲問：「任老闆這是何意？」

這下連蕭定非都好奇起來：「那紙上寫了什麼？」

漢子又夾了一筷子菜塞進嘴裡，嚼了幾口咽下，咧嘴一笑還有點鄉下的土氣。

眾人把他圍在中間，也都著急得很——

顯然，就是這紙上所寫的東西，扭轉了乾坤！

其實並不複雜。

甚至說得上簡單。

無非兩點，第一，任氏鹽場願意與人共用卓筒井製造之技藝；第二，共用有條件，凡用卓筒井之鹽場，接下來五年之內須將其利潤的半成作為分紅，付給任氏鹽場；第三，凡能接受以上兩條者，可當場簽訂契約，由知府大人作證，當即生效。

在場的鹽場主們根本不需花上多久便都看完了，半成雖不多，可在座有上百人啊！

簡直荒謬絕倫，異想天開！

幾乎看完的同時就有人想直接將這契約扔開，可轉頭再看周遭人表情，細一思索，竟不由驚出一身冷汗！

大鹽場主們吝惜自身利潤，手握巨富，占據著最新開出來的那些鹽鹵充足的鹽井。可在座更多的卻是小鹽場主，本身經營就已步履維艱，被大鹽場擠占市場，每年所得甚少，不過勉強應付收支，所占據的鹽井更大多都已經被開採殆盡。

井鹽所謂的「開採殆盡」，其實並不意味著鹽井不出鹵，而是說現有的開採之法，無法汲取出地層更深處的鹽鹵，所以才成了「廢井」。

可任為志所研究的「卓筒井」卻能深入地層深處！

原本的廢井也能重新出鹵，一如他自己所經營的任氏鹽場，豈能不讓那些已到窮途末路的小鹽場眼紅、意動？區區半成利潤，卻能換廢井為新井，變無為有啊！

尤月聽得眼睛都在發光。

蕭定非更是怔了一怔，沒想到還有這般釜底抽薪之法。

客棧裡大部分都是商賈，豈能聽不出其中利害？

當下便有人拍案叫絕：「可真是個絕處逢生的將軍之法啊！那些大鹽場主們未必肯吐出半成利益，可對小鹽場主們來說卻是無本的買賣，有利潤之後再給任氏鹽場，不簽白不簽！如此一來，大鹽場主們勢必陷入被動。卓筒井小口汲鹵的法子往外一推，原本廢棄的鹽場就能重新興旺起來，價錢也必定更低，產鹽後足以擠占大鹽場的市場，對他們形成威脅！倘若他們簽了，任老闆非但能成功度過危機，還可為任氏鹽場帶來源源不斷的分紅收益，相當於整個蜀中所有鹽場將來五年的利潤他都要分上半成！倘若大鹽場主們不簽，將來勢必被小鹽場圍困，倒在圍攻之中也不稀奇。穩贏不輸的境地，絕了，絕了！」

那漢子聽他誇自家主人，樂得直笑，打了個飽嗝道：「這還不算完呢！咱們那位夫人瞅著他們臉色不好，還在旁邊補了一句，說過了這村沒這店，當場簽下的只用出半成的利潤，可要等到三個月之後再來簽，就得出一成的利潤了。哎喲你們可沒看見那場面，當天晚上便有六七十號人簽了。任老闆乾脆連咱們鹽場的事兒都先放下了，開始去各大鹽場督工，建造卓筒井，現在蜀中那邊可熱鬧得很！」

眾人全都讚不絕口，直道這位任老闆與夫人都是厲害人。

任氏鹽場硬生生被盤活了，誰能想到？

原本都以為鹽場沒救，銀股的價錢已經一跌到底，可若是這般，只怕明日便要往上瘋漲了！

當下便有人面色忽然古怪起來，小聲道：「那，呂老闆前些天賣出去的那一萬銀股，豈不是……」

「虧了，虧大了！」

「四百文一股扔出去的啊，誰能想到今天就傳了好消息……」

蕭定非不知道生意場上的事情，可「呂顯」這個名字他還是常常聽說的，一聽見人說這人這回虧大了，心裡一樂，差點就要笑出聲來。

而旁邊卻是有一人真正地笑出了聲。

尤月這些天來的形容已經憔悴了許多，此時此刻卻已容光煥發，心內大喜之餘已然形於外色，竟然大笑起來，連道三聲「好」。「我便知道，我便知道一定會漲起來的！哈哈哈，哈哈哈哈……」

眾人全都悚然而驚。

她卻顧不上在意旁人的目光，想起自己這些日來與爹娘對抗，無論如何不肯賣出銀股時所承受的壓力，整個人身上竟湧出了一種報復一般的暢快，迫不及待便要回到府中，拿出自己那些銀股的憑證來，好好讓她目光短淺的爹娘兄姐看看——

誰才是最聰明最正確的那一個！

這一回任氏鹽場不僅挽回了局面，甚至還打了個漂亮的翻身仗！

若是計畫順利，絕對能成為蜀中首屈一指的鹽場！

不敢想像，往日的任氏鹽場銀股價錢都能飆上一千五六百文的高價，如今消息傳回又有多少人想要購入銀股，銀股的價錢會翻幾番？

那可都是白花花的銀子啊！

馬車原本就在客棧外面，尤月直接叱罵著車夫，興沖沖地奔進伯府。

經過遊廊時竟又看見自己出府時看見的那名青年。

興許是哪裡來拜見父親的人吧？

出府時她惦記著銀股的事，回府時她一腔狂喜要去向家中炫耀，是以兩回見到此人都不曾像往日般多問上兩句，而是徑直跑向了自己與姐姐所住的院落。

可她沒想到，才剛進了月洞門，竟看見伯爺伯夫人都坐在她屋中，皺著眉頭似乎正在說話。

尤月心道他們是在這裡等自己。

當下一身驕矜氣便回到身上，她頗有幾分傲氣地笑了一聲，大聲道：「早同你們講過了，任氏鹽場那銀股——」

她話音出時，一名小廝拎著一柄鐵錘從她屋裡出來，正撞上從外面進來的她，嚇得連忙低下頭去，趕緊走了，好像剛做了什麼見不得人的事似的。

尤月心底忽然生出了一種不祥的預感。

她的聲音戛然而止，從外面走了進去，緊接著就看見了屋內的情形——

臨走時她那用來鎖銀股憑證和契約的匣子，就擺在中間的桌上。

可原本堅固的黃銅鎖頭，竟然被什麼東西砸歪了！

匣子朝外大打開，裡面空無一物！

那一瞬間，尤月整個人像是被晴天裡一道霹靂劈中了，她停了一下，衝過去撿起那盒子來，一陣翻看卻怎麼也沒找到自己那幾張銀股的憑證：「銀股，憑證，契約！我的東西呢？我的東西哪裡去了？你們都幹了什麼！」

理智已全然不見，她一雙眼都紅了。

清遠伯早知道她回來要發一場神經，這些天來早已經厭煩了她這般不知輕重的模樣，冷冷地哼了一聲：「今日難得蕭氏那邊竟然派了人來給咱們送東西，我看啊妳也未必就要去選什麼臨淄王妃，若能成國公府的世子妃，卻也不錯。人家人可好了，閒聊時候恰巧說起任氏鹽場的事，定非世子手底下二話不說掏出了銀票來，竟肯花三百三十文一股的價錢，買妳那勞什子的銀股！我和妳娘做了主，已經替妳賣了個乾淨！我看妳啊……」

「蕭氏的人？三百三十文，三百三十文！」尤月一顆心都在滴血，簡直不敢相信自己聽到了什麼，一雙眼幾乎立刻變得赤紅，竟是瘋了一般抄起那空了的匣子朝著自己父母打去。「誰讓你們賣的？我的東西你們憑什麼處置！你們知不知道，你們知不知道任氏鹽場的股價到底會值多少？憑證呢？契約呢？我管他蕭氏不蕭氏，你們都給我要回來！」

清遠伯與伯夫人頓時都愣住了。

桌案邊角上倒還壓著一頁紙，並兩張薄薄的銀票。

尤月發瘋之餘看見，頓時跟抓住了救命稻草似的搶在了手裡，翻開來看，只見契約上白紙黑字寫得清清楚楚，已出價一千三百二十兩，將她的四千銀股買了個乾乾淨淨。

而那落款處所蓋，赫然是——

蕭定非印！

清遠伯與伯夫人完全不知外面發生了什麼事，只隱約聽出好像是鹽場起死回生，都連聲追問起來。

尤月腦海裡卻是一片空白。

她捏著那張契約，顫抖了一下，又顫抖了一下，近日來前後種種細節，全都浮現在腦海之中，連成一線：「不是蕭定非，不是蕭定非！而是她，是她在算計我！是她——」

這喉嚨裡出來的一聲，竟如含了血一般，咬牙切齒，恨毒了！

捏著這頁紙，她終於承受不住這大喜轉為大悲，燃起希望又瞬間滅絕的刺激，眼前一黑，咕咚一聲栽倒在地。

身邊人哪裡料著這情況？

一時援手不及，竟眼睜睜看見她腦袋磕在門檻上，直接昏死過去，失去了意識，手指卻還死死地摳著那一紙契約。

劉揚幸不辱命，完成了姜雪寧交代的所有事情，有驚無險地從清遠伯府出來，路上正好撞見蕭定非，便連忙從懷中取出一應印信、契約、憑證，交到他手上。

蕭定非只知她借自己名頭辦事，卻不知是何事。

這會兒才恍然大悟，摸著下巴笑了一聲：「原來這樣，真不知什麼仇，什麼怨。唔，這女人，招惹不起，招惹不起哦！」

他擺擺手叫劉揚先走，然後就去找姜雪寧。

只是眼下還不知人在哪裡。

從蜀香客棧出來後，他循著她去的方向去找，一路都沒看見人，直走到前面一座避雨的街亭下時，才終於瞧見了一抹靜坐的身影。

外頭行人已少，姜雪寧獨自一人枯坐在亭下的臺階上，雙眸滯然地望著前方，好像是看著，可蕭定非覺得她什麼也沒看。

面上神情，則好似在一場大夢之中。

他走過去喚了一聲，她方才如夢初醒地抬起頭來，看向他，竟與尋常一般無異，只問：「拿到了？」

蕭定非將那些東西轉交給了她，可目光裡卻多了幾分審視，只覺她剛才的模樣絕對不似尋常，又想她是追著張遮出去的，不免心底沉了沉，有些擔憂。

他遲疑了片刻，才問：「妳沒事吧？」

姜雪寧眨了眨眼，只是想，她怎麼忘記問張遮那個姑娘是誰呢？不過話都已說明白了，多問倒顯得她放不下，死纏爛打。

「我沒事。」

她這樣回答蕭定非，埋下頭去清點那些契約與憑證。

蕭定非立在她面前，卻分明看見一滴又一滴的眼淚掉下去，把那幾張契約都打濕了，她的聲音卻仍舊無波無瀾：「等過兩日股價漲上來，轉手再賣，錢便不差了。」

✿

「你說什麼？」

謝危府邸斫琴堂內，呂顯一個手抖潑了自己一腿的熱茶，燙得他整個人頓時跳了起來，連聲音都變得扭曲了幾分，卻只揪住眼前的小童，不敢置信地問。

「任氏鹽場起死回生？」

那小童在聽聞這消息時便知自家掌櫃的會炸，畢竟前不久才低價拋出了一萬股，結果沒兩天功夫就漲回來，簡直像是跳崖登天一樣刺激！

縱然呂顯是個久經商場的老狐狸，這一刻仍舊難以接受。

他頹然地坐下來，整個人幾乎已經傻了：「怎麼可能，怎麼可能……」

那可是一萬股！

一萬股啊！

呂顯覺得就是割了自己一身肉也沒有這麼疼，他抱住自己的腦袋便在斫琴堂裡走來走去：「天底下哪裡有這麼巧的事情？一定是有人在背後算計！不可能這麼巧！謝居安，謝居安！這可是一筆大錢！你快派個人，就劍書，不，刀琴也行！幫我往深了查查，老子他媽的一定要看看，哪個烏龜王八蛋熊心豹子膽他奶奶的連老子的錢也敢吞！查，我要查！」

謝危已從幽篁館找到了合適的琴板，又開始斫琴了，此刻聽見呂顯那暴跳如雷的聲音，他只把滑下來的一截雪白的衣袖重新疊回了手臂上，聲音裡不帶半點煙火氣地道：「劍書聽見了？幫呂照隱查上一查。」

劍書：「……」

他可還記得不久前得知寧二姑娘動銀股時，自家先生那一句「生意上的事情呂照隱自己有數，用得著你插手」，此刻再抬頭去看謝危那張淡漠超塵的臉，再瞅瞅一旁險些咬碎鋼牙、氣到升天的呂顯，心裡默默把這位呂老闆往後排了一個位次。

謝危沒聽他回答，轉眸看向他，輕飄飄道：「查查，知道？」

劍書額頭冷汗瞬間冒出，已然會意，躬身道：「是，屬下這便去查。」

但凡多查出個鳥來算我輸！

第一五八章　真香呂顯

伺候姜雪寧的棠兒蓮兒隱約覺察出自家姑娘這一趟回來，好像有些不對勁。

清遠伯府的人下午來過姜府一趟，說是自家的姑娘眾目睽睽之下被姜雪寧打了，明明白白想要個說法。姜伯游好言好語把人勸走了，說等姜雪寧回來問個清楚，再給伯府一個交代。

府裡上上下下都道二姑娘闖禍了。

可她回來聽說老爺夫人那邊等她去，竟是淡淡兩個字：「不去。」

姜伯游自然是氣了個倒仰，孟氏更在屋裡大發脾氣，指責姜雪寧在擢選臨淄王妃的關鍵當口上添亂，是存了心的不想看到自己的姐姐好。

姜雪寧回了屋，只拿出一錠十兩銀子來。

然後交給蓮兒，讓蓮兒拿去給姜伯游和孟氏，話只留了一句：「是我打了尤月不錯，這點銀子賞了她去治治臉吧。若不服氣，盡可一紙訴狀遞到衙門拉我去見官，屆時官府怎麼判我就怎麼賠。只要他伯府丟得起這臉。」

一整晚幾乎就說了這點話。

接著便照常用飯，洗漱，甚至比往日還早半個時辰躺到床上去睡覺。

看似尋常極了。

可棠兒蓮兒伺候她已有一段時間，敏銳察覺出她是心裡有事，都暗自提了一口氣，越發小心翼翼，也不敢讓人去攪擾了她。

次日一早清遠伯府就傳來消息，說是尤月昨日在蜀香客棧裡被姜雪寧打了一巴掌回去後，不知怎的發了瘋，氣暈過去，一頭磕到門檻上，破了相不說，人還昏迷了好幾個時辰。

好不容易請大夫救過來，醒了卻有些瘋瘋癲癲的。

滿嘴裡只念叨什麼「銀股」、「漲了」、「跌了」，大部分時候不認得爹娘，可一旦認了出來便是扔東西、扯頭髮，破口大罵，又哭又鬧。

有人說是這位伯府小姐用自己所有的私房錢買了任氏鹽場的銀股，好不容易熬過了跌到谷底要漲上來的時候，回家卻發現爹娘代她做主剛巧把銀股賣了，誰能受得了這刺激？所以磕壞了腦袋瘋瘋癲癲之後，才會對自己的父母惡語相向。

流言蜚語傳得到處都是，整個伯府顏面丟盡。

事涉其中的姜雪寧自然免不了遭受議論，連帶著蜀香客棧裡尤月編造她與張遮那些真真假假的話也傳得滿大街都是。

大清早孟氏那邊又來了僕婦叫姜雪寧過去，顯然是已經怒極了，一定要找她問個清楚。

姜雪寧正坐在妝鏡前梳頭。

聽完那僕婦的話，她面容平靜至極，抄起旁邊一隻花觚便直接砸了出去，打到那僕婦的頭上，淡淡道：「這還只是開始呢，現在就要來找我算帳，還太早了些！且等著再看兩天吧。」

前兩年她囂張跋扈時，不是沒有對丫鬟小廝動過手。

可從沒有一次這樣叫人害怕。

聲音裡甚至還帶著笑意，面上卻是一片冰湖似的靜寂，好像心裡半分波動都沒有，抄起來的傢伙卻直接打破了人的腦袋。

那僕婦知道是姜雪寧闖了禍，來說話時口氣自然不大好，可被那花觚砸到腦門上，一摸見了血，便什麼膽子都嚇沒了，一時哭天搶地地叫喊起來。

姜雪寧卻跟沒聽到似的。

她拾起妝臺上一枚紅珊瑚雕成的月牙兒耳墜，掛到自己的耳垂上，先吩咐了蓮兒把自己早上寫好的那封信叫人送去蜀中給尤芳吟，又吩咐棠兒著人準備馬車出門。

臨走時，她打開匣子揣了任氏鹽場一萬銀股的契約和憑證，連印信一塊兒帶上，然後直接出府登上馬車，去了幽篁館。

呂顯一早在樓上喝悶茶。

抬起頭來瞧見她從門外走入，眼皮都跳了一下，一種隱隱的不祥預感襲上心頭。

他起身來迎：「這不是姜二姑娘嗎？今日登臨敝館，想必是又要選一張新琴了。」

姜雪寧卻道：「不是。」

呂顯挑眉：「不買東西？」

姜雪寧徑直將那一萬銀股的契約和憑證擱在了他面前的櫃檯上，淡淡道：「但賣東西。」

在她拿出這一遝紙的瞬間，呂顯的眼珠子都差點瞪出來了，視線幾乎黏在了她的手上，跟著一道落在了櫃檯上，心裡簡直山崩地裂！

這幾頁東西……

天知道他看著有多眼熟？不正是前幾天從他手裡低價賣出去的那一批嗎？

怎麼會……

到了姜雪寧的手中？

呂顯太陽穴突突地跳動起來，只覺一股血氣直往腦門上竄，讓他嘴唇顫抖了一下，不得不抬手壓住額頭，才能忍住咆哮的衝動：「暗地裡買下銀股的竟然是妳？」

換做是姜雪寧自己處在呂顯的位置上，只怕也無法冷靜，是以對對方難得的失禮，她顯得十分大度，毫不在意，和善道：「是我。」

呂顯差點氣瘋：「妳現在轉手又想賣回給我？」

姜雪寧笑笑：「手裡正好有點缺錢，呂老闆若能買回去，再好不過。」

呂顯：「……」

妳他媽四百文從老子手裡把銀股買了又要叫老子高價買回去，豈不是老子一出一進買的是自己賣的也是自己還要白白虧出去新的一筆大銀子嗎？

當老子是傻缺，妳做夢！

姜雪寧打量打量他鐵青的面色，會意了，便要將那些憑證與契約拿走：「看來呂老闆並無興趣，我找別人問問。」

「啪！」

呂顯一把按住了那幾頁紙，僵硬道：「開個價。」

姜雪寧：「……」

第一五九章　兄弟

「二千五百文。」

「姜二姑娘，我腦袋像豆腐做的嗎？」

「任氏鹽場值得。」

「妳不值得。」

「還個價？」

「二千文不能更多。」

「二千二百文。」

「獅子大開口，您可已經賺了呂某人不少錢了，生意不是這麼談的！」

「不買拉倒。」

「……哎妳真走啊！行，二千二百文不改了！」

……

呂顯到底是個生意人，縱然他心裡恨不能捶爆眼前這漂亮姑娘的狗頭，可面上還是要保持著得體的微笑，讓館內的小童去取足額的銀票出來，各自訂立新的契約，然後蓋上自己的印信。

四百賣，二千二百文買。

四百賣的時候比起當初五百文一股的買入價，已經虧了一千兩；如今二千二百文買入，每一股又在四百文的基礎上虧了一千八百文，一萬股就是一萬八千兩！

他覺得自己心裡已經不是滴血那麼簡單了，而是血流成了瀑布！

二萬二千兩銀票交付姜雪寧時，呂顯手抖個不停。手指用力地抓著，半天沒肯鬆手。姜雪寧扯不動，閑閑撩起眼皮來看他一眼：「還買不買了？」

他用力閉上眼：「拿走拿走妳拿走！」

這一下才終於鬆了手，那模樣不像是同姜雪寧做了一場雙方都自願的交易，而是姜雪寧活生生搶了他的錢，剜了他的心，要了他的命！

眼下任氏鹽場絕地翻身的事情，雖在京城傳得沸沸揚揚，鹽場銀股的價錢也在往上飆升，可原本四百文要慢慢漲回原來的水準，顯然需要花些時間。

可今時又不同往日了。

以卓筒井作為籌碼，拿到蜀中大部分鹽場未來五年半成的利潤之後，任氏鹽場幾乎可以說已經立在了不敗之地，至少這五年之內若不出什麼天災人禍，絕對不可能垮下來。

許許多多手裡有閒錢的富商巨賈想入任氏鹽場的銀股還愁沒地兒買，二千二百文的價錢比起以前比起目前的市價來說雖然很高，可假以時日絕對會漲到這條線以上，甚至超出去不少，更不用說還有每年一算的得利分紅了。

呂顯絕對沒有虧。

姜雪寧固然急著用錢，可其實並不是非呂顯不可。只是一則此人的確算是被自己坑了一把，她心裡稍有些過意不去；二則與此人交易不是第一次，奸商雖是奸商，卻也講個信用，去找旁人未必不橫生枝節；三則是呂顯聰明，絕對能看得清形勢，有二千二百文買銀股這樣的好事他不可能錯過。

所以才找了來。

如今雙方銀貨付訖，她也不多留，拿了銀票就走。

呂顯卻是久久看著自己手中「失而復得」的一萬銀股，想忍想退。可忍一時越想越氣，退一步越想越虧，半晌後一拍桌站了起來，揣了契約憑證大步就往門外走。

小童傻眼：「呂先生哪兒去？」

呂顯頭也不回：「老子找姓謝的問問清楚！」

昨日剛下過一場春雨，街面上濕漉漉的，巷子裡有些人聚在一起打葉子牌。

呂顯經過時聽見，竟大多都在聊和親的事情。

偶爾有些光著腳從他身邊跑過的乞丐，幾乎個個拿著竹棒捧著破碗嘴裡唱著「蕭氏禍國，公主和親；威逼皇帝，萬年報應」之類的話。

這事兒鬧得真是越發大了。

呂顯心裡這樣想著，倒生出幾分看戲的心思來，只想著蕭氏這回也倒楣，不知背後是誰要搞他們，鬧出這樣大的陣仗來，便是在朝堂上也不好交代，很難善了吧？

畢竟民心是水。

坐在高位上的皇帝其實未必需要分辨忠奸，可這位置要想坐得穩當，便一定要得民心，順民意而行，方得大治。

這時候謝危也才下朝，剛換下了朝服，沏上一壺茶在喝。

呂顯來得正巧。

他不請自入，走進來便直接坐在了謝危的對面，笑吟吟地看一眼立在旁邊的劍書，問：「查得怎麼樣了？」

劍書不愧跟在謝危身邊多年，面不改色地扯謊：「昨日方開始查，還未有什麼端倪，不過有泰半的可能是蜀中另外幾個鹽場的人暗中出手。」

呂顯笑面不改：「哦，看來不好查？」

劍書莫名覺得背後汗毛倒豎，頓了頓，才道：「的確不是很好查。」

呂顯便呵呵笑了一聲，打懷裡把那一萬銀股的憑證摸了出來，擱在桌上，然後清清楚楚地看到劍書面色一變，腦袋立刻埋了下去。

「我當劍書公子瞎了眼不認識呢。」

他給自己倒了盞茶，呷一口，意有所指：「謝居安，你說說你，手底下養個刀琴養個劍書，這點小事都辦不好，一天到晚沒眉目。還是人家正主兒今日找上門來，又給我開了個高價叫我把銀股買回來，我才知道背後是誰。要不你把這倆都掃地出門吧，這點本事都沒有，留著吃白飯不成？」

謝危看向劍書：「聽見呂老闆說的了？」

劍書：「……是。」

背個鍋實在不算什麼，習慣了。

謝危又看向呂顯，淡淡道：「連這點事都辦不好，往後呂老闆跌跤摔坑，折了胳膊斷了腿兒，還怎麼指望你上去拉一把呢？」

呂顯：「……」

奶奶的怎覺姓謝的話裡有話暗諷他自己做生意不行還怪別人？

他冷笑一聲：「人家是有了媳婦兒忘了兄弟，你謝居安真個本事人，媳婦兒還沒討著，兄弟先賣個乾淨！」

謝危也笑，冰消雪融：「這不看呂兄值點錢嗎？」

呂顯：「……」

是可忍孰不可忍！

他拍案而起：「姓謝的，我呂照隱今日——」

謝危淡淡道：「你想過姜雪寧拿那麼多錢幹什麼去嗎？」

呂顯頓時一怔。

原本他想說割袍斷義來著，被這一打岔，忽然忘了個乾淨，眉頭一皺，正色起來：「我方才拿銀票給她時也正在想，按理說這姑娘手裡的錢可不算少，好幾萬兩的銀子少不了的，可回回折騰銀股這事兒都是手裡缺錢。她做什麼，你知道？」

謝危道：「你來時可有見到什麼，聽到什麼？」

呂顯道：「來時人少，屠沽市井還能聽說什麼？無非是和親那……」

話到這裡時，眼皮陡地跳了一下。

他心底一驚，無端生出幾分駭然：「這事兒是姜雪寧幹的？」

豈止姜雪寧？

還有個蕭定非為虎作倀呢。

謝危手指輕點著茶盞杯壁，道：「差不離。」

呂顯覺得不對：「她一個待嫁的姑娘家，為什麼要牽扯進這些事裡來？何況鬧得這樣大，若一個不慎事情敗露，焉知不會引來蕭氏報復？但凡想在京城裡過安生日子，便不可能去招惹蕭氏，此事並不合理。除非……」

說到這裡，他忽然瞥了謝危一眼。

謝危望著茶盞中沉浮的細細葉芽，沉默許久，自是知道呂顯話中未盡之意——

除非，姜雪寧已不打算繼續留在京城了。

第一六〇章　連環計

和親之議，在京中已越鬧越大。

自打蕭燁一怒之下叫人打了那名叫做翁昂的士子，便跟捅了馬蜂窩似的，不僅是市井中議論紛紛，連士林中也多有非議。本來與韃靼和親這件事，朝野之上就有小半的人不同意，這事一出，立刻就有人舊事重提，給了蕭氏極大壓力。

一時是翁昂狀告，一時是衙門來查。

更不用說家裡面還有個唯恐天下不亂的蕭定非。

上至蕭遠蕭姝，下至僕人管家，頭一回被折騰得這樣焦頭爛額。

若僅僅是市井中的議論也就罷了，畢竟蕭姝雖然被封為縣主，可本朝還從未有過縣主和親的先例，蕭氏雖亂卻也不懼憚。

可萬萬沒想，幾天前情況忽然雪上加霜。

蕭氏本就是京中首屈一指的大族，根基深厚，蔭蔽甚廣，平日很有囂張氣焰，明裡暗裡欺壓百姓、賣官鬻爵的事情做過不少，也不是沒有苦主狀告舉發，可都被蕭氏大手一揮給壓了下來，許多苦主莫名其妙沒了聲音，而蕭氏更未受到什麼損害。

最近，這些事、這些人卻都重新冒了出來。

有的舊事重提，在京中各處張貼告示；有的擊鼓鳴冤，直接狀告到了衙門要求官府主持公道；還有的直接請士子聯名上書，意圖上達天聽……

更可怕的是，有些蕭氏暗中做下、祕而不宣的事，竟也被人刨了出來，傳揚到市井之中，引得多方震駭，口誅筆伐！

「贛州賑災糧款的事情從上到下也不過就那麼幾個人知道，怎麼可能傳到外面？」剛聽了下屬奏報消息的蕭遠暴跳如雷，一張臉全黑了下來，一掌拍在桌上，震落了昂貴的硯臺與筆山。「難道，難道是當初那幾個人落井下石……」

贛州侵吞賑災糧款案，是三年前。

事情查下來時，整個贛州官場被清洗一空，秋後處斬六十餘人。

然而少有人知道：被處斬的這些人固然不無辜，可真正的黑手——京城蕭氏——卻安然無恙！賑災糧款的大部分被層層上繳，最終都是落到了蕭氏的口袋裡！

當年知情者，要麼如今是朝上高官，要麼已經成了地府亡魂。

誰能舊事重提？

誰能舊事重提！

蕭氏那些宿敵，曾經結下的仇怨，都蕭姝腦海裡一一過了一遍，可苦無頭緒：「我們暗中這位對手，似乎既不想要樂陽長公主去和親，又想要針對我蕭氏，更重要的是對方彷彿蟄伏已久，暗中收集了我們不少把柄，這一次一股腦地放出來，明擺著是要背水一戰，不讓我們好過。」

要有這心，還要有這能力？

蕭遠摒退下屬，面色變幻，忽然壓低了聲音，道：「我總覺得，自打除掉勇毅侯府後，聖上的態度便怪怪的。尤其是那孽子回來之後，聖上的種種，便讓人有些看不清了。」

蕭定非回來，幾乎是處處與蕭氏作對，給蕭氏難堪。

可聖上竟是一力站在蕭定非那邊。

此事倒也罷了，畢竟表面上看蕭定非乃是皇帝的救命恩人，皇帝不站在他那邊站在誰那邊？

可這一回市井之上議論了那麼久，甚至提出了要讓蕭姝代替公主去和親這種荒謬的想法，作為皇帝的沈琅對此卻從來未有責斥之言，反而置之不理。

他雖從未支持，可也沒說反對。

朝廷裡多少牆頭草？

一看皇帝不表態，也就不摻和。

另外那些本來就對蕭氏有意見的，自然受到鼓舞，趁此機會擴大戰場，越發囂張無禮，一副誓要把蕭氏拉下水的架勢。

蕭姝聽了蕭遠這話，心底越發沉重，只道：「改日我入宮再見一見太后娘娘。只是如今不管暗中的對手是誰，又到底是哪些人，事情都是因和親而起，推我代替沈芷衣的言論甚囂塵上，決不能讓他們得逞。」

她生來便是身分尊貴的女人。

天底下唯有六宮至高的后位才配得上她。

與韃靼和親？

做夢！

蕭遠一驚：「妳有辦法了？」

推舉蕭姝代替樂陽長公主去和親的事情雖然鬧得沸沸揚揚，可對京中許多有適齡女兒家的高門來說，卻完全不關注，甚至還有些幸災樂禍。

畢竟臨淄王選妃在即，蕭姝還是熱門人選之一。

而姜侍郎府的大小姐姜雪蕙的名聲，前陣子也因為姜雪寧在蜀香客棧裡的那一樁，受了些牽連，不大好聽。

誰讓姐兒倆同出一府呢？

大戶人家娶親說項都是要看家裡情況的，倘若有哪個姐妹名聲不好，同府裡其他的姐妹都要受到影響，稍有不慎便不好嫁人。

眾人都說，攤上姜雪寧這麼個妹妹，是姜雪蕙倒楣。

孟氏在家裡生了好一場悶氣。

好在這事兒傳一陣也就過去了，沒有鬧太大，很快又被和親之議蓋了下去。

可沒想到，才過去一天，更洶湧的流言蜚語竟如狂風暴雨一般朝著姜府砸來！

「哎你們聽說了嗎？姜府的小姐可不大檢點啊。」

「我知道，是跟那什麼張遮大人的吧？聽說眾目睽睽之下就追了出去，真是連臉皮都不要了……」

「還不止呢！」

「人家跟國公府那位定非世子才是實打實的有一腿，沒聽說世子對她言聽計從，連皇上賞的東西都送到姜府去討美人兒歡心了嗎？」

「這倆怎麼能有一腿？」

「這就是你不知道了吧？去年底通州那件事，我兄弟就在通州當兵，看得清清楚楚的，那什麼姜府的二小姐竟然跟一群逃犯、一群大男人混在一起，哎喲，那定非世子是什麼風流鬼你還不知道嗎？一來二去，眉來眼去可不就勾搭上了？那時候張大人也在呢，嘖嘖，了不得哦……」

「有傷風化啊！」

……

街頭巷尾一時各種說法都有，天教亂黨劫獄這事兒在京城鬧得本來就大，一個女兒家竟陷到這種局面，更是惹得無數人好奇，添油加醋，傳起來那叫一個有鼻子有眼。

孟氏出門時偶然聽見，怒上心頭差點背過氣去。

直到這時候她才隱約明白，先前蜀香客棧出事時，姜雪寧那一句「這還只是開始」是什麼意思。一回到姜府，她便沉了臉，先把姜伯游請了過來，又叫人去喚姜雪蕙與姜雪寧來。

因知姜雪寧不大服管教，還特意冷著臉加了一句：「帶上小廝一塊兒去，倘若她不來，綁了都要給我帶過來！小小年紀這般敗壞自己名聲也便罷了，這關鍵當口還要連累姐姐！也真是有臉！」

可沒想到，手段都沒用上。

姜雪寧早準備好，人一來傳，她面上掛著微笑便去了。

姜雪蕙參選臨淄王妃，本是姜府最近的頭等大事。

連姜伯游都很上心。

畢竟姜雪蕙似乎頗得沈玠好感，之前御花園裡又救了身懷有孕的溫昭儀，在宮中算有了貴人賞識，可以說天時地利人和，就差成事兒了。

可這節骨眼上卻偏抖落出去年姜雪寧攪和進天教劫獄被擄至通州的事情！

姜雪寧一來，孟氏便把茶盞砸了出去，氣到發抖：「妳看看妳做的什麼好事！我還當妳入宮之後學好了，沒料想稟性難移，甚至變本加厲！」

盛怒的人失了準頭，姜雪寧輕鬆避過。

她瞅了旁邊擰眉坐著的姜雪蕙一眼，卻是好整以暇模樣，繞過地上那茶盞的碎片，躬身向姜伯游道了一禮：「見過父親。」

姜伯游是一個頭兩個大，嘆了口氣叫人先把孟氏勸住，又叫姜雪寧先坐下，接著才道：「天教劫獄與通州之事，本就是已經發生的事情，且也不是寧丫頭自己能控制，如今怪她又有什麼用？既不能解決麻煩，還會自亂陣腳，不值當。」

孟氏冷笑：「還不怪她？」

姜雪蕙輕輕嘆了口氣，道：「母親息怒，當務之急是想想如何應對。」

姜雪寧沒骨頭似的坐在旁邊椅子上，埋頭剔著自己的指甲，一副懶洋洋模樣附和：「是嘛，都出事了，難道把我塞回娘胎裡便能當事情沒發生嗎？人家背後算計妳的人可巴不得你們一塊兒弄死我呢。」

孟氏道：「陰陽怪氣妳還有沒有尊卑！」

姜雪寧誠實得很：「沒有。」

姜伯游則是終於忍無可忍，沉了臉一聲怒喝：「吵夠了沒有！還嫌事情不夠亂嗎？」

這一下，屋內終於安靜下來。

姜伯游聽出了姜雪寧方才那話的端倪，直接問：「寧丫頭說有人背後算計，是什麼意思？」

姜雪寧瞇眼笑起來：「無利不起早，顯然此事的禍因不在我身上，而在姐姐身上。聖上去年可曾提過想要立皇太弟的，溫昭儀娘娘肚子裡的孩子還不知是男是女，京城裡大把的姑娘盯著臨淄王妃的位置呢。父親人在朝堂，這種事該看得多了吧？這一回本來是女兒受了姐姐的牽連才是，結果還怪到女兒身上，可真好笑。」

孟氏登時愣住。

姜雪蕙話雖不多，事卻看得明白，輕輕點了點頭。

姜伯游心裡不是沒有這種想法。

表面上看只是事起偶然，是寧丫頭去年的事情被人翻出來講；可往深了一層看，間接受影響的卻是即將參選臨淄王妃的蕙姐兒；再往深一層看，由此事得益該是蕙姐兒這一次最大的對手。

只是這對手……

他眉頭擰了起來，許久沒有說話。

姜雪寧則難得有一種事情很快就要成了的期許與暢快：如今京城裡和親之議，幾乎是由她一手推波助瀾掀起來；上一世蕭氏覆滅後，謝危曾將蕭氏諸條大罪羅列昭告天下，她按圖索驥去尋找一二破綻，自能戳著蕭氏痛處；通州一役本就有蕭氏父子帶兵前去，知道她的存在，關鍵時刻，「聰明人」自然會想起這一茬兒來。

這會兒蕭姝該很不痛快吧？

她打量了姜伯游一眼，輕飄飄地在他本已深重的懷疑上加了一味猛料：「誰是最大的獲益者，誰便是暗中的黑手。京中皆在議論以蕭姝替代長公主去和親一事，倘若蕭氏不想蕭姝去和親，最簡單的方法無非是把蕭姝嫁出去。臨淄王殿下一表人才，玉樹臨風，且還前途無量，豈不正是最好的選擇嗎？若臨淄王殿下選了她為妃，便是聖上動搖了心思，也不好奪下弟弟未來的妻子送去和親吧？所以臨淄王妃之位，她志在必得。」

這中間的算計一環扣著一環，本質是蕭氏已經沉不住氣，被京中和親之議逼到了山窮水盡處。

孟氏先前不曾想這麼深，如今卻恍然大悟。

姜雪蕙垂下眼簾沒說話。

姜伯游卻是深深看了此刻唇邊掛著一抹諷笑、顯然並不那麼簡單的二女兒一眼，到底還是沒有問是不是她在背後推波助瀾，只是道：「箭在弦上，蕭氏欺人太甚，我姜府豈能任其揉搓？」

第二日，這位素來與人為善的戶部姜侍郎，一張奏摺遞上朝議，請求重查三年前贛州賑災一案，且支持以蕭姝替代長公主嫁到韃靼和親，算是狠狠捅了蕭氏一刀！

朝野震動，議論紛紛。

消息傳到市井中時，姜雪寧正倚在二樓窗前，與蕭定非一起聽下頭的名角兒唱戲。

蕭定非為她當牛做馬，心甘情願毫無尊嚴地給她剝了一盤瓜子，放她手邊上，卻忍不住好奇地問：「贛州賑災一案妳怎麼知道的？」

姜雪寧翻了個白眼：「關你屁事。」

蕭定非：「……」

好好的姑娘跟他混久了，怎麼也學了一肚子粗話？

他皺眉：「妳可是個女孩子。」

姜雪寧嗤一聲，把那盤瓜子端到自己面前來，抓了一把來扔上去張嘴接住，是半點大家閨秀的溫雅賢淑也見不到。

可那股子恣意妄為的勁兒……

蕭定非看得有些癡了，色膽包天，悄悄湊上去想拉她那隻白生生的手。

姜雪寧輕輕一巴掌甩他臉上，挑眉：「找死？」

蕭定非捂著臉委屈：「我可才幫妳辦了那麼多事，連點獎勵都沒有嗎？」

姜雪寧把那盤瓜子推過去：「給你？」

蕭定非：「……」

這他媽不是老子剝的嗎？

他氣悶，但眼看著姜雪寧又要把這盤瓜子收回去，連忙抓了一把在手裡，也站在了窗邊與她一道朝下面看去。

演得是一齣《黃粱夢》。

怪離奇傷感的。

蕭定非看了一會兒，忽然定定地瞧了她好久，道：「妳當真只是想救公主離開囚籠嗎？」

姜雪寧抓起一枚瓜子的手指停了一下，似乎覺得他這問題奇怪，回眸看了他一眼：「不然呢？」

蕭定非沒有說話。

他固然是個草包，可從小看別人臉色混飯吃，於體察旁人隱祕心情一道，卻是練就了不俗的本領。

過了半晌他陡地一笑：「我只是在想，妳看公主是不是像在看自己。」

第一六一章　斷尾求生

姜伯游一封奏摺請查蕭氏，簡直稱得上是敢捋虎鬚，蕭氏一族從上到下自然極為震怒。更有甚者，朝野之上，市井之中，已經有不少人在猜想姜伯游什麼時候會倒楣。

蕭氏可是如今當權的外戚，太后娘娘的母族！

作為皇帝的沈琅，在過去幾年裡對蕭氏的態度，所有人都看在眼中，已經能稱得上「縱容」。一個戶部侍郎放在朝廷上雖然也算個不小的官兒，可在皇帝面前又算得了什麼？

「這姜侍郎平時好像也不是什麼多事的人啊，怎麼這回昏了頭，竟然跑來和蕭氏抬杠？」

「只怕是為了自己的女兒吧？」

「是啊，聽說為了選臨淄王妃，京中這些豪門大族暗地裡可都憋著一股勁兒呢。姜家姑娘的壞名聲，最早可不就是蕭氏那邊的人傳的？」

「胳膊擰不過大腿，為這一口氣何必呢？」

「可惜了，可惜了。」

沒人覺得姜伯游能從蕭氏這裡討著好。

果然，朝上議論歸議論，可真站出來力挺姜伯游的沒有幾個，個個都怕槍打出頭鳥，倒楣到自己的身上。奏摺遞上去後，也沒得著批復，而是被沈琅扣了下來，留中不發。

蕭遠於是志得意滿，揚言要姜伯游好看。

可誰也沒想到，才過了僅僅一天，原本被壓下來的奏摺便直接發到內閣，交由幾位輔臣大臣票擬，商討是否准復。

雖然只是這般微小的一個動作，可落在有心人眼中卻是大有深意。

各家都不由暗中盤算起來。

內閣諸位輔臣圍著那張端端擺在桌案中央的奏摺而坐，更是面面相覷，靜默無語，生怕自己猜錯了皇帝的意思。

當天下午，蕭遠便慌了神。

他到底是外臣，且若這時候入宮面見太后，未免太露痕跡，也恐被旁人抓住把柄，於是叫蕭姝這個晚輩去給太后請安。

傍晚的慈寧宮，籠罩著一層暮氣。

伺候晚膳的宮人們魚貫而出。

穿著一身華服的蕭姝在慘澹天際昏黃光芒的映襯下，顯出了一種與慈寧宮格格不入的勃勃生氣，靜立片刻等裡面宣召，才從宮門外入內拜見。

蕭太后看見她，笑起來道：「我像妳這般年輕的時候，也有這般的風華呢。妳來必定是為了近些天發生的事情吧？我都聽說了。」

蕭姝心底驀地一冷。

她隱隱覺出不對，這位昔日主宰六宮的尊貴姑母，語氣何時這般沉悶，又怎開始回想起當年了？

「便是如今姑母的風華，阿姝也難以企及，遑論是當年？」蕭姝躬身行禮，起身照舊與往常一般親昵地湊上去。「姑母料事如神，近日來父親心中難以安定。您知道他向來是個拿不定主意的人，又惦記著剛開春，忽冷忽熱，節氣變幻無端，所以特著阿姝來給您請個安，也好請您指點一二。」

蕭姝說話向來滴水不漏，且極討人歡心，若是往常聽了，蕭太后這會兒保准已經笑了起來，把她拉到自己面前來敘話。

可此刻卻只盯著她看。

過了好半晌，一直看到蕭姝面上的笑漸漸掛不住了，她才慢慢道：「哀家當年哪裡及得上妳？妳也說了，需要哀家出主意指點的是妳父親，是我那不成器的哥哥！妳又何曾需要呢？」

此言一出，蕭姝俯身便跪在了她面前，聲音聽上去有些惶恐：「姑母，何事如此言重？」

蕭太后面上卻是一絲笑也找不見了，甚至已經出現了幾分酷烈，咬著牙道：「我那糊塗哥哥可真是養了個好女兒！哀家平日只知道妳聰明，趨利避害，是這京城裡唯一配坐在這六宮之主位置上的人！妳倒也的確不辜負！人在家中，真給妳爹出了條好計策！」

蕭姝抬眸愕然看她。

蕭太后便冷笑道：「和親之議甚囂塵上，蕭氏本就是旁人眼中釘肉中刺，擺著的活靶子！妳爹拎不清，妳卻不可能不知道，越是這種時候越不能輕舉妄動。可妳給妳爹出了什麼主意？竟然借著通州之事給姜伯游的女兒潑髒水！」

蕭姝好像仍舊沒聽懂太后的話，道：「姜雪蕙便是阿姝最大的對手，倘若沒了她，臨淄王妃之位非我莫屬，是阿姝做得不對嗎？」

「糊塗！」

蕭太后見她這時候都還沒聽明白，怒極攻心之下，一巴掌就扇到了她的臉上！

「啪！」

蕭姝被打得一個趔趄，跌坐在了地上。

蕭太后指著她的鼻子，恨鐵不成鋼地叱罵：「枉費哀家教了妳這麼多年，沒料想妳到底是我那糊塗兄長和外頭蠢女人生的，平日裡看著聰明都是白費，關鍵時刻腦袋裡裝的都是蠟！妳借姜雪寧之事給姜雪蕙潑髒水，固然使姜雪蕙受了損害，可妳竟沒料著人家也會反擊嗎？何況如今市井朝堂都在議論妳，要推妳替樂陽去韃靼和親，玠兒但凡拎得清眼下形勢，怎可能選妳為妃？天下悠悠眾口，一人一口唾沫便足以淹死他了！便是不選姜雪蕙，也還有陳淑儀、趙淑儀！哪兒輪得到妳！」

宮女們老早退到了外面去，整個大殿中一片冷肅。

蕭姝低垂的眼簾輕輕顫動，抬起頭來時，卻好像是才想到這些關竅，整個人失了神似的。

過了片刻她似乎慌張了，跪行至蕭太后身前，叩首道：「是阿姝氣糊塗，竟然忘了還有這一層，可如今大錯已經鑄成。姑母，姑母，您在宮中多年，聖上乃是您骨肉至親，一定有辦法吧？我好怕他們真的送我去和親……」

眼淚說著往下掉。

蕭太后平時都把她當作至親來教導，因她不那麼貪玩嬌縱，是以有時候對蕭姝甚至比對作為自己親女兒的沈芷衣，都要好上幾分。

可此刻見她竟亂了方寸，心下便有些厭煩失望。

她冷酷地道：「倘若妳不出這昏招，或恐哀家還能保妳。畢竟我蕭氏勢大，若將妳送去和親，皇帝心裡只怕也跟扎了刺似的，要防備著蕭氏和韃靼勾結，謀朝篡位。可妳倒好，硬生生將刀遞到皇帝手裡，讓他有了先削弱蕭氏的藉口！」

蕭太后閉上了眼睛，對著她如對著一枚棄子般，多看一眼都覺得浪費時間，只道：「妳出的餿主意，倒陰差陽錯試探出了皇帝的意思，如今留下一堆爛攤子還要哀家收拾，和親這件事便是哀家也有心無力了。妳自己回去吧，往後便不必經常入宮來請安了。」

蕭姝彷彿不相信她這般絕情。

望著這位姑母，她問道：「姑母難道要眼睜睜看著阿姝去那凶險的韃靼和親嗎？」

蕭太后面無表情，不為所動地道：「芷衣是哀家的親骨肉，她都能去，妳有什麼去不得？」

蕭姝垂下了頭。

蕭太后起身來也不管她了，只留下一句話道：「天家無父子，是妳太愚鈍，不怪哀家太狠心。」

說完這句話，蕭太后的身影已經消失在了畫屏後。

外頭的薄暮也徹底墜了下去，殿內一片昏暗。

所以不管是離開的蕭太后，還是走進來的宮女，都沒有看見，在蕭太后的身影消失、黑暗籠罩下來的那一刻，蕭姝一張原本明豔光采的美人面上，恭敬、惶恐、哀傷，全都彷彿畫上的一層色彩染了水般褪去，只剩下一張漂亮的面皮上嵌著精緻的五官。

像個假人。

甚至透出了一種詭譎。

她異常平靜地起了身，面頰上還帶著先才蕭太后掌摑留下的五指印，從大殿中走了出來。

宮女們提著宮燈要送她出宮。

因約略聽到殿中太后盛怒，是以半點不敢仔細地打量她，看了一眼便埋下頭去。

只是才走到一半，蕭姝的腳步就停了下來。

宮女奇怪，回頭看去。

卻見蕭姝立在一堵宮牆下頭，抬起頭來盯著上頭某一處：朱紅的牆沿上竟然趴著一隻不大的壁虎，別處都不稀罕，唯獨那尾巴短了一截，顯得光禿禿的，原來是有著一處斷痕。

宮女嚇了一跳：「必是宮裡太監不仔細，怎麼還有這東西？」

她上來便要將壁虎趕走。

那壁虎受了驚，順著牆沿迅速地爬走，頓時不見影蹤。

蕭姝垂下眼簾，神情卻隱約陰鬱了幾分，心底更莫名地湧出了一種愴然之感：倘若以前有人告訴她，她會被人一步步逼至如今這斷尾求生的地步，只怕她會當這人胡言亂語，使人亂棍打出去。

可如今……

現實的處境就這樣殘忍地擺在她面前。

方才慈寧宮中蕭太后冷酷的一番言語，尚在她腦海裡回蕩，可並未激起她半分的失望和傷懷，更未有半點羞愧。

她怎麼可能不知道借通州之事抹黑姜雪寧的後果呢？

更不可能不知眼下的情況，別說臨淄王沈玠，但凡京中有點眼力見兒的人都不會在這時候娶她，給自家招來無數麻煩。

姜雪寧！

蕭姝不動聲色，從宮女的手中拿過了宮燈，只道：「給我吧，宮中的路我都認得，想一個人靜靜，我自己出宮便好。」

宮女一來不敢多話，二來樂得輕鬆，是以猶豫了一下，便沒反對。

可待宮女走後，蕭姝的腳步一轉，走去的方向竟完全不是東北角的順貞門，而是位於整座皇宮中央的乾清宮！

第一六二章　開恩

「她？」

敬事房呈上來的綠頭牌才翻了一張到手上，沈琅正琢磨溫昭儀脾氣見長，今日不如喚那張貴人來侍寢，溫柔小意也別有一番意趣，可待鄭保上來附耳低聲說了一句後，他眉頭頓時一挑。

眼底先是驚訝，後是玩味。

鄭保有些猶豫：「此事於禮不合，要不將其趕走？」

沈琅把手一抬：「不，朕倒想聽聽，她要說點什麼。」

鄭保略有驚訝，心中暗跳：朝野暗潮翻湧，這時候身處旋渦中心的國公府嫡小姐，竟敢大膽求見皇帝，究竟是有什麼打算？

只是他不敢表露，去宣蕭姝進來。

蕭姝在外已候了許久。

她本以為自己會為自己此刻的選擇感到害怕，感到忐忑，可望著乾清宮裡那一扇窗裡透出來的光亮，頭腦卻前所未有地清晰：姑母錯了，大錯特錯！

這天底下最尊貴的人是帝王，縱然她貴為太后，是帝王的生母，可又怎能與帝王作對？

更莫說是扶持臨淄王！

沈玠固然溫文爾雅，可還不至於讓蕭姝非嫁不可。原本看中他，不過是因為臨淄王妃之位，不過是皇帝無子，要立沈玠為皇太弟。她為的不僅僅是王妃之位，更為了將來那可能性極大的皇后之位！

可如今一是溫昭儀有孕，二是她借由抹黑姜雪寧一事，觸怒姜伯游，已經清楚地試探出了皇帝對蕭氏的態度，那還有什麼不明白呢？

姑母的話沒有說錯。

天家無父子。

事實上不僅天家沒有父子，但凡權財在手的門庭，親情都異常淡泊。市井百姓講究父慈子孝，不過是因其除卻親情一無所有；而對於有著權力的人而言，他們卻有機會擁有天下的一切，親情與之相比，又算得了什麼？

所以，蕭氏的興衰於她而言又算得了什麼？

更何況，她已自身難保！

鄭保出來通傳，她道了一聲謝，躬身入內，先行叩拜大禮。

沈琅居高臨下地看著她。

蕭姝面頰上那一個巴掌印在昏黃的燈光下格外明顯，但也襯出了幾分楚楚可憐的味道，陰鷙的帝王把玩著手中的綠頭牌，饒有興味地道：「表妹對朕這個表哥可從來不親近，如今宮門都要下鑰了，怎麼還到朕這兒來了？」

蕭姝道：「臣女今來，是向聖上投誠。」

沈琅眼光微微一閃：「哦？」

蕭姝自知生死榮辱皆在今日，暗中握緊了手指，終是把心一橫，道：「姜侍郎當年從龍有功，向來是看著聖上眼色行事，倘若您不首肯，便給他十個膽子，他也不敢上奏。只是姜侍郎也並非好事之人，若無人激怒，怕也不蹚渾水。不管和親之議，還是賑災舊案，都在您一念之間。臣女久在蕭氏，大小事宜悉知無疑。激怒姜侍郎奏劾蕭氏，是臣女向聖上投誠的第一件。聖上若要向蕭氏舉刀，臣女願獻綿薄之力。」

沈琅看著她，眸底漸深，卻是冷冷笑一聲：「憑妳？說得如此冠冕堂皇，怕不過不想去那蠻夷之地與韃靼和親罷了吧。」

蕭姝額頭冷汗便沁出些許。

她閉上眼道：「懇請聖上開恩。」

沈琅終於站了起來，手中那寫著張貴人名字的綠頭牌在指間轉了一圈，竟伸過去抬起了蕭姝精緻的下頷，微微瞇了瞇眼，道：「表妹不是要選臨淄王妃嗎，可要朕怎麼個開恩法呢？」

帝王手指雖沒碰著肌膚，可行止間的輕佻卻彷彿對著一名妓子一般！

羞辱的感覺立刻泛了上來。

可蕭姝眨了眨眼，終究只能強行將之壓下，她手指輕輕顫抖，放在自己領口，在沈琅灼灼的注視之下，慢慢將身前襟扣都解開，脫了乾淨。

初春的夜晚，寒氣猶重。

雪白的肌膚甫一露出，便戰慄起來。巍峨處若山巒起伏，低陷處又有婉約綺態，飽滿處握之不住，纖細處又不盈一握……

跪伏在沈琅腳邊，舊日的驕傲盡數折斷，轉瞬卻化作了無盡的恨意。

一滴淚暈進柔軟的地毯裡，她冷靜地聽見了自己刻意放低的柔婉嗓音：「懇請聖上開恩。」

第一六三章　前世軌跡

春日靜夜，雨露滋長。

鄭保站在乾清宮外面，悄然皺起了眉頭。

那敬事房的太監只見皇帝翻了綠頭牌，還沒來得及定下來呢，就來了一位蕭氏的姑娘，讓他著實生出了幾分忐忑，不由壓低了聲音問鄭保：「您看，還宣張貴人來侍寢麼？」

鄭保聽見裡面的動靜，清秀的面容在一旁宮燈暖黃光芒的映照下卻籠罩了一層陰翳，只道：「怕是不用了。」

次日一早，皇帝罷朝。

天才濛濛亮便入宮準備朝議的大臣們全都一頭霧水，唯獨有消息靈通的太監們湊到定國公蕭遠的面前來，態度似乎比往日還要殷勤。

蕭遠自然沒摸著頭腦。

往日蕭姝留宿宮中侍奉太后乃是常事，所以昨夜人沒回來，在蕭遠看來也不算是什麼大事，一般第二天早晨便回。

可沒料想，他回府之後竟仍不見人。

正要準備派個人去問問，結果外頭管家就帶著一臉震驚地來報說，宮裡的太監傳旨來了。

這一下蕭遠嚇得不輕，以為是出了什麼大事，到了堂內聽旨時，見來宣旨的竟是宮內權柄在握的司禮監掌印太監王新義，更是忐忑。

王新義卻是笑容滿面：「恭喜國公爺，賀喜國公爺！」

蕭遠錯愕，一時茫然：「何事恭喜？」

王新義乃是宮裡面的老狐狸，只當昨夜發生的事情都是蕭氏精心謀劃，而眼前蕭遠不過是裝，所以竟伸出手來拍了拍蕭遠的肩膀，笑容裡有些拉攏味道：「令嫒昨夜留宿乾清宮，今晨可不敢叫蕭大姑娘，要稱作『賢妃娘娘』了！」

蕭遠先是愣住，隨即卻是面色大變：「你說什麼？」

❀

「真的，今早來傳旨的時候那陣仗，妳是沒看見！」蕭定非兩隻眼睛都在放光，描述起今早場面時，更是手舞足蹈，唯恐姜雪寧不相信。「什麼珍玩玉器，絲綢金銀，全跟流水似的賞了下來。我大早上起來一看，謔喲，簡直擺了整整一個院子！一問才知道，蕭姝那臭娘們兒往宮裡面一夜把皇帝給睡了，可給自己掙了面兒，直接封妃！哈哈哈妳是沒看見蕭遠那臉色，我看他差點就要氣吐了……」

「……」

姜雪寧的手指攥著茶盞，一根根慢慢收緊。

眼下還是在那戲園子。

雪白的梨花已有早開的，綴在牆邊上，風一吹薄得像是亂顫的紙片；絲竹之音從下方戲臺上傳來，配著南邊那帶了幾分吳儂軟語的纏綿唱腔，引得周遭看戲的人好一番喝采。

樓上雅座卻安安靜靜。

因在暗中謀劃和親之議，蕭定非常要將外面的情況告知姜雪寧，是以這些天來時常見面，都選在這戲園子。一則人來人往，最危險便是最安全；二則他們兩個一般德性，都是好玩享樂，也不樂意去找什麼太過正經的茶園琴館。

蕭定非還想跟姜雪寧說說自己一路來聽的那些流言蜚語，好讓她高興。

可剛喝了一口茶潤潤嗓子要開講，一錯眼看見她陰沉緊繃的面色，心裡陡地跳了一下，不覺收了聲：「妳怎麼了？」

留宿乾清宮，封妃！

這些字眼簡直如針一般扎進了姜雪寧的耳朵裡，讓她刺痛之餘難以感覺出半分的快慰！

「她竟真做得出來……」

上一世，蕭姝是姜雪寧的死敵。

奉宸殿伴讀的那些日子，對方便是那天上的皎月，地上的明珠。出身比她好，學識比她高，又與沈芷衣交好，人人都跟在她身邊。

後來對方也入宮，母家強大，拉攏人心，背後更有太后那老妖婆撐腰，即便她彼時身為皇后，重重重壓之下也很難在對方手裡討著好，明裡暗裡吃了不少虧。

在姜雪寧眼中，蕭姝行止得當，算計周全，是這京城裡世家大族所培養出來的貴女典範，絕對比她這樣野草似的性情更適合那皇后之位。

骨子裡，她該是傲氣的，自負的。

即便是這一世，姜雪寧也沒有任何輕敵的想法。

可她沒有料到，蕭姝會這般自甘下賤，竟委身於沈琅——

一時間，一種前所未有的茫然之感湧上心來，讓姜雪寧如墜迷霧，隨即便變作了一種難言的荒謬，甚至讓她禁不住地笑出聲來：「時易事變，她也有被逼到這田地的時候……」

蕭定非莫名覺得背後發寒。

他小心翼翼地湊到姜雪寧面前，打量她神情，道：「她這樣，難道不應該高興嗎？沒名沒分，打著探望太后的名頭入宮，卻留宿在乾清宮，便是青樓裡的妓子也做不出這事兒來吧？出來賣的怎麼說也要先收錢。她倒好，先白送一場，也不怕皇帝不給錢？現在滿京城裡都在議論她呢，便得了個妃位，可在這昏招之下，名聲也毀了啊。」

「昏招？」姜雪寧一聲冷笑。「你當她真是白送，皇帝的妃位真是白給嗎？」

蕭氏如今正處於非議的旋渦，皇帝的態度卻始終曖昧不明。

雖然明日便是選妃，可沈玠不可能冒天下之大不韙把蕭姝選做自己的王妃。此人儒雅多情，可生性又有懦弱的一部分，當年她嫁與他做了王妃，見他從來都是趨利避害，也不大肯沾染上朝廷諸多爭鬥。

可他皇兄沈琅卻是截然不同的人。

儘管上一世這位皇帝異常短命，在她嫁給沈玠兩年之後便「因病暴斃」，和她除卻中秋、除夕宮中的家宴外，也並無更多的接觸，可姜雪寧卻很難忘記，對方高踞在御座上俯視著人時陰鷙的眼神。

喜怒無常，縱欲反復。

記得她身為王妃最後一次入宮覲見，是在中秋。

那時沈玠已經被立為皇太弟，而沈琅服食方士煉製的五石散已有許久。他一臉迷幻地癱在御座上，瞧見沈玠與她連袂而入，陰沉閃爍的目光便落在她身上，說了幾句之後，沈玠意識到了不妥，便稱有話單獨對沈琅說，先讓她退下。

她心底不安，埋著頭告退。

可直到退出到了偏殿裡坐下等候，也仍舊覺得那毒蛇一般的目光還黏在她身上，讓她起了一陣惡寒。

那日不知兄弟二人談了些什麼，一向平和儒雅的沈玠竟是鐵青著臉從裡面出來，回了王府便入了書房，也沒出來過。
姜雪寧那時還是肯討好這位夫君的。
她琢磨著讓廚房燉了一盅雞樅乳鴿湯，深夜裡親自端去書房。
若是往常，書房是隨她出入的。
可這日外頭竟有人將她攔下。
小廝進去通傳，沈玠才從裡面走出來。
外頭那道書房門拉開時，姜雪寧竟看見裡面坐了不少人。臨窗靠著多寶格的位置上赫然是一角雪白的道袍，謝危轉過臉來正正好對上她目光。只是還沒等她反應過來，門縫已經掩上，立在她面前的是朝她溫和笑起來的沈玠。
沈玠親手接了她拎來的那盅湯，又說自己晚些時候回房，然後吩咐了下人仔細送她回屋。
姜雪寧回去躺下後卻好久才睡著。
直到天濛濛亮了，已經暖熱的被窩裡鑽進來一具有些發涼的軀體，將她摟住。她費力睜開眼，瞧見窗紙上已是一片黎明過後的暗藍。
等她下一次再見到沈琅，便是在皇帝大行駕崩時，裝入的那盛大棺槨中了……
所以對這個目前掌控著旁人生死的皇帝，姜雪寧的瞭解實在算不上多，可從種種蛛絲馬跡推斷，絕不是什麼一心為了天下的仁君賢主。

沈琅更像個瘋子。

蕭姝年紀輕輕便以玉如意一事陷害她，亦非良善之輩。

倘若她沒有付出足夠的代價，沈琅不會置天下悠悠眾口於不顧，而封她為妃。且這位帝王的心思也實難度測，大早上不說差人將其送回府中再行冊封，直接讓人留在宮中還罷了早朝，真是半點面子功夫都不肯做，讓蕭姝落得被天下悠悠眾口恥笑的境地，不可謂不狠！

仔細將前後發生的事情梳理一遍，皇帝對蕭氏的態度顯然讓蕭姝感覺到了危機，而慈寧宮那老妖婆連自己的親女兒都捨得，她一個侄女兒又算得了什麼？

蕭姝是高傲心性。

上一世同她爭個皇后之位便心機費盡，做妃子時迎進宮來排場比正宮皇后還有過之而無不及，想要她遠赴番邦和親，她怎麼肯呢？

是了。

也的確只有這一條路了。

姜雪寧低垂下目光，看著自己手中這漂亮的茶盞，自語道：「斷尾求生，絕地反擊，我竟不知到底是高看了她，還是小瞧了她。」

她本以為，蕭姝該不屑做這等忍辱委身之事的……

蕭定非已能清楚感覺到她情緒不對，轉念一想便明白事情的關竅在哪裡——

樂陽長公主啊！

原本眾人鬧著要推出去替代沈芷衣和親的蕭姝，已經被封為了皇妃，天底下豈有讓皇帝的女人去和親的道理？蕭姝看似名聲壞了，可卻保全了自己！

那沈芷衣……

「啪！」

半滿的茶盞陡地飛起來砸到了前面那漂亮的畫屏之上，頓時粉碎，已冷的茶水四濺開來，染汙了屏中所繪的秀麗山水。

姜雪寧面無表情盯著，久久沒動一下。

第一六四章　臨淄王妃

這一天姜雪寧在戲園子裡枯坐到傍晚，平日裡活蹦亂跳跟她鬧著玩的蕭定非半點不敢去招惹她，只悄悄把送來的瓜子花生剝得完完整整、乾乾淨淨，放到她手邊上去。

可姜雪寧沒吃半個。

直到外面日頭西斜，她好像終於做了什麼決定似的站起身來，要往外面走。

蕭定非下意識問了一句：「外頭翁昂那幫士子，還有街面上的叫花子，還繼續打理嗎？」

姜雪寧道：「為什麼不？」

蕭定非愣住：「可這事已經……」

姜雪寧竟道：「她叫我難受，我也不讓她好過。」

蕭定非終於寂然無言，目送著她從這戲園子裡走了出去。

朝野上下前一天還在議論重查蕭氏的事，今日卻無一不為蕭姝封妃的消息吃了一驚：在這種風口浪尖的節骨眼兒上，皇帝竟然封了漩渦中心的蕭姝為妃，豈不是明著要偏袒蕭氏，偏袒蕭姝？

可傍晚的時候便傳來新的消息。

戶部侍郎姜伯游參定國公蕭遠的摺子被交到了內閣，經由諸位輔臣商議後，將重查當年贛州賑災銀一案。

這下文武百官都迷惑了：說皇帝秉公辦理吧，他先把蕭姝封了妃；說皇帝有心偏袒吧，重查贛州賑災銀一案又毫不留情。

便連蕭遠自己都琢磨不透，為此不安。

唯有姜雪寧能隱約猜出點什麼來。

帝王臥榻，最忌他人酣睡。

倘若蕭姝不值得信，不應該信，沈琅不可能封她為妃。以帝王心術倒推回去，一個世家大族出身的貴女，如何才能獲取皇帝的信任？

答案只有一個：自斷羽翼，劃清界限。

當蕭姝自願捨棄原本出身的依仗，便相當於拋下了自己所有的武器，也就解除了對帝王的所有威脅。從此以後，她的榮辱都繫在枕邊那個男人的身上，只能與他同進退、共死生！

對沈琅來說，一則能侍奉床榻，二則能助他搞垮蕭氏。

且這般的美人，他有什麼理由拒絕呢？

姜雪寧心裡冷笑著，回到姜府便聽說孟氏十分高興，叫姜雪蕙去自己房裡說了一下午的話。想也知道，原本也要參選臨淄王妃的蕭姝忽然入宮封妃，那姜雪蕙就沒有了最大的對手，而沈玠對姜雪蕙有意在先，料想選妃成事該是十拿九穩。

她都懶得去湊那熱鬧。

次日裡天還沒亮，闔府上下便忙碌起來，隔著院子都能聽見丫鬟們為姜雪蕙描繪妝容，打點裙釵的聲音，偶有做事手腳慢了的人還要被孟氏責斥上兩聲。

姜雪寧躺在床上，春晨懶睡，盯著帳頂繡滿的白牡丹，卻想起前世的這一日——

府裡也是這般忙碌。

不過那時候處於眾人之中擺弄著各式簪釵的人，是她自己。孟氏雖也到了她房中，神情裡的喜悅看著卻多少有些勉強，尤其是她帶著幾分嬌縱一眼看過去時，孟氏的面色便更不好看。姜雪蕙則只站在孟氏旁邊，深深地望著她。

那時她心底得意極了，因為姜雪蕙根本不知道她是在宮裡見過了那方繡帕，故意冒名頂替了她，才有了如今的機會。

姜雪蕙搶了她的親情，她就要搶姜雪蕙的愛情。

無論如何她都不想她們好過。

只是折磨了旁人，何嘗不是折磨了自己？

沈玠固然是個溫柔儒雅的俊秀君子，身上有著文人的多情，可與天底下的男人一般，並不是什麼癡情種。也或許是漸漸發現她並不是當初那個讓他心動的人吧？早兩年新婚燕爾時，如膠似漆，輕而易舉便哄得他不願離開自己；可等他登基之後，朝堂非議，太后施壓，擢選新人，蕭姝入宮，到底換了舊人，對她這皇后不過維持點面上的情義。

搶來的終究不是自己的。

姜雪蕙有的，也未必是她喜歡的。

躺了有好半天，姜雪寧才起身。

倒不是要去看看姜雪蕙如何，而是今日正好也是宮裡太監們輪流休沐的日子，而她要去找一個人。

蕭姝成了皇妃，原本的計畫不可用了。

留給她的時間已經不多。

洗漱好走出自己院落時，姜雪寧正好撞見另一邊被諸多丫鬟簇擁著難得打扮得明豔了幾分的姜雪蕙，清秀的面龐配以精緻的妝容，倒是端莊沉靜。

她手裡拿著一方角上繡著紅姜花的絲帕。

姜雪寧看她一眼，見孟氏也在旁邊，乾脆連招呼都懶得打一聲，徑直走了過去。

這一世她已經改變了許多事情：同謝危的關係，溫昭儀的身孕，燕氏一族的興衰，臨淄王妃的人選，蕭定非入京的時間……

那麼，沈芷衣她為何不能救下？

世人如孟氏也好，如姜雪蕙如沈玠也好，即便今日要選妃，也不覺與昨日明日有太大差別。可於姜雪寧而言，她的每一日，都是在與既定的命運殊死搏殺，不肯低頭認輸！

鄭保今日休沐。

自打被師父王新義看中，調到皇帝身邊伺候後，他在宮內的地位再不可與往日同日而語。倒非他貪慕金銀，而是宮內本就如此，倘若旁人孝敬而你不願收，便成眾矢之的，旁人難免對你忌諱防備。所以在乾清宮當差的時間雖然不長，也攢下了不少的一筆銀子。

七成給了家中，讓母親張羅著添給兄弟做娶親的聘禮。三成留給自己，終於搬出家來在三裡胡同置了個小院。

從那日看見蕭姝進了乾清宮開始，鄭保心裡便有了隱隱的預感，所以今日休沐也未與往常一般出門走動，而是坐在屋簷下等候。

果然，清晨的霧氣剛散，外頭就響起了敲門聲。

他起身走過去開門。

那位容色殊豔的姜二姑娘就立在他寒酸的門庭前，披了深紫的斗篷，眼底卻似深夜靜雪，明亮卻又帶著一點淡淡的涼意，望過來時便叫人心底為之一寬，好像萬般雜念都肅清了似的。

鄭保往邊上讓開。

姜雪寧一手斂著斗篷，卻沒往裡走一步，只是看著他道：「我是來請你報恩的。」

鄭保在家中只穿一身簡單的淺青色圓領袍，唇紅齒白，聞言怔愣了一下。

他清秀的面容使人想起江南泛著幾分靈氣的煙雨。

姜雪寧忽然有些不敢直視這一雙太過清透的眼睛，於是慢慢垂下眼簾來，壓下那一絲愧疚，近乎殘忍地道：「對不住。那日坤寧宮前，真正出言救了你的，該是長公主殿下。可否，請你報恩？」

作為皇帝平日裡頗為信任甚至差一點就要立為皇太弟的臨淄王，沈玠要選妃，絕對算是開年後今春裡除卻長公主和親外第一等的大事。

宮裡面老早就忙活開了。

此事雖由鄭皇后親自操辦，可本是樁樁件件都要報與蕭太后知悉的，今日也該是太后來主持大局。不過昨日蕭姝封妃，消息傳出來後，蕭太后不知為何勃然大怒，發了好大的火，還氣病了。蕭姝前去侍疾，也被人趕了出來。宮裡消息靈通的都覺得這件事不尋常，暗地裡傳個風風雨雨。

鄭皇后心裡也犯嘀咕。

不過這對她來說是個極好的機會，難得由她來主持大局，若辦得好了，重入皇帝眼中，也可順理成章將六宮的掌控從蕭太后手中奪回來。

因此鄭皇后倒比往日更盡心力。

選妃的地點定在儲秀宮，由宮人們一大早引了人入宮，畢竟是皇室選人，該查驗的地方一應不少，最後一關才是放這些候選者到大家面前來，定奪出個結果。

沈玠入宮，先要去拜見太后和皇帝。

所以鄭皇后坐在儲秀宮的主位先喝上了茶，與旁邊有孕後晉了位分且養得皮膚白嫩的溫昭儀敘話。

可沒料想，還沒說上兩句，就聽外頭太監嗓音尖細地唱喏一聲：「賢妃娘娘到——」

鄭皇后與溫昭儀的眼皮同時跳了一下。

再抬眼一看，前陣子還是仰止齋伴讀、蕭氏大小姐的蕭姝，如今一頭烏髮盤做高髻，插了兩支金步搖，眉心貼一枚梅瓣似的花鈿，一襲天水藍灑金曳地宮裝從外面走進來，雖無盛氣凌人的神態，卻著實給了人盛氣凌人的感覺。

宮裡常常新人換舊人，何況如今聖上最是喜新厭舊？

鄭皇后雖也覺得不舒服，可這種事見得多了，面上多少還掛得住，只心裡不屑於蕭姝堂堂貴家小姐也做得出這等不要臉的事。

溫昭儀就覺得難受多了。

她身懷有孕自己之前卻半點不知，也無太醫告知，可知這後宮都在旁人把持之中。至於這「旁人」是誰，誰心裡又沒點數呢？如今蕭太后病了，她侄女兒卻又入宮來，還一封就是妃位！她肚子裡可揣著龍種，也不過才晉了昭儀，想想實在意難平。

是以見到蕭姝，她臉色不大好。

宮裡宮外都是流言蜚語，蕭姝豈能不知？

可心裡再恨，做出決定的都是她自己。

她自知取捨，也就強迫自己充耳不聞：無論如何，她已經達成了自己的目的，甚至一夜之間成為了皇帝的寵妃，旁人議論又能把她怎樣？

「臣妾見過皇后娘娘。」

蕭姝往日身分便不一般，對皇后行禮從來十分簡單，如今也同樣沒將皇后放在眼底，略略彎身一禮便作罷。

皇后笑得勉強，也不好多說：「如今該叫賢妃妹妹了。」

溫昭儀冷冷地一撇嘴，手撫在自己已經顯懷的肚子上，故意沒起身，懶洋洋道：「按理我該給賢妃娘娘道禮，可有孕在身，我這一胎弱得很，不敢折騰，便請賢妃娘娘見諒了。」

蕭姝笑了笑：「不妨事，往後再請便是。」

溫昭儀距離妃位不過一步之遙，只要順利誕下皇子，貴妃之位也不在話下；便是誕下公主，妃位也是順理成章，哪裡用得著再給她蕭姝行禮？

蕭姝的話看似尋常，意思卻惡毒至極！

溫昭儀面色瞬間變化，搭在扶手上的五指握得緊了，險些當場發作。

鄭皇后忙打圓場，笑著問道：「賢妃妹妹封妃突然，一應宮室皆在準備，我等倒都還未來得及見上一見。只是今日儲秀宮中將為臨淄王殿下挑選王妃，不知賢妃妹妹前來，是？」

旁邊早有宮人搬了椅子來。

蕭姝施施然坐下才淡淡回道：「聖上政務纏身，又放心不下臨淄王殿下選妃的事，我便自請來一趟為聖上看著些，皇后娘娘可不介意吧？」

自請。

鄭皇后一口氣堵上，竟不知自己該說些什麼，緩了一下才勉強笑起來，道：「聖上關懷，自然最好不過。」

蕭姝輕輕笑一聲，不再說話。

不一會兒，臨淄王沈玠去皇帝、太后那邊請完安，進到儲秀宮中，穿一身月牙白的蟒袍，腰間掛著玉墜，面龐也如玉一般儒雅溫潤，只是面色似乎不是特別好。

他進來看見蕭姝，也是愣了一下。

但滿腦子都是皇兄尤其是太后的訓斥，倒也根本懶得去在意，向皇嫂行過禮後，便坐了下來。

這時宮人才將各府候選的貴女引入，經過篩選後人數也不多，六人一排站著，原仰止齋中的伴讀倒有許多都在其中。
姜雪蕙，陳淑儀，姚蓉蓉，還有……
一臉糾結的方妙。
她父親是欽天監，她又曾在仰止齋當過伴讀，自然得以進入候選王妃之列。
方妙覺得這事兒跟自己沒太大關係，也就走個過場。
可千不該萬不該，也不知宮裡什麼毛病，要他們清早來到宮裡。所以被丫鬟們收拾好了催著出門的時候，她掐指一算，卯正三刻，將明不明，將暗不暗，陰陽交替尚未結束，正是邪祟橫行無定數，絕不是出門的好時辰。
到了宮門前，又見青光掛東南。
方妙沒忍住摸出自己藏在袖子裡的銅錢來算，竟給自己算出個凶兆，一時間嚇得心驚肉跳，恨不能立刻扭頭打道回府，只恐這一遭有血光之災。
她就站在姜雪蕙與陳淑儀之間，比起這兩位出身書香世家今日也穿得很有幾分鮮亮的大家閨秀，她雖也穿了一身很漂亮的鵝黃彈墨裙，腮邊傅粉，唇上塗朱，可映襯之下半點也不起眼。
進來瞧見上頭坐的蕭姝，方妙心裡就嘀咕了一聲。
原本大家還是奉宸殿的同學，眨眼人家屁股上已經插上幾根好看的毛做了錦雞孔雀，也不知今日來幹什麼。

姜雪蕙則是沉靜地立在邊上，指間一幅繡帕漏出一角。

她一進來，沈玠的目光便落在她身上。

旁邊太監捧過來的漆盤裡擱著一枚雪白的玉環，他拿了站起來，便要向姜雪蕙走去。

溫昭儀頓時面露微笑。

然而蕭姝瞧見卻是冷笑一聲，淡淡提醒：「聖上說了，殿下選妃，將為皇室綿延血脈，正妃乃是要入玉碟的，要品性端莊，身世清白。」

沈玠的腳步便是一滯。

他瞧見姜雪蕙低眉垂眼立在那邊，便想起那日雨時，他約了燕臨見面，馳馬前去卻險些驚了旁人的車馬，好不容易拉住，卻不慎濺了泥點滿身。

裡頭坐著的姑娘受了驚。

他以為人家要追究。

沒曾想過得片刻，裡面卻伸出一隻骨肉勻亭的纖手，將一方繡帕遞給了他，只一聲壓低嗓音的輕笑：「多謝公子相救，先擦擦臉吧。」

那日見燕臨，他竟走神了片刻。

燕臨便問他怎麼回事。

他把事情一說，燕臨便要了那繡帕去看，眼神閃爍地琢磨了一會兒同他說，你看這紅姜花，那條道上坐馬車的想必是姜家姑娘。

沈玠便問，大姑娘還是二姑娘？

燕臨翻了他個白眼說，寧寧是本世子的，殿下那個自然是姜家的大姑娘。

其實時間久了，那壓低了輕笑的嗓音他也忘得差不多了，唯留下那一方繡著紅姜花的手帕作為一抹綺思還放在身邊。

沈玠想，若選王妃，該選曾令自己心動的。

可為什麼偏偏不能如願？

姜家二姑娘前陣子通州那件事傳了個沸沸揚揚，連帶著姜氏門庭裡別的姑娘名聲也不好聽，否則他今日大可不必理會母后與皇兄的責斥，徑直選了姜雪蕙去……

姜雪蕙曾救過溫昭儀，溫昭儀自然向著她一些，也希冀著姜雪蕙能選上，成為自己日後的助力。可旁邊蕭姝一句話裡口口聲聲所提到的「聖上」二字，到底令她咬牙切齒，生出幾分忌憚來。

既是皇帝發話，自不敢硬頂。

溫昭儀眼見沈玠站著沒動，眼珠一轉，卻是話鋒一轉，竟主動勸道：「賢妃娘娘說得對，選正妃可不是身家清白的麼？到底祖宗禮法在，枉顧不得。選過正妃，若有割捨不下的，一道納作側妃也無不可，總歸不要違拗了聖上的意思罷了。」

那代表著正妃之位的玉環在沈玠手中捏了半天，扣得緊了。

縱然是皇家血脈，貴為臨淄王……

可他的婚事卻也不由自己做主。

沈玠自然瞥見了姜雪蕙手中那一方紅姜花繡帕，可溫昭儀之言拂過耳畔，目光抬起要向姜雪蕙看去，臨了又覺心裡堵著，只怕越看越堵，索性將目光往旁邊一轉。

邊上也不知哪家小姐，腦袋埋著嘴唇翕動，像在默默念經。

他看了雖覺面善，隱約記得是仰止齋裡幾個伴讀中的一個，可也不覺得十分好看，轉過眼就去看下一個。於是瞧見了陳淑儀。

這時蕭姝又在後面說：「聖上畢竟還是看重殿下的，家世高學識好的，最能輔佐殿下，料理王府事務……」

沈玠心裡頓時說不出的厭惡。

便是他原本覺得陳淑儀看著端莊，很是不錯，這會兒也犯了噁心。泥人尚有三分氣，他心裡不高興，索性掉轉頭來徑直將那玉環朝立在陳淑儀與姜雪蕙中間的那姑娘遞去，不耐煩道：「既是選入宮的，自然誰都好，就她吧。」

這一瞬間，整座儲秀宮裡都安靜了。

方妙聽著頭頂上那暗藏機鋒、你來我往的一番話，只覺這些人個個都有不俗的道行，唯恐他們一言不合搞出什麼事來，給自己帶來血光之災，是以虔誠地默誦《金剛經》為自己驅邪避禍。

玉環遞到她面前，她都沒看見。

直到一旁的太監冒著冷汗提高聲音喊了第三聲：「方姑娘！」

方妙才陡地回神。

抬起頭來隻看見沈玠手拿著玉環遞向她，彷彿沒想到自己會被人無視一般，一張俊容卻隱隱有些鐵青，盯著她時難得有些不善之色。

方妙這時才意識到發生了什麼。

她頓時打了個激靈。

沈玠沒料想還有人選妃也走神，好像還不大情願模樣，便冷冷笑了一聲問：「妳不願意？」

方妙想說這可不是本神棍能摻和的場子！

她張嘴，一句「不願意」就在嘴邊，可臨了忽然想起自己出門時算出的凶兆，再一看周遭所有人目光都落在自己身上，背脊骨上開始冒寒氣。

這可是皇帝的兄弟啊……

倘若當眾拒絕，只怕血光之災真的眨眼就來。

她先前呆滯的動作立刻一變，十分迅速地將那一枚玉環接了過來，躬身道：「願意願意，臣女願意！」

沈玠：「……」

不知為什麼，氣非但沒消，反而更大了！

鄭皇后與溫昭儀面面相覷，蕭姝更沒想到沈玠竟然選了方妙，豁然起身。

邊上的陳淑儀面色難看。

姜雪蕙則悄然收緊手指，慢慢閉上了眼睛。

方妙則朝著沈玠訕訕一笑，可笑得實比哭還難看：你大爺的天打雷劈啊！早知今日出門時辰不對，現在果然倒了血黴！

第一六五章　至親傷人

鄭保送了姜雪寧出來，面上的神情倒沒有什麼波動，彷彿方才過去的兩個時辰裡商談的，並非什麼驚天動地一旦敗露便會使人掉腦袋的事，只立在門邊道：「和親那一日的守衛勢必森嚴，留給姑娘行事的時間不多，鄭保所能幫的也就如此了，餘下的還請姜二姑娘仔細謀劃。」

姜雪寧怔怔看著他。

她來時腳步便不輕鬆，走時腳步更顯得沉重，幾度張口，卻沒說出話來。

鄭保一雙平和清淨的眼，彷彿看出了她心中湧出的愧疚與不安，朝她寬慰似的一笑，道：「長公主殿下是個好人，在下有恩當報。況以姜二姑娘的計畫來看，即便事發也多半只是失察之罪，既已做了決定，還請姑娘勿要躊躇。」

上一世鄭保是為沈玠所救，沈玠登基後便常年伺候在沈玠身邊，到哪裡都能瞧見，做事也是仔細謹慎、滴水不漏。只是這人著實不大起眼，姜雪寧平時也不很關注。直到最後謝危、燕臨謀反，這人不聲不響拔劍殉主，才叫旁人知道，宮內原有這樣一號鐵骨錚錚的血性男兒。

她沉默了良久。

可要說什麼歉疚的話吧，要人家「報恩」的便是自己，實在沒有資格與立場，唯獨下臺階之前欠身一禮，向著這自己上一世並不放在眼底的人。

因謀事甚密，她今日是自己出了門來，回去時便在街上慢慢地走著。

市井煙火，皆在耳畔。

姜雪寧卻有些神思恍惚，等到了琉璃廠附近時，又去找了一趟周寅之。周寅之上一世曾背叛她，所以她不敢全信，並未將自己的計畫和盤托出，只交代他去辦幾件事，聽對方答應下來後，才返回姜府。

此時已是日薄西山。

臨淄王沈玠選妃就在今日，若與上一世差不多的話，這會兒該已經出了結果。沒了自己攪局，姜雪蕙還帶了繡帕，這一世總該稱心如意了吧？

果然她抬腳進門，便見丫鬟們都笑著在說話。

經過廳堂時也見裡面擺了些宮裡下來的賞賜。

姜雪寧思忖著，上一世她名聲算不上很好，宮裡那老妖婆更是極力反對，沈玠卻直接選了拎著紅姜花繡帕的自己；這一世姜雪蕙的名聲同樣被自己帶累，宮裡只怕也是有些非議和阻力的，可沈玠還是沒什麼懸念地選了姜雪蕙。

面上看著不顯，心裡倒很念舊情嘛。

孟氏和姜雪蕙的院子都靠著東邊，猜想她們該是高高興興，她懶得去尋她們晦氣，腳底下方向一轉，便準備從抄手遊廊過垂花門繞西邊回自己的院子。

誰料想還沒走到，另一頭便傳來一陣喧鬧的聲音。

聽著竟像是姜雪蕙。

「母親！這又是何必？您別去了！」

「妳放開，別攔著！原本好好的一門親事，十拿九穩，若不是她壞了名聲從中作梗，哪裡能被人半道截了胡去？都什麼年歲了！眼看著就要出閣，還朝著外面瞎跑胡混！往日裡請人來教的教養早丟不知哪裡去了，傳出去又成什麼體統？我非要去看看她什麼時候才肯回來！」

「母親——」

孟氏一肚子都是火氣，一張臉緊繃著，快步走在前面。

丫鬟們不敢攔，姜雪蕙攔不住。

姜雪寧聽著隱隱覺得這苗頭怎麼像是朝著自己來的？腳步才一頓，轉頭一看，已經同那邊走出來的孟氏對了個正臉。

孟氏平素也是個有涵養的貴夫人，此刻面色卻前所未有地難看，一瞧見她便立刻喝了一聲：「回來得正好，還不給我站住！」

姜雪寧皺起眉頭，沒明白怎麼回事。

她朝旁邊姜雪蕙看了一眼，才發現對方面容略顯蒼白，神情雖然平靜，卻難掩眼角眉梢幾分黯淡，竟不很如意模樣。

臨淄王妃之位不都穩了？

還有什麼不滿意？

姜雪寧心底莫名冷笑了一聲，對著孟氏已是十分不耐煩：「母親什麼事？」

「什麼事？妳還能不知道是什麼事嗎？我姜家，還有蕙姐兒，簡直要淪為滿京城的笑柄了！」她不說話還好，一說話這副理直氣壯的架勢，更讓孟氏心頭梗得厲害。「倘若不是妳敗壞了家中名聲，到處跟人胡混瞎鬧，哪裡有這些事情？」

姜雪這才聽出了端倪。

她眉梢一挑，真有幾分驚訝：「難道王妃之位沒選上？」

這一次是真的出乎了她的意料，這驚訝並無半分作偽。

可在孟氏看來卻扎眼極了。

怎麼聽怎麼像是挑釁，怎麼看怎麼像是嘲諷！

姜雪寧的目光則是從她身上轉到了姜雪蕙的身上，只覺這件事有些不可思議，一是因為上一世沈玠沒管旁人言語選了她，二是因為她回來時分明看見廳堂內有宮裡為喜事賞下來的東西。

若不是被選上，哪兒會賜這個？

難道……

腦海裡冒出個可能來，可到底有些荒謬，她自己搖了搖頭，嘀咕：「那可真是太奇怪了。」

孟氏終於忍無可忍。

她從姜雪蕙院中出來時本就有許多丫鬟婆子跟著，結果半道上就看見姜雪寧這時辰從外頭回來，如今京城裡的大家閨秀有幾個像她這樣？

早先同燕臨攪和在一起，如今又同那蕭定非廝混！

整個姜家內宅的臉都要被她丟盡了！

孟氏一張臉上覆了寒霜，冷然道：「往日妳被那別有用心之人教歪了，可妳總能找人來護著，連老爺都治不住妳，無話可說。可臨淄王殿下選妃一事，事關妳姐姐終身大事，卻遭了妳名聲拖累，平白錯過了正妃之位，便拿一個側妃之位也還要遭人閒言碎語！妳已過了十九生辰，早不是能在外面瞎鬧的年紀，倘若再不對妳約束管教，還不知他日闖出什麼更大的禍事來！」

姜雪寧頓時愣住：還真是側妃？

她看向姜雪蕙。

姜雪蕙回想起的卻是選妃那一時所面臨的難堪，便有溫昭儀為她說話，蕭姝那些夾槍帶棒的言語，還有旁人暗含了諷刺的眼神，也依舊使她感覺到了幾分罕見的難堪。

孟氏擺手叫了身邊兩個膀大腰圓的婆子，道：「這就把二姑娘給我請回去，從今日開始禁足府中，把《女戒》好好給我抄個百八十遍！若沒有我的准許，誰也不許放她出門！」

婆子們得令，立刻朝姜雪寧走過來。

畢竟孟氏是主母，她們雖也知道姜雪寧不是個好惹的主兒，可這一回她是拖累了大姑娘選臨淄王妃的事，便是老爺來了只怕也不會給她好臉色，所以咬咬牙狠狠心，已決定一看姜雪寧有要反抗的苗頭便下重手。

事情的發展可半點沒在姜雪寧意料之中，姜雪蕙竟沒被沈玠選為正妃，她先是驚訝了一下，接著便自然地生出幾分好笑的幸災樂禍。

誰讓她素來不是很看得慣姜雪蕙呢？

真是怪了。

這一世她可沒怎麼從中作梗，由此可見這兩人說不準沒什麼正經緣分。

只是孟氏將此事歸咎到她身上，又讓她由衷生出幾分反感，眼見兩個婆子朝著自己逼過來，她心底戾氣陡漲，眉頭一皺抄起旁邊搭花架的一根木棍便亂揮著打過去！

心裡有股狠勁兒，下手自然不留情。

木棍敲在頭上身上，實打實地疼，那兩名婆子連姜雪寧人都沒來得及挨著，就被打得一通亂叫起來。

孟氏素知姜雪寧頑劣不馴，可也沒料著她不但敢反抗還敢動手，險些氣得暈過去，叱罵起來：「反了，反了！可真是要反了天了！」

遊廊上這動靜著實不小。

姜伯游從衙門回來，才引著謝危要去自己書房，走過來瞧見姜雪寧抄著棍棒敲打僕婦一臉戾氣的模樣，眉頭立刻皺了起來，喝了一聲：「這都是在幹什麼？還不快給我放下！」

「砰」地一聲，姜雪寧聽見聲音後，又一木棍打在左邊那婆子的背上，疼得對方趴到了地上，回頭看了一眼，才把棍子扔到地上，拍了拍手。

孟氏氣得打顫，指著她道：「老爺，你看看她，如今這無法無天模樣，眼看著是管不了了！」

姜伯游心裡嘆氣，只問：「怎麼回事？」

姜雪寧立在原地，唇邊噙著一絲冷笑，並不回話。

謝危立在姜伯游身邊，也停下腳步。

因是直接從內閣出來，他裡頭穿的是一件玄黑的交領深衣，層疊地覆到脖頸下方，露出突起的喉結。外面官袍褪了，倒是少見地沒有穿尋常的道袍，而是換上深藍繡銀色雲雷紋的鶴氅披上。

身如山巔一柄劍，眸似崖底兩捧雪。

比起往日那隱世高人一般的道袍，今日雖也清風明月似的超塵，可又多了幾分千仞高的凜冽貴氣。

姜府內裡的情況與姜雪寧素日的作風，他看似局外人，實則知之甚詳。目光落在姜雪寧身上，又往孟氏、姜雪蕙與地上那根木棍上晃了一圈，唇畔一抹笑便稍稍淺了些。

孟氏道：「她總出去胡鬧瞎混，妾身有心管教於她，可她猖狂慣了，半點不服不說還要抄起棍棒打罵下人！長此以往，我姜氏的門風還不叫她敗個乾淨！」

姜伯游著實有些煩亂。

誰也不願外人瞧見自己家中不好的事，偏生眼下就有外客，掃一眼便知關鍵在姜雪寧身上，便道：「這些日京城裡風言風語的確傳得到處都是，寧丫頭，妳母親的話雖杞人憂天了些，可也是有些道理的。也將雙十之齡預備著談婚論嫁，便是為著自己好，也該收斂些了。今日先不追究，妳們各自先回去吧。」

姜伯游這話看似說了姜雪寧，可實在有點重重拿起輕輕放下的意思，孟氏原就滿腹怨氣，此刻難免失了分寸，表露出幾分不滿：「可是老爺，若非她敗壞家門名聲，拖累蕙姐兒，今日蕙姐兒又怎會遭人恥笑，只落著個側妃之位！」

姜伯游瞬間變了臉色。

姜雪蕙也意識到孟氏這話在此刻說來十分不妥，一拉孟氏的衣袖便想要先勸她一道離開。

可沒料想，先前在旁邊立著半天沒說話的謝危，突地笑了一聲。

他本謫仙面容，笑起來煞是好看。

可溫溫然嗓音出口，無端讓人生出幾分不安，竟向著孟氏道：「臨淄王殿下的側妃之位，夫人尚嫌不足嗎？」

孟氏愣了一下。

這位謝少師她往日也曾見過，姿態溫文，有古聖人之遺風，說話也使人如沐春風。可此刻的話卻讓她有莫名的悚然之感。

一下竟不知如何作答。

謝危連旁邊姜伯游都沒看一眼，反轉眸看向姜雪寧，看她怔怔瞧見自己，好似沒想到他會說話，心底便忽然鋪開了一層陰鬱。

可他面上仍月白風清疏淡一片，半點端倪不露。

只向她一招手，道：「寧二，過來。」

姜雪寧不明所以，但打從通州一事了結，她與這位先生的關係也算和睦，以為對方有什麼事，便沒多想，朝他走了過去。

到他面前，還矮大半個頭。

謝危手裡原就捏著方雪白的錦帕，打量她一番眉頭便輕皺了一下，而後順手將錦帕遞給她，卻是頭也不抬地續道：「通州之事令嬡也是身不由己捲入其中，夫人為此責怪一個身陷危難險些沒了命的孩子，實在有些偏頗了。」

孟氏這才意識到話是對自己說的，而且是直言自己偏頗！

她面上頓時青一陣白一陣。

縱然謝危乃是帝師，是姜伯游的忘年交，此刻話中卻維護著姜雪寧，讓她不由生出幾分不滿來。可對方身分實在不俗，連姜伯游平日都不敢開罪，頗為小心，便勉強自己笑了一笑，道：「非是妾身偏頗，我姜府內宅中事不為人道，謝少師實是有所不知。」

姜雪寧其實不很在意自己身後發生的事情，接了謝危那錦帕後，卻有些納悶。

是她臉上沾了什麼東西？

她拿起來往臉上擦了擦，可錦帕上乾乾淨淨，半點汙跡也無。

謝危垂下眼簾一看，平淡地提醒她道：「擦手。」

姜雪寧低頭一看，才發現自己兩手都是灰泥。

該是方才抄起木棍打人時沾上的。

她「哦」了一聲，道一聲「謝過先生」，便擦起手來。

謝危打量她，竟沒從她面上看出明顯的喜怒，方才扔下棍棒時那一閃而過的悲哀與譏誚，彷彿從沒存在過一般，連帶著身後立著的人似乎也不是她至親，心底於是想起，當日通州返京途中，她坐在他馬車裡看完姜伯游寫來的那封信時，似乎也是這般麻木神情。

有時世間越是至親越是傷人。

這一刻他想伸出手去摸摸姜雪寧的腦袋，叫她別傷心，可到底按捺住了，看她把雪白的錦帕擦得一片髒汙了，便淡漠地笑了一笑，抬眸看向孟氏：「貴府內宅隱私，外人確是不知。姜側妃身世舊事雖過去許久，又養在夫人膝下，報作嫡出，原也應該。總歸皇室未察。只是若不知足，旁人翻查追究，蓋個欺君的帽子到底不好。寧二當學生雖然頑劣，可待先生也有孝心。小姑娘心性躁，是難馴服些。謝某斗膽，替她求個情，還請夫人寬厚相待。」

沒有半點鋒芒的聲音，落入人耳中卻濺起一地驚雷！

孟氏心底大為震悚。

抬起頭來對上謝危，卻是一雙溫和深靜、笑如春山的眼。

第一六六章　兩清

孟氏只知謝危乃是姜伯游的同僚，姜雪寧宮中的先生，卻不知四年多以前姜雪寧從田莊回京，正有謝危隱姓埋名同行！

早在那時，姜府這些祕密他便瞭若指掌了。

孟氏顧及自己從小養到大的姜雪蕙的面子，假稱姜雪寧這個女兒是大師批命送去莊子上住著避禍的，將二者身世的隱祕瞞得極好，哪裡能料到會被一個看似八竿子打不到一塊兒去的謝危一語道破？光是「欺君」二字便讓她禁不住地心驚肉跳，面上也瞬間沒了血色。

連姜伯游都有些沒想到。

謝危在朝為官，為人處世沉穩持重，行止挑不出差錯有其氣度，所有人幾乎都已經習慣了，自然也包括姜伯游。方才這看似溫和的一番話語裡，更藏著萬般的凶險！

只是比起驚慌來，更多的是意外——

原以為謝危在宮中當先生，縱然對自己這不成器的女兒多有照顧，可想來也只是看在同僚的面子上，該不至於發自心底地器重寧姐兒，對她另眼相看。

可眼下看，似乎並非如此。

話到此處，再多說一句只怕都要釀成不可挽回的大錯，姜伯游為官多年，素知收斂的道理，也慶幸謝危這話面上說得溫和，無論如何都有臺階下。

於是一笑：「居安說得甚是，寧姐兒就是淘氣些，不打緊。」

他向孟氏擺了擺手：「臨淄王殿下品行貴重，又得聖心，該是良配。蕙姐兒這一樁親事實在不算差，欽天監那邊很快就要定日子來，家中需要準備的事情良多，千頭萬緒，夫人還是抓緊時間操持起來吧。」

孟氏被謝危一句話戳了痛腳，抓了七寸，方才咬牙要責斥姜雪寧的氣焰都小了，眼皮跳了幾跳，到底沒有再多說什麼，轉身去了。

姜雪寧背對著，沒回頭看一眼。

姜雪蕙面有慚色，似乎想說點什麼，可眼下這場景實在不是她說話的地方，只好苦笑了一聲，無言向姜伯游與謝危斂衽一禮，這才退走。

姜雪寧還埋頭用那錦帕擦手。

謝危搭著眼簾瞧她，只見她擦拭的力道頗大，右手手背上都蹭紅了一大片，分明已經擦乾淨了汗跡，卻還似洩憤般沒有停下，一張白生生的小臉上渾無表情。

他便道：「人都走了。」

姜雪寧的動作這才停下，原本雪白的錦帕抓在手裡已經皺了，且染汙了一片，倒不好意思再遞還給謝危，便留在了自己手中，低低道一聲：「謝謝先生。」

謝危道：「長公主準備和親，宮裡的學也不上了，功課沒落下吧？」

姜雪寧一愣。

她這些天來不是忙著推動市井上和親之議，便是忙著見蕭定非與蕭姝鬥狠，腦袋裡哪裡還有「學業」二字？

下意識抬頭看謝危，卻是藏了幾分心虛。

她雖不說話，可謝危一看她這縮頭縮腦的架勢，半點沒有先前拿木棍打人時的氣魄，便知她這段時間是荒廢了，只道：「業精於勤荒於嬉，雖已經回了家，學業卻不可偏廢了。備不住我哪日再來你們府上，要考校妳一二的。」

姜雪寧頓時一個頭變倆。

方才這位先生突然為她說話，實在讓她意外至極。雖然她覺得自己也不會吃虧，可旁人好意她豈能不識？只是思考箇中因由，倒不覺得謝危是對她格外特殊，只怕是自己的處境，使謝危想到了點別的吧？

她腦海裡浮現出的是上一世的蕭氏。

心中一時凜然。

謝危的言語姜雪寧半點不敢違拗，老老實實地點頭道：「先生教訓得是，學生今天就重拾功課。」

她這過於規矩聽話的模樣，難免讓謝危覺得氣悶幾分，且旁邊有姜伯游在，二人還有正事商議，倒不好多留她下來說點什麼，便讓她先去，備著自己改日考校功課。

姜雪寧自然趁機溜之大吉。

直到飛快跑過了垂花門，消失在他們視線之外後，她腳步才慢了下來，甚至忍不住回頭望了一眼：謝危此人心腸冷熱難測，可行止進退的分寸著實使人稱道，便連她這般熟知對方內裡的人都不免有為其迷惑的時候。那蕭氏與皇族，當年究竟對他做過什麼，結下了怎樣的深仇大恨，才能使此人撕剝下如此堅實牢靠的一副聖人皮囊，化身魔鬼？

上一世尤芳吟那微妙的言語和神情浮現在姜雪寧腦海裡，竟使她心裡生出了些許探究的好奇。

可一念及此的瞬間就打了個寒戰。

她立刻壓住了這想法，眼下真正緊要的還是籌謀如何在這危難的境地裡救出沈芷衣，而自己這一世與謝危的交集最好只限於此不要再往深處——

阻止沈芷衣和親，與謝危的交集？

姜雪寧的心跳陡然快了那麼一剎，立在原地，慢慢抬起自己左手腕：纖細的皓腕上，一道淺色的傷痕斜斜劃著，隱約還能讓人想起血線自腕上滑落的驚心。

一個危險的念頭才壓下去。

可另一個更危險的想法，竟然完全不受控制，瘋狂地占據了她的腦海，讓她心跳加速，無論如何也揮不去！

如果上一世她曾在自刎時以舊日恩情脅迫謝危放過張遮，那麼，這一世，她是否也能用這唯一的恩情，懇請謝危……

沈琅毫無預兆地直接讓人開始查蕭氏那贛州賑災銀一案，著實讓上下經辦的朝中官員們抓耳撓腮，只因琢磨不透皇帝到底什麼意思，生怕辦錯了差事，非但沒有半點功勞苦勞，還要失了聖心，引來罪責。

謝危此來姜府，也主要是與姜伯游談論此事。

勇毅侯府查抄後，政局的變動便使人提心吊膽，有時姜伯游都不得不要求助一下謝危，只因這位年輕的少師乃是朝中出了名的高瞻遠矚，運籌帷幄。

一通敘話足有大半個時辰。

期間姜伯游對先前長廊上姜雪寧的事絕口不提。

直到敘話完，要送人出門時，他才笑起來，道：「寧丫頭的遭逢委實苦了些，可當父母的遇到這般弄人之事，也實難兩全。她剛回來那兩年，想要嚴格管教她吧，她流落在外本就吃了許多苦，一怕她敏感傷心不高興，二怕她覺著我們不疼她；想要寬鬆些對她好吧，可管得太鬆，不知規矩不通人情，又如何長進？沒多久她同燕世子玩到一塊兒，世子縱著她，唉，不提也罷。」

謝危看向他。

姜伯游搖搖頭似乎想將那一點苦悶揮去，然後注視著謝危道：「寧丫頭入京以來的變化，居安該也看在眼底，算是瞧著她長大了。我見居安竟肯管教她，她在居安面前也頗規矩，一時倒覺得是我這當父親的不稱。」

同朝為官，誰不言謝危品行之高，為人坦蕩？

是以姜伯游半點沒往別的地方想。

謝危另眼待姜雪寧的種種，他只當是師生厚誼，便道：「居安之為人，我是信得過的，只是寧丫頭，若她師從居安能學得一二皮毛，改改這頑劣不懂事的毛病，我便放心了。」

頑劣不懂事？

謝危回想那少女的姿態，扎人得像是荊棘上一根尖利的刺，脆弱又好似懸崖頂一朵豔麗的花，竟少有地聽了姜伯游這一番平和的話後，生出些許的不舒服。

於是停步駐足。

他面上的笑意難得淡到看不見，朝向姜伯游，慢慢道：「寧二的性情，外剛內軟，怕該打小沒得過什麼好，吃軟不吃硬。但凡旁人給她些好，她便死心塌地。姑娘家不該養成這般，動輒被人拐走。她難受才胡鬧，教養不足回到京中，姜大人與夫人果真不曾失望於她言行之無狀，舉止之粗陋？小姑娘心思細敏，便是沒聽人口中言，光看旁人眼色，也難免驚惶失落。她既不頑劣，也非不曉事，只是你們不懂，謝某未察，傷著她了。」

姜伯游怔住，無言。

謝危言畢卻似有些低落，也不再多說什麼，只道一聲「告辭」，緩步行過那剛抽芽的紫藤花架，向府外去了。

他的馬車便在側門候著。

可走出門時卻見劍書沒坐在車轅上，而是筆直地立在車畔，瞧見他時也是面色古怪。

謝危眉頭一皺。

還沒等他問出口，車後面立著的一道身影便走了出來，竟向著謝危一拜：「學生見過先生，可等了先生好一時了。」

姜雪寧忐忑極了，在外頭等了多時，那一點驟然冒出來的勇氣都快在這點滴的等待中耗光，差一點就想要放棄，逃回自己屋裡去。

還好謝危這時候出來了。

她硬著頭皮上前道禮，勉強掛出訕笑來，心跳劇烈卻如擂鼓。

天知道就算是她上一世自戕前出言請他救張遮時，都沒這麼緊張！

謝危沒想到她會在這裡等自己，於是向劍書一看。

劍書衝他搖搖頭，示意自己也不清楚。

他目光流轉，輕易便猜到了，想她有事知道來找自己，聲音都柔和了幾分：「什麼事呀？」

姜雪寧聲音有些發抖：「學生，學生想懇請先生幫個忙。先生洞察世事，明察秋毫，想必市井中的風雨也一清二楚。宮、宮中長公主殿下待學生甚厚，卻因形勢所迫被親族割捨，竟要遠赴韃靼和親。蠻夷之族茹毛飲血，她不過一弱女子，身分還特殊，焉知他日不會為蠻夷所害？學生雖有綿薄之力，卻恐不能救她於水火。不知，不知可否請先生幫、幫……」

謝危的眉頭頓時微皺。

姜雪寧一邊說一邊也在打量他神情，一看這架勢生怕謝危不同意，立刻把自己左手舉了起來，賭咒發誓：「只此一次下不為例！非學生挾恩，實在是力有不逮懇請先生襄助一二，行個方便！此事之後學生與先生便互不相欠，恩怨兩清，再無瓜葛！」

互不相欠。

恩怨兩清。

再無瓜葛！

她這麼想與他劃清界限嗎？

謝危注視著她，原本平和的心境竟似被狂風捲過一般狼藉，緊繃的身軀蘊蓄著一種難言的沉怒，連負在身後的那只手都緊緊地攥住了。

笑意從他唇畔消失。

陰雲慢慢爬上瞳孔。

姜雪寧上一世挾恩要他報時，人在大殿之內，只聽他淡無波動的一個「可」字，卻不知殿外的謝危究竟是何神情。但料想該是平和無波，恍若不沾煙火的聖人。

可這一刻……

他人立在那裡，就像是一座不可測的深淵。她竟有一種觸怒了對方，下一刻便會被掐死的感覺，悚然之下，退了一步。

良久的沉默。

姜雪寧不敢說話。

謝危終於收回目光，竟平平和和地笑了，彷彿那洶湧的戾氣與情緒只是旁人錯覺，徑直從她身邊走過，話音出口橫無波瀾，也不比前世多出半個字，只道：「好。」

第一六七章　鋌而走險

直到謝危人上了馬車，都去得遠了，姜雪寧還有點發懵。

這人怎麼回事？

她琢磨上一世燕臨剛班師還朝的那一陣她心中不安，也曾對謝危說過類似挾恩相報後大家便兩不相欠的話，可對方好像也沒這麼大反應啊？

這兩回總覺謝危有些奇怪。

可到底是哪裡奇怪，姜雪寧又實在說不上來。

想想既然沒有頭緒，索性把這一團亂麻都拋開。畢竟謝危本就是個喜怒難測不好伺候的主兒，若花時間就能琢磨透他是怎麼想的，在那風雲起伏的朝堂上人家還怎麼混？

要緊的是謝危答應了！

她雖然聯繫了鄭保，外面又找了周寅之，可以這一點力量若要成事，幾乎稱得上是賭命，還未必萬無一失。可若謝危這樣在朝中有舉足輕重之能的人肯幫上幾分，成功的可能則大大增加。且即便事敗，也可避免牽連諸如鄭保之類的無辜者。

成事在望！

姜雪寧想到這裡差點一蹦三尺高，回了自己屋子，更是風平浪靜。經謝危那一番話的恫嚇，府裡上上下下連半個來找她麻煩的人都沒有了。

她只擔心姓謝的那心不甘情不願。

不過十分出乎意料，對方答應了之後竟然異常信守諾言，次日一大早便有劍書親自過府來請，說是謝先生既受了姜大人託付，自當對姜二姑娘多盡心力，這一遭就請姜雪寧去謝府考校學問。

姜雪寧一開始還真信了。

到了謝府之後十分忐忑不安，努力地回想著自己昨夜看的書、練的琴。沒成想，人進了斫琴堂，裡頭竟空空如也，並不見謝危身影。

劍書躬身道：「昨日回來後先生交代了我等先行搜集長公主殿下和親的一應事宜，有些公文案牒也不敢交由他人四處傳看，是以乾脆請了寧二姑娘過來看。先生他，他去了幽篁館，已留了話說，您有事便直接吩咐屬下，必給您辦妥。」

姜雪寧於是明白了。

謝危這擺明是厭棄她，估摸著是知道她這一回要做的事情異常凶險，本不願攪和進這一場渾水，卻迫於她以恩相挾，不得不答應。乾脆眼不見心為淨，扔個得力的劍書來給她用，自己則避得遠遠的。

她也巴不得呢。

倘若姓謝的閻王爺似的往她跟前兒一坐，而她要一本正經地同他商量什麼掉包、劫人的事情，真是人沒愁死先給嚇死了。

姜雪寧樂得輕鬆，頓時覺得斫琴堂裡過於緊繃的空氣都鬆弛下來，立刻原形畢露當成了自己家，還半點不見外地招呼劍書跟自己一起坐下，先研究那些和親有關的案牘。

劍書哪兒敢坐？

他就立在一旁，姜雪寧要看東西，他給遞折呈紙；姜雪寧要寫東西，他給潤筆研墨。從頭到尾半點逾矩不敢有，也不因謝危不在而有半分放鬆。

謝危身邊人總跟他一般嚴謹得過了頭，姜雪寧只記得上一世偶爾幾次單獨同謝危手底下刀琴、劍書兩人說話時也是這般，只道他二人本是如此性情，喚他兩回不見他坐，便也罷了，專心看起手中的東西來。

公主和親這樣的大事，是由禮部操辦。

推蕭姝出來和親這件事行不通，皇帝也沒有半點改主意的意思。也就是說軟的法子不行，必得硬來巧取。這時候摸透送公主去和親前後的流程就變得十分緊要。

沈芷衣去韃靼和親的日子，經由欽天監算了又算，定在三月廿一，距離現在只剩下不到一個月。工部著人打造了堅固的大車，挑選了四匹駿馬來拉。

前一天公主要與皇帝一道祭祀宗廟。

出發當日卻要早早起來描摹妝容，鳳冠霞帔，頂上蓋頭，拜別親族皇帝後一路出宮。又按照歷代和親的規矩，配了羽林軍裡挑出的八百好兒郎護衛。出發時是暮春，向西北而去天氣正好，不會太冷也不會太熱。

這裡便大致有兩種救人的方案：

其一，待公主離京之後，護衛鬆懈，劫人或者中途掉包都有機會。只不過倘若劫人那很簡單，要掉包的話，護衛們路上若已見過沈芷衣真面目，事情無論如何都會敗露。

其二，是在公主離京之前便下手。拜別親族後便會直接登上馬車出宮，皇族之人只在城樓上觀望遠送，若膽子大些，找個體貌相仿、熟知宮中事宜且自願的女子來替代，只要不被發現踏上和親之路後，護衛們從未見過公主，便是見著替身也不會懷疑。

然而此計也有極大的弊端，那就是太過危險。

皇宮戒備森嚴，行事只怕不易。

姜雪寧在謝危府裡琢磨了幾個上午之後，掂量掂量自己手中的力量，以及謝危提供幫助的限度，果斷將第二種方案劃掉。

最穩妥的是第一種方案。

她仔細翻了謝危府中的地圖來，幾經揣摩，在上頭劃出了一條線，圈出了好幾個點。

然而中途劫人勢必要一隊精銳，方能成事，八百羽林軍可不是兒戲。

她手裡雖還有些餘錢，可以做接應之事，也足以安排好沈芷衣接下來的生活。可若要從外面收買人來做劫和親公主的事，有動輒掉頭的風險，一則未必有這本事，二則未必有這膽氣，三則一旦事敗抖落出來，誰都吃不了兜著走。

周寅之固然能用，可姜雪寧對此人也有顧忌。

這便是求助於謝危最好的時候了。

姜雪寧向劍書說了自己的打算。

旁人不知，只道謝危是個尋常文臣，可她光看劍書、刀琴的本事便知道他背後不那麼簡單，更不用說上一世謝危做過的那些事情了。

他手中若無旁的依仗，那才怪了。

劍書記下來後說等謝危回來便轉達，請姜雪寧明日再來。

這些天但凡她在府中，謝危肯定不在。

姜雪寧只道這人脾氣越發古怪，但料想這事兒不特別難，他該會答應。

誰想到第二天來時，劍書竟道：「先生說，若尋常山匪劫了公主去，勢必引得朝廷往內追查，長公主殿下逃得一時也未必能逃得一世。寧二姑娘既已決議用此險招，不妨雙管齊下，掉包與劫人之計並用。羽林軍的安排自有先生料理，接著只推個枉死鬼出來替了公主，說是死在劫親之中，配以公主的信物，任誰也想不到真的長公主殿下已金蟬脫殼。如此，方能消除後患。」

姜雪寧聽了卻是心頭一凜。

她豈能沒想過這計畫？

畢竟可以一了百了，絕了皇室尋找沈芷衣的心。

只不過劫人尚且好說，要推個無辜的枉死鬼出來替沈芷衣立刻死，一則難找人選，二則於心不忍。

而且，憑著她上一世對謝危停留於皮毛的瞭解……

姜雪寧抬起頭來看著劍書，問了一句：「這話恐怕沒有說完吧？和親事關兩國議和，若公主出了事，箇中牽扯猶為複雜。先生既同意了劫人的計畫，又豈會浪費這天大的好機會？屆時劫人去『殺』公主的，只怕不僅僅會假扮成山匪，還要留下點與韃靼王室有關的蛛絲馬跡，故布疑陣，挑起兩國相互懷疑，甚至掀起戰亂。」

劍書靜默不言。

姜雪寧卻覺心頭發緊：「有戰必會用兵，蕭氏紙糊的老虎不堪一擊，軍情危急之下，縱然朝野非議、皇帝不願，只怕也得千里加急，召回故將，重啟忠勇。」

如此，勇毅侯府便將歸來！

劍書實沒料到姜雪寧竟會想到這一層來，幾乎與自家先生昨日的打算一般無二！

姜雪寧道：「是也不是？」

劍書沒有回答，只是垂下了頭道：「總之先生說，您既求助於他，他也的確襄助於您，您謀劃您能謀劃的，先生則謀劃先生要謀劃的，並不妨礙。」

「……」

良久後，姜雪寧終於是笑了一下。

比起謝危所謀的大局，她這一點實在是眼皮子淺還小家子氣。若要與謝危鬧翻，救沈芷衣之事便成了十成十的冒險，還不知姓謝的是不是背後使絆子。但答應下來，這件事的走向固然與她所料有些不同，可至少救長公主殿下是十拿九穩。

且侯府……

她想了想沒有再多說什麼。

末了只道：「先生思慮周全，自然按先生的法子走。」

一應事宜於是加緊準備起來。

臨淄王沈玠選妃的事情著實熱鬧了一陣，同時選了正妃與側妃也讓京中好一番議論。三月裡又是燈會廟會，遊園踏青，百姓們為即將去和親的長公主殿下祈福，還慶祝了好些天……

沸騰的表像下，一個大膽的計畫正在展開。

籌備與等待的時間流逝飛快，眨眼便到了和親前一日。

一切都進展得順順利利。

只不過在奉宸殿伴讀結束後姜雪寧尋不到合適的理由進宮，也無法再得見沈芷衣一面。

但她也不著急，該準備的事情都準備好了，只等和親前一日，與旁人一道入宮拜別公主，屆時再將計畫和盤托出，仍舊天衣無縫。

可姜雪寧萬萬沒料到，就在這節骨眼上，竟出了一個讓她毫無準備的變故——

「宮裡才傳回來的消息，說賢妃向聖上提議，將原定的羽林軍全換成了禁衛軍。」劍書全程跟進此次劫救公主之事，此刻面色都跟著沉了幾分，續道：「原本羽林軍中有不少乃是侯府舊部，已經由先生之手安插妥當，中途替換之事絕無差錯。可賢妃卻一力主張，將所有人換成了聖上的心腹，力保和親之事無虞。如此一來，當著這許多人的面要使瞞天過海之計替換公主出來，只怕難如登天。除非……」

賢妃，蕭姝！

隔著前世今生，姜雪寧想，自己終究還是和這人對上了。

她道：「除非捨棄中途替換之法。禁衛軍不曾見過公主，需在公主拜別後、出宮前便完成掉包！」

「的確如此，只是此法太過行險，而且……」

劍書話到此時，頓了一頓。

姜雪寧看向他。

劍書才道：「且先生覺得，賢妃此舉頗不尋常，倒好似對劫救公主之事有所察覺，又向聖上自請操持長公主和親一事，隱隱竟像是與您針鋒相對。」

姜雪寧明白了他想說什麼。

謝危的意思是，蕭姝目的如此明確，好像知道前陣子推她替長公主和親之議背後是誰，擔心是不是她往日露出了什麼破綻和馬腳。

劍書問：「宮內換人不比宮外換人，行險至極，寧二姑娘是否——」

「不。」

姜雪寧心裡燃著一團火，豁然起身，冷笑了一聲。

「她敢自請操持和親之事，也是有膽！趁此機會送她一份大禮，豈不正好？」

自請操持和親之事，可倘若此事就在她眼皮底下出了紕漏，以沈琅這狗皇帝的脾氣，保管叫她吃不了兜著走！

正如當初玉如意案被人陷害，她沒有證據便敢斷定背後就是蕭姝一般，蕭姝隱約覺出和親之議背後有人推動，斷定此事與她脫不了關係，也並不稀奇。

有本事、做得出來的，本來寥寥無幾。

姜雪寧對蕭姝的忌憚，蕭姝對姜雪寧的敵意，彼此都一清二楚，縱然有遮掩，也不致使她們懷疑到無辜之人的頭上！

想也知道蕭姝這一回必然張開了一張大網，等她去投。

可姜雪寧還真想去闖一闖。

鋌而走險尚有三分希望，就此罷手卻是要眼睜睜看著沈芷衣魂喪他鄉了！

第一六八章　公主的改變

劍書看她這架勢，想說點什麼，最終還是沒說出口。

姜雪寧前腳離開謝府，他後腳便去了幽篁館。

謝危正同呂顯下棋。

他是一副風輕雲淡、舉重若輕姿態，對面的呂顯卻是一臉生無可戀，恨不能伸手把頭皮都薅掉，抬眼看見劍書從外頭進來，簡直跟看見救星般鬆了口氣。

謝居安這陣也不知抽了哪根筋，天天來找他下棋！

頭都要給他下禿了！

謝危看著眼前的棋盤，徑直問：「她怎麼說？」

劍書暗捏了一把冷汗，道：「寧二姑娘決意冒險一試，看樣子是非要把人救出來不可。而且，對宮裡那位，似乎有點舊仇，沒打算退不說，反而還想借此機會坑害對方一把。」

謝危落了一子，終於抬起頭來。

呂顯偷摸打量著這主僕二人，趁著謝危轉頭這功夫，手指悄悄爬上棋盤，飛快地把右邊角落裡兩枚黑子撿了起來藏到棋桌下頭。

謝危道：「像是她能做出來的事。」

劍書當然瞧見了呂顯的動作，目光飄了一下，回謝危道：「那計畫照舊，只是李代桃僵這一步提前？」

謝危道：「此次本是難逢的良機。前有寧二花了大把的銀子在市井中掀起和親之議，我們也在背後推波助瀾。雖則因蕭姝封妃沒能達成讓她替代沈芷衣去和親的計畫，可卻在百姓之中引起了對和親的質疑。且教首那邊也虎視眈眈，雖則京城的事情他如今插不上手，可若和親一事不成，他必不會袖手旁觀。如此只需濺上一點火星，再推上一把，激起民憤，便可給朝廷造成內外交困的局面，屆時沈琅即便不想召回燕氏，只怕也不得不就範。錯過這一次，便不知何時了。」

呂顯拿起了自己的白子，挑眉道：「也就是你也不想收手唄，還真是半點機會也不浪費。」

謝危轉眸看他。

他沒心虛，施施然將自己那一枚白子落在了棋盤上，續道：「明著是你的寧二姑娘在前面衝鋒陷陣，背後還有你這般心黑的算計更深。嘖，玉如意一案之後你在宮裡的眼線都被清理了大半，人寧二姑娘倒好，比你可本事多了，連近身伺候皇帝的太監都能收買。要我說，別那麼麻煩，越過姜雪寧跟這是什麼鄭保勾兌勾兌，直接叫他給皇帝投毒，豈不一了百了？」

宮裡投毒哪兒那麼容易？

但凡要進皇帝嘴裡的東西都要用銀器盛，再從太監嘴裡過一遍，投毒這件事設計不好，只怕皇帝沒毒死先把自己給毒死了。

呂顯只不過是隨口開玩笑。

但玉如意一案，的確是那枉死鬼公儀丞到了京城之後暗中操縱，未經謝危首肯，便動用了他在宮中的眼線暗樁，結果引起蕭太后與皇帝的注意，在宮中進行了一場大清洗，以至於他在宮裡沒留下多少可用之人。

呂顯是在用這來諷刺他。

謝危卻不接這茬兒，平靜道：「鄭保若是個品行不端輕易便可收買的人，只怕便沒那麼容易為寧二拉攏，更不會答應暗中襄助寧二幫她在宮中大開方便之門了。」

呂顯一通胡扯見他注意力已經不在棋盤上，暗中鬆了口氣，自己落子之後便催促起來：「趕緊的該你下了，我還不信今天贏不了你。」

謝危回眸看棋盤，往上落了一子。

他沒發現！

呂顯暗喜，尾巴都翹了起來，假惺惺道：「你說你，都把我這兒當自己家了，茶水錢不給也就罷了，旁人要我作陪那可不便宜。人家嬌滴滴小姑娘每天早上去你府裡，你卻避如蛇蠍不解風情。謝居安啊謝居安，你說你該不會跟人家吵架賭氣吧？」

邊上劍書眼皮一陣狂跳。

謝危慢慢抬了視線，神情巋然不動，道：「呂照隱，倘若再有下回，你藏起幾枚棋子，便都給我吃進去幾枚。」

呂顯瞬間僵硬：「……」

你奶奶的你後腦杓是長了眼睛嗎？

次日早晨，鳴鳳宮。

宮人們整肅靜默，各捧著裙釵香粉。

蘇尚儀親自執了匣中的螺子黛，為沈芷衣描眉。

才畫到一半，眼淚便止不住往下掉。

反倒沈芷衣自己跟個沒事兒人似的，還替蘇尚儀擦了淚，笑起來道：「蘇尚儀看著芷衣長大，如今芷衣要嫁人了，該為芷衣高興才是，怎麼還哭起來？」

她不說還好，一說蘇尚儀連畫眉的黛都拿不穩。

她便從蘇尚儀手中將那黛接了過來，湊到菱花鏡前自己一筆一筆輕輕掃畫起來，道：「姑娘家雙十年華，總歸是要嫁人的，只不過是有人嫁得近，有人嫁得遠。無論如何，蘇尚儀也不能跟芷衣一輩子，外頭的天地總要我自己去看一看，外頭的風雨總要我自己去扛一扛。到了這節骨眼上，哭起來只讓人看低，何妨笑一笑，拿出點氣魄來呢？」

兩道眉畫得細細長長似兩彎柳葉，眼角下那一道淺淺的疤卻還有些明顯。

沈芷衣放下螺子黛，拿起了妝奩上的細筆，蘸上一點櫻粉，慢慢地描了過去，依著舊日那傷痕的形狀，勾勒成了一瓣落櫻。

擱筆時瞧了瞧，卻忍不住笑起來。

她是想起了姜雪寧，道：「這妝還得寧寧來，才畫得爐火純青，跟真的似的。不過我去和親，遠出雁門關，到了韃靼可沒有人再為我描這妝容，自己先描上幾回，熟熟手也是好的。」

蘇尚儀抹淚道：「殿下今日拜別聖上與太后娘娘後，宮中舊日的伴讀也會入宮來拜別您，到時再請姜二姑娘給您畫一畫。」

沈芷衣笑：「她來怕不哭成個淚人兒，連筆都要拿不穩，哪兒能給我畫？」

這一道疤是她還在繈褓中時，遭逢平南王與天教叛亂時留下，刀劍擦破了她的臉，幸而乳娘臨死前將她護在身下，才逃過一劫。對宮中那些曾經歷過此事的人而言，這一道疤無時無刻不在提醒著他們，皇室曾遭逢的劫難，所經歷的恥辱。

年紀小時，她都不敢照鏡子。

等年紀漸漸大了，周圍人都告訴她：她是高高在上的公主殿下，不管長成什麼樣，她想要什麼便能得到什麼。因為她的身體裡所流淌著的皇族血脈，不會因為這一道疤有任何的改變。

時間一長，她也信了。

因為這些人說得的確不錯，天底下幾乎沒有她不能得到的東西。宮裡面無聊了，便叫王公貴族的孩子們入宮玩耍，人人奉承著自己，人人陪伴著自己。可以坐在父皇的腿上瞎玩御案上的奏摺，也可以躲到皇兄的背後拽他的頭髮，去勇毅侯府玩兒闖出禍來還有燕臨背鍋……

可現在她不願去和親。

曾經寵著她、縱著她、在意著她的人，一下都變了一副臉孔。他們變得為難、無情、冷酷、可憎，簡直叫她都認不出來也不敢認了。

於是這時候才明白：正如這道永遠也去不掉的疤痕所昭示的一般，即便她貴為公主，命運有時也不容自己掌控，且正因為她是公主，命運才變得越發難測，越發難以抵抗。

二十年前對準她的，是反賊的刀劍。

二十年後傷害她的，是血親的拋棄。

整座鳴鳳宮中已經掛成了一片華彩。

她盯著鏡中那張格外平靜的面容，只覺這些日好像又瘦了些，以至於有些不像是以前的自己了，但也並不如何留戀。

垂眸起身時，外面正好一聲催促。

是一道華麗但冰冷的聲線：「長公主殿下，您已耽擱了一刻有餘，聖上與太后娘娘該等久了。」

沈芷衣走了出去。

宮門外遠遠看著竟有了兩重守衛，嚴陣以待，比起以往的鳴鳳宮不知森嚴了多少。宮人太監都埋著頭立在朱紅的宮牆下，才封了賢妃月餘的蕭姝則立在最前頭。

昔日還是同窗伴讀，好好的表姐妹，如今卻成了她的皇嫂。

沈芷衣向周遭掃了一眼：「這一重一重的人守著，賢妃娘娘難道還擔心我會逃走不成？」

蕭姝的妝容豔色逼人，似笑非笑：「殿下未必會逃走，可保不齊有人想來救呢？」

「嗤。」

沈芷衣陡地笑出聲來，目光悠悠地轉回了蕭姝的身上。

「其實母后從小對妳頗為賞識，常叫我好生與妳相處，本來妳我乃是表姐妹，我自然也對妳親近。可妳如今搖身一變成了我皇嫂，大換了模樣，母后都被妳氣病了，妳倒也真對得起她的栽培。最近本宮常有一句話藏在心裡，很想對妳講。妳知不知道——」

蕭姝站在臺階下，抬眸看向她。

沈芷衣往下走了一步，立在比她高上一階的位置，忽然毫無預兆地抬手，徑直摔了她一個耳光！

「啪！」

蕭姝始料未及，髮髻上插著的金簪都撞到了地上，瞳孔也跟著一陣緊縮。

有那麼幾縷陰沉的怒意蘊蓄在她眼底。

可她竟沒有發作，反而面無表情地回視著沈芷衣。

沈芷衣平淡地道：「妳這樣真的很下賤。」

第一六九章　帝國公主

此時此刻可不是她二人獨處，而是在鳴鳳宮門前，眾目睽睽之下，沈芷衣這樣響亮的一巴掌可以說是半點給蕭姝留面子的打算都沒有。

她應當感到難堪的。

便連蕭姝自己都以為自己會感到難堪，然而心裡只有一種「本該如此」的平靜，輕輕抬手扶了自己臉頰，她的聲音渺如煙霞：「倘若能不下賤，誰不願有尊嚴地活著呢？臣妾也有一句話早想對殿下講了。」

沈芷衣幾乎用一種憐憫的眼神看著她。

蕭姝卻不覺得自己有什麼可恥的，放下手時攤開自己手掌看了一眼，眼底的怒意也消失了個乾淨，道：「從很小的時候，我便想，這樣嬌縱任性的公主，換我我也做得。您高高在上不知人間疾苦，自然不知道為人臣、為人奴的難處。」

沈芷衣沒有說話。

蕭姝銜她嫣然一笑：「走吧，公主殿下。」

皇帝沈琅與蕭太后，的確已經等了有一陣了。

臨淄王沈玠也在。

興許是月前選妃的結果不大如意，雖然要下個月才完婚，可他的面色已經有些消沉，看上去不是很愉快。

宮人在外先行通傳，沈芷衣才從殿外走來，倒是一反往常的活潑嬌縱，循規蹈矩依著宮廷的禮數來行禮、問安。

蕭姝在她後面進來。

面頰上微微浮紅的巴掌印雖不扎眼卻也十分明顯。

面有懨懨的帝王坐在高處一眼就看了個清楚，眉梢跟著一挑，又看了沈芷衣一眼，唇角卻露出笑意，可偏偏不問一個字，彷彿什麼都沒看見似的如常與沈芷衣說話。

蕭太后也偶爾關照兩句。

只是她連蕭姝都不看一眼。

前朝風起雲湧，蕭氏因重查贛州賑災銀一案被人搞得左支右絀，種種證據竟跟自己長了眼睛似的往外頭蹦，不得不使蕭太后懷疑，蕭姝那日離開她慈寧宮後當夜便封了賢妃，是與皇帝有了什麼交易。

偌大一個皇室，人坐了濟濟一殿，關心和祝福的話說著，卻都顯得冠冕堂皇又無關痛癢。

唯一有點人情味兒的或恐是沈玠。

打從看見沈芷衣進來開始，他的眉頭便一直皺著，一會兒擔心路上的風沙，一會兒叮囑沿路的飲食，幾次開口似乎還想要說些什麼，可看看上首皇兄與母后的臉色，到底還是強忍住作了罷。

他並非皇族的嫡長，自幼在父皇、母后與皇兄的庇佑下長大，往日奪嫡也與他毫不相干，既不擔負眾望，也因此免於了明裡暗裡種種爭端，反倒有多情的資格。

可多情也受限於他的懦弱。

沈芷衣往日只覺得這位王兄親近好玩，今日人雖在局中卻冷眼旁觀，反而注意到了一些往日沒有注意的事，看清了一些往日不曾看明的細節。

一應敘話結束，又請香奉神，宣讀禦詔，授予大乾節符，以供沈芷衣到匈奴後以大乾公主的身分調和兩國矛盾。

待得禮盡，已過子午。

京中豪門勳貴中有與沈芷衣交好者，諸如昔日仰止齋眾多伴讀，又或是平南王這般心思單純的玩伴，都入宮來看她，與她同遊御花園。

蕭姝雖曾在仰止齋伴讀，卻並未跟去，人只在假山旁遠遠看著，吩咐一旁的宮人道：

「鳴鳳宮原本加的守衛都撤掉，退守西北、東北兩道宮門，若無本宮之令，誰也不得擅動。另派個人仔細盯著，姜侍郎府上的二姑娘倘若來了，先來報我。」

宮人實有些迷惑。

蕭姝卻是垂眸斂盡眼底利光，也不再看御花園中眾人一眼，便返回了自己的宮室。

姜雪寧姍姍來遲。

一路經過幾道宮門，只覺除卻張燈結綵之外，倒與以前每次入宮沒有什麼差別。上一世沈芷衣奉詔和親時，她已經被選為臨淄王妃，待在自己府中只等著完婚，且沈芷衣恨她捉弄她與她並不親厚，她自然巴不得這礙眼的小姑子早走早好，哪兒還會來宮裡為她送行呢？是以也無從對比前世與這一世有何不同。

但宮裡卻有鄭保。

才過兩道宮門，還未走進御花園時，迎面便看見鄭保從乾清宮的方向來，擦身而過時飛快說了一句：「賢妃調動守衛，請君入甕。替身已暗潛鳴鳳宮，酉正三刻公主鳳駕出宮，姑娘須在酉正二刻事畢，使公主扮作宮人從順貞門走，姑娘也請自己儘快離宮。」

酉正三刻是欽天監算的吉時。

春日晝夜長短相近，酉正三刻正是日隱月初，由陽轉陰。

可姜雪寧琢磨，大抵與勇毅侯府半夜流放一般，民間對和親之事頗有非議，朝廷怕大白天人太多鬧出什麼亂子不好處理，索性編了個冠冕堂皇的理由把時間改到晚上。

她聞言只點頭，也不多說什麼，便若無其事地走了過去。

宮人們自引她到御花園中。

沈芷衣見了她，若無其事地埋怨她來得太晚。

姜雪寧便紅著眼眶說，那就罰臣女留下來多陪陪公主。

眾人在奉宸殿進學時便知道，樂陽長公主對姜雪寧多有偏愛，這麼大座靠山要走了，姜雪寧自然捨不得，這般惺惺作態也沒什麼可疑之處，多留下來說會兒話自也應該。而他們來得早，且二人說不準要講些體己話，臨到日頭西斜時，便都一道告辭，說將在城門外為公主送別。

眾人在時，姜雪寧尚且能繃住一張臉，不讓眼淚掉下來。

眾人才一走，她便拉了沈芷衣的手，哀哀喚一聲：「殿下。」

暮春已至，御花園裡盛放的花其實已沒剩下多少了。

濃陰遍地，餘暉斜照。

宮人都站得遠遠的，方才還言笑晏晏的朋友們也都散了，竟只餘下滿園的冷清。

沈芷衣華服在身，重重贅飾卻有些過於繁瑣，壓在她頭上肩上，顫巍巍地晃悠。

她笑看姜雪寧：「先前蘇尚儀說要找妳來為我上妝，我便說寧寧一見了我就要哭鼻子，方才見妳沒哭我還以為自己料錯了，沒成想妳半點不爭氣。」

日盡已是酉正。

姜雪寧哪裡還有心思接她的打趣，眼淚都不及擦一下，只拉著她要從這亭中起身，道：「殿下，沒剩下多少時間了，您快跟我一道，先回鳴鳳宮吧。」

沈芷衣一怔：「怎麼？」

姜雪寧向周遭一看，只遠遠看見有個小太監朝這邊探頭探腦，猜是宮裡來監視的人，心底便冷笑了一聲，斷然道：「一應事宜已經安排妥當，您同我回到鳴鳳宮中，換過身分改頭便可出宮。和親之事，自有最好的人來善後。只要您能安然出宮，餘事便十拿九穩！」

她攥著沈芷衣的手往前走。

可走出去兩步之後才感覺到身後傳來一股阻力，回過頭去，竟見沈芷衣立在原地，用一種迷惑的神情看著她。

這一瞬間，姜雪寧心底陡地一突。

沈芷衣重複了一遍：「出宮？」

姜雪寧感覺自己一顆心都被一根脆弱的弦高高懸在了半空中，連聲音都被帶得顫抖起來：「是啊，殿下不記得了嗎？那天我曾問過您的。」

沈芷衣似乎想不起來。

姜雪寧在入宮之前，想過自己入宮之後會面臨的種種情況，不管是事情的敗露，還是蕭姝的堵截，可沒有一種設想能與此時此刻對上。

她感覺哪裡出了差錯。

那一天晚上沈芷衣的回答還歷歷在耳，她向她重複起來，提醒她：「就我生辰那日，在殿下宮中飲酒，我問殿下不去和親逃得遠遠可好，殿下回答了我，還說恨生帝王家……」

天色暗了。

御花園裡的宮燈亮了。

遠近有些鳥語蟲聲的喧囂，卻襯得此刻越發冷寂。

沈芷衣恍惚了一下，一盞又一盞宮燈倒映在她瞳孔裡，卻只是毫無意義的影子，並不能帶來多少溫度。

眨眨眼，眼角下那一瓣櫻粉輕顫。

像極了一滴粉淚。

她到底是記了起來，心下動容，紅了眼眶，笑時卻覺滿腔苦澀，抬起手來輕輕撫上姜雪寧那微冷的面頰，含著淚道：「傻寧寧，妳都說是飲酒，那些話都是醉話呀！怎可當真……」

「啪」地那麼一聲，那根弦，終於是被這輕飄飄的一句話給崩斷了，姜雪寧懸在高處的那顆心摔了下來，摔痛了，摔醒了，也摔麻木了。

她幾乎不敢相信自己聽到了什麼。

腦海裡是混沌的一團亂麻。

足足反應了好一會兒，她才禁受不住般地退了一步，如墜撲朔幻夢似的道：「怎麼會呢？去韃靼和親，殿下分明是不願的。這不該您去，也不能您去。既然不願去，又為什麼要去？我都安排妥當了，您只要回鳴鳳宮，換一換便可逃離這四方宮牆，不由之命，為什麼不走？為什麼不走呢？」

沈芷衣沒有想過，她把自己的醉話當了真，幾經壓抑，眼淚還是在眼眶裡滾燙。竭力仰頭，不使眼淚跌墜。

缺月一角掛上疏桐，清冷冷的霜輝覆在她本來蒼白的面容上，卻因頰邊精緻的一層胭脂而有了一種奇異的暈紅。

風吹來，廣袖獵獵。

她想自己不該辜負寧寧這不知花費了多少心血的籌備，該由著自己以前天真放縱的性情一走了之，可偏偏有一種更沉、更深的東西，壓在她的肩上，沉入她的心底。

這一時，姜雪寧竟有些看不清她的面容，看不明她的目光。

只有她沙啞的嗓音。

沈芷衣慢慢道：「天底下誰都有資格逃走，可我不能，也唯獨我不能。」

姜雪寧不解極了。

沈芷衣卻立在那臺階之上，自嘲而悲哀地一笑，月華鋪滿身，平添一種難言的厚重：「人常言，食君之祿忠君之事。實則話該反過來講，食生民膏為生民計。皇帝的寶座，皇室的尊崇，並不是天上掉下來的。天下賦稅，萬民徭役，錦衣玉食以供，頂禮膜拜以求，將自己當作牛馬，將皇族奉為神明。我在宮中，素性驕橫，所知不多，可妳在市井，長於鄉野，見多憂難，該是知道的。戰事若起，國有大賊，忠良無繼，戰豈能勝？皇族傾覆事小，黎民受苦罪大。不管朝廷內裡如何壞朽，我終究是這座帝國的公主……」

姜雪寧徹底愣住。

她心裡面終於冒出了一個前世從未有過的想法。

沈芷衣則慢慢閉了閉眼，似乎想壓一壓心底翻湧的情緒，又或者讓自己鼓起的那一腔勇氣不要退卻，續道：「寧寧，我並非出於什麼深明大義。只是怕，怕極了。」

姜雪寧喉嚨堵了，說不出話。

沈芷衣注視她，眼底已多了一分往日不曾有的凜冽與堅忍：「我怕，怕今日在運命降臨時逃跑，從此不戰而敗，淪為一介畏首畏尾的懦夫；我怕，怕自己在責任到來時躲避，他日生靈塗炭，在嬰孩哭聲裡挺不直脊梁！」

上一世，沈芷衣是怎麼去韃靼和親，姜雪寧並不清楚，只知道昔日明豔的公主，已沉睡在棺槨之中。

她從沒想過這樣一種可能——

這位往日刁蠻嬌縱的公主，是自願前往！

上一世是她女扮男裝，使沈芷衣錯愛了她，又恨上了她；這一世她接觸沈芷衣，說是真情，實則更多出於趨利避害的討好。

她想救沈芷衣，只是想要回報對方施與的恩情。

可直到這一刻，才知道自己有多荒謬，有多可笑，又錯過了多少……

話到這裡，姜雪寧覺得，自己不應該再執著，再強求，畢竟一個人想法既定，旁人又怎能改變？

可就是不甘，就是不願。

難道要眼睜睜看著她奔赴那魂喪的命運，半點不加阻攔嗎？

她拉住了她的手，近乎哀求般地道：「別這樣，殿下，別這樣。不管是不是醉話，妳答應過我的，我帶妳出宮，我帶妳走！」

沈芷衣眼淚滑落：「只當那是個永無結果的奢願吧。」

她轉身就走。

只怕自己多看她片刻，都要心軟改悔。

姜雪寧卻追了下去，終於控制不住地喊道：「韃靼狼子野心，和親不過緩兵之計，這本不該是殿下背負的代價！妳知不知道妳這一去可能會——」

沈芷衣腳步停下。

她到底是不敢說出那個字來，只恐自己一說便成了真，望著她背影，頹然道：「殿下，去國萬里，歸途遙遙，我只是，只是怕妳去太久，想妳時也見不著。」

庭花落盡，樹影斑駁。

園角那一樹珍貴的綠梅有著嶙峋的枝條，像極了雁門關外無人收殮的白骨。

空氣裡卻有梔子的甜香。

沈芷衣背對著姜雪寧，望向墨藍天際那一輪缺月，環視周遭，過了好久，才回眸看她一眼，卻並無多言，只是傾身捧起樹下一抔鬆軟的泥土，走回到她面前。

然後將這抔土放入她掌心。

說不上是輕飄飄，還是沉甸甸。

她想姜雪寧笑，一雙眼燦若星辰：「寧寧，別去送我。待得他日，燕臨率大乾鐵蹄踏破雁門時，帶著這抔故土，再來迎我還於故國，歸於故都！」

淚水陡然模糊了視線。

酉正二刻，沈芷衣再不停留，從那一線明亮的宮燈旁邊走過。

等到她身影都快消失，姜雪寧才趺趺撞撞往前追了幾步，可眨眼黑暗中已什麼都看不清了：「殿下，我向您允諾！」

那嘶啞的聲音撞破了黑暗。

殿下，我向您允諾——

他日鐵蹄踏破雁門時，我將帶著這抔故土，迎您還於故國，歸於故都！

我向您允諾。

第一七〇章 親吻

滴漏聲聲。

鄭保今夜當值，總覺心神不寧，待得輔臣們與皇帝關起門來議事，他才悄然退出。回到偏殿，門角裡一個小太監衝他搖搖頭。

鄭保心頭便驟然冷下。

通往順貞門必經的宮道上，重重守衛的身影疊在宮牆下，黑漆漆發暗的一片。

蕭姝等得已有些不耐煩。

張開落網這麼久，卻不見獵物來投，便是最耐心的獵人只怕也不免要犯幾聲嘀咕。

她正要找個人來再去探探，問個清楚，一錯眼卻看見先前派出去的那個機靈太監快步朝著這邊跑了過來。

蕭姝立刻問：「人呢？」

那太監跑得氣喘，上氣不接下氣地道：「來了，可，可好像有點不大對勁……」

蕭姝眉頭一皺，便想問怎麼不對勁，然而前面原本安靜的守衛中卻忽然起了一陣竊竊私語。

她於是將目光一轉。

這一下再不用那太監解釋，她已看了個分明——

御花園方向那頭走過來的，不是她張網等著來投的姜雪寧又是誰？

只是與平日實在大相徑庭。

完全沒了人所熟悉的靈動與狡黠，人雖走過來卻像根木頭似的，手腳是木的，心魂是木的，連那一張五官精緻的臉上神情也是木的。一雙本來纖柔白皙的手卻緊緊捧著一把髒汙的泥土，誰也看不見、誰也不搭理似的漸漸近了，彷彿被人抽了身魂，只餘下這一具行走的軀殼！

這一刻，便是蕭姝見了她這駭人模樣，也不由心驚片刻，震了一震，隨即眉頭卻狠狠地擰緊了。

她朝她身後看去。

再無一人。

她只覺事情似乎並未朝自己料想的方向發展，先給旁邊的太監打了個眼色，讓人把姜雪寧攔下，又吩咐距離最近的守衛道：「去順貞門看看。」

太監過去攔人。

姜雪寧的腳步才停下。

她都不知自己是怎麼從那座御花園裡走出來的，人也渾渾噩噩恍恍惚惚，抬起頭來瞧見這太監，只見得對方張嘴，有聲音入耳，卻根本無法分辨對方到底說了什麼。

直到蕭姝走進她視野。

其實這時候，蕭姝已經隱隱預感到自己今夜最期待的事情不會發生了，可越是如此，才越使她對眼前這張漂亮得過分的臉孔心生憎惡。

她問得直接：「暗推和親之議要我替沈芷衣的，是妳麼？」

姜雪寧回得更直接：「那玉如意一案以逆言陷害我的，是妳麼？」

蕭姝道：「妳說是，那便是。」

姜雪寧便也道：「妳說是，那也是。」

兩人面對面立著，四目相對，竟是誰也不肯相讓。

只是蕭姝陰鷙，姜雪寧冷寂。

一者是已將對方視作了自己此生的仇敵，另一者卻忽然超然於其上並不十分在意了。

蕭姝輕而易舉便察覺出了她對自己的蔑視，瞳孔微微一縮，道：「是人皆有自己的命數要赴，妳出身不如我，心計不如我，我竟不知妳也有看不起我的膽氣。」

姜雪寧只覺可笑。

甚至她上一世都沒覺得蕭姝有這樣可笑：「往日我也曾想，妳這樣好的出身這樣高的本事，比公主殿下是不差的。可到今時今日，此言此行，她是天上的皎月，但有三分清輝落在身上，都覺快慰；妳不過地上的灰塵，便踩過去，我都嫌髒了鞋底。」

蕭姝沉下臉來不再言語。

瑟瑟風隱約嗚咽。

姜雪寧捧著那土，彷彿捧著什麼愛物，只看著她慢慢道：「我原未生害妳之心，妳卻因忌憚構陷我在先。蕭姝，很久以前我也像妳一樣，為達目的不擇手段。可妳若執迷不悟，報應終究會來，只爭個早晚。」

蕭姝冷笑一聲，根本不信。

姜雪寧卻知這是自己對這位前世宿敵最後的尊重，言盡於此，信與不信她都不再多言，抬步欲去。

「站住！」

蕭姝目光閃爍，竟是直接出言將她攔下。

「深宮禁內，妳一副不人不鬼的模樣，縱然妳是本宮昔日同窗共讀，值此非常之時，本宮也不知道妳究竟是做了什麼，不得不謹慎些。來人，先請姜二姑娘慎刑司稍坐，問明白再送人出宮！」

左右守衛立時逼近。

姜雪寧聽完她話便明白了：不管今日她是不是真帶了公主出宮，對方都有藉口將她攔下，縱然找不出證據來，留她一宿也足以讓她吃盡苦頭，說不準再發生點什麼非常之事……

一如玉如意一案時的伎倆。

何況她眼下這副尊容，誰能不懷疑？

只是正當那些守衛便要將她圍攏制服之時，另一頭宮道上忽然急急地響起一聲：「賢妃娘娘且慢！」

蕭姝眉頭頓時再皺。

姜雪寧抬目看去，竟是鄭保疾步而來，到了跟前兒來時不卑不亢地一禮，勻了口氣兒道：「娘娘，聖上那邊議事方散，謝少師聽聞姜二姑娘尚未離宮，特著來請。人這會兒在宮外候著，您看？」

謝危？

蕭姝身形僵了一下，鋒利的目光盯向鄭保。

鄭保始終恭敬肅立。

宮裡面誰不知謝居安？

蕭姝成為后妃的時間雖然不長，可僅憑在蕭氏當姑娘時對朝堂的瞭解，便知此人是何等舉足輕重人物，更何況成為后妃侍奉在沈琅身邊後，更知沈琅對此人的倚重。

沈琅對她畢竟不是真的寵愛。

她本就是夾縫求生，這般境地中又怎敢冒險再為自己添一個可怕的勁敵？縱她心裡有萬般的不情願，今日姜雪寧也只能放了。

蕭姝垂在袖中的手掌悄然握緊，笑起來卻毫無破綻，道：「既是謝少師開口要人，本宮自然不好想留。不過只盼著姜二姑娘回去之後，好生約束自己，可別做出什麼後悔莫及的事情來。」

鄭保垂首一禮方退。

姜雪寧定定看了蕭姝片刻，才轉身隨著鄭保，一道離去。

等走得遠了，守衛不見了，宮人也不見了，她才突地一笑。

鄭保不知她在笑什麼。

姜雪寧望著前面漸近的宮門，神情卻有萬般的傷懷，只道：「你不知謝先生已避見我有月餘，危難關頭也敢抬出他的名頭來救我，還好蕭姝不知。可倘若被先生知道，也是你吃不了兜著走。」

鄭保向她看了一眼，張口欲言，可到底還是沒有解釋。

有他引著，順利出宮。

只是才走出那扇偌大的宮門，抬頭看見外頭城牆下那一輛掛了燈的馬車，還有車轅上靜立等候的人時，姜雪寧終於怔住了。

鄭保輕輕道一聲：「姑娘回府，一路小心。」

接著悄然退回。

姜雪寧看著那人，捧著那一抔土，卻挪不動一步。

謝危一身道袍飄雪似的飛，從高處看她，目光落在她那麻木落魄的面龐，也落在了她兩手合捧的土上，只喚一聲：「劍書。」

邊上劍書見機極快，從車後翻出個空的匣子來。

他打開來遞到姜雪寧面前。

姜雪寧卻怔怔站著沒動作。

謝危眼底便漸漸冷沉，聲音沒了溫度：「妳還待捧到何時？」

姜雪寧眼角一滴淚才滾落下去，沒入這抔土，潤濕了小小的一塊兒，眨眼不見了痕跡。

她慢慢鬆開手，任由泥土從指縫間滑過。

落到匣中，裝了小半。

劍書合上木匣便要轉身。

姜雪寧卻道：「給我。」

劍書看向謝危。

謝危面無表情：「給她。」

合上的木匣重新遞給姜雪寧，她緊緊地抱在了懷裡。

謝危彷彿覺得她不成器，立在車轅上沒動，只向她道：「上車。」

姜雪寧走過去。

劍書不敢扶她。

她一手抱著那木匣一手扶著車廂邊緣，幾次抬步都未能登上馬車，這才發現自己手抖得厲害，腿抖得厲害，渾身都似冰水裡浸過似的，打著顫。

謝危看她這般沒用，眼角眉梢都似凝了冰渣雪沫，忍無可忍，傾身彎腰，一手拽她一隻胳膊，一手握她腰側，半摟著將人撈了上來。

車簾一掀，把人推進去。

姜雪寧整個人猶自渾渾噩噩。

謝危見她這潦倒架勢，無須問上半句便知事情沒成，而一切本來安排得妥妥當當，寧二既不是困在宮中，也不是事情敗露，那只有一種可能——

樂陽長公主沈芷衣，並不打算逃跑。

也只有如此，才能叫她失了魂魄似的，把自己搞成這令人嫌棄的鬼樣！

外頭劍書問：「先生，回哪兒？」

謝危沉默片刻，道：「姜府。」

姜雪寧兩手捧過土，髒兮兮沾了一片，自己卻恍若不覺。

謝危沒找見錦帕，皺了眉，索性把自己寬大的袖袍一扯，拉了她的手過來，一點一點用力地擦乾淨，口中卻毫不留情：「倘若她不願意，也是她自己的選擇，妳就這般廢物，替她傷心什麼？」

車廂裡昏暗一片，再無旁人。

姜雪寧憋了一路的淚，撲簌撲簌全掉了下來，出奇地沒有再同謝危抬杠半句，只喃喃道：「先生說得對，都怪我，不學好，一沒本事，二有脾氣，誰也救不了，誰也護不住，自以為能改人命天運，不過是個跳梁小丑。我的確無能，是個廢物……」

謝危本是氣話，哪裡料著素性不馴的她竟全無反駁？

察覺她哭時，他已意識到自己話說重了。

一時默然，竟有些不知所措。

過了好半晌，才慢慢道：「傻寧二，妳已經做得很多，做得很好了。只是有些事朝夕之力挽不得狂瀾，小姑娘才多大點年紀便這般自怨自艾，妳把往日的氣性拿出些來，先生也不至於訓妳。」

也不知姜雪寧是聽見了還是沒聽見，坐著一動不動。

遠遠車外卻傳來歡呼之聲。

是長公主和親的車駕終於駛出了宮門，順著筆直長安大道一路往城外而去。

姜雪寧記得這聲音。

上一世她曾聽過。

只是上一世聽到時冷漠無感，甚至心裡還高興走了個未來會給她使絆子的皇家小姑；這一時聽聞，卻覺山遙遙水迢迢，雁門一去，或不復返，肝腸寸斷，只忍得片刻，便哭出聲來。

撕心裂肺。

像是要發洩什麼似的，倘若不這麼放開了哭一場，就會被無盡的壓抑和絕望埋進深淵。

謝危從未覺得從皇宮到姜府的這段路如此漫長、煎熬，入耳的每一聲都像是鈍刀在人心上割。

等後面她抱著那匣子哭累了，把眼睛閉上，漸漸睡去，世界才恢復靜謐。

可他的心卻比方才她哭時更為喧囂。

他長久地僵坐在自己的位置上，彷彿入了定。

直到馬車停下，外頭劍書喚了他一聲，他才回神。

謝危應了一聲。

然後傾身想去喚姜雪寧，可湊近時，那一張淚痕未乾的小臉映入眼底，夢裡面彷彿都不高興，罥煙似的細眉輕蹙。他搭下眼簾，眸光流轉，終於還是緩緩伸手，撫過她柔軟的烏髮，兩片薄唇壓低，卻只生澀而小心地印在她濡濕的眼睫。

這一時，劍書恰好掀開車簾。

謝危平靜地轉頭看去。

劍書登時毛骨悚然。

然而他轉瞬便發現，先生的目光在他面上停留片刻後，竟越過他投向他身後，於是跟著調轉目光看去——

姜府門口，姜伯游不知何時立在臺階上，原本一張中正平和的臉已經沉了下來，目中有震駭有沉怒，直直地看向了車內的謝危。

謝危身形有片刻的凝滯，轉瞬又放鬆下來。

他退開少許，拉開了自己同姜雪寧的距離，彷彿方才什麼也沒發生似的，輕輕拍了拍她臉頰，將她喚醒：「到家了。」

姜雪寧睜開眼，恍惚了一下，才道：「有勞先生。」

她抱著那匣子下車。

腳步踉蹌。

謝危伸手扶了她一把，她神思不屬也一無所覺，只是走出去兩步後，才像是想起什麼般回過頭來，一雙微紅的眼望著他：「少師大人，中原的鐵蹄何時能踏破雁門，接殿下回來呢？」

謝危那片髒了皺了的袖袍在夜風裡飄蕩，一隻手掩於其中，卻悄然握緊，慢慢彎了唇，認真地回她道：「很快，很快。」

姜雪寧又看他片刻，才轉過身去。

見著姜伯游在門口，也只木然喚了一聲「父親」，便徑直往內走。

姜伯游卻在門外站了許久，第一次見著這位同僚沒有走上前笑著寒暄，反而寒了臉拂袖而去。

劍書自知闖了大禍，屈膝便跪在了謝危面前：「方才是屬下莽撞——」

謝危竟平淡地道：「也沒什麼不好。」

他收回目光，看一眼自己的衣袖，便返身向車內去。

劍書卻是愣住，半晌沒能回神。

第一七一章 倫理綱常

樂陽長公主沈芷衣和親車駕出京的那一日，據說大晚上都有許多人夾道相送，一路向著西北方向行去。

隨著她離京，原本甚囂塵上的和親之議也漸漸平息。

京城裡上至王公貴族，下至黎民百姓，所有人的注意力很快轉到了今科春闈會試與四月裡很快就要近的臨淄王殿下沈玠成婚之禮上。

原本不怎麼起眼的欽天監方府，近些日來自然最是熱鬧。

其次便戶部姜侍郎府上。

人人都說論人品才貌還有出身，欽天監家的姑娘方妙實難與姜侍郎府上的大姑娘姜雪蕙相比，奈何名聲受自家那不成器的妹妹所累，到底沒選上正妃。可在選正妃的時候同時選了側妃，足可見臨淄王殿下對她有多喜歡，而這位正妃方妙姑娘選得又是有多勉為其難。

婚期定在四月十八，正側二妃同時入門。

遞名帖的，送賀禮的，套近乎的，拉關係的，打秋風的，姜府的門檻都要被人踏破了，連帶著下人們也喜笑顏開，走起路來腳底生風，迎來送往面上有光。

只不過這裡頭並不包括姜雪寧院裡的丫鬟婆子。

她們非但不高興，近些日來反而越發愁眉苦臉，小心翼翼。

蜀中尤芳吟那邊有新的信函送到，棠兒不敢假手他人，親自去取，回去的路上卻正好撞見要出去的姜伯游。

姜伯游看她一眼，皺起眉頭：「寧丫頭還是那樣？」

棠兒戰戰兢兢：「姑娘今日睡到卯時三刻便醒了，喝了廚房準備的一碗粳米粥，又躺回去睡；日上三竿時起來對著窗外頭看了半天，廚房送來的菜只略用了幾片烤乳鴿，櫻桃肉，小半碗飯；定非世子派人送來些時新的玩意兒，她也只看兩眼便扔下了，叫去看燈會也不去……」

姜伯游便長嘆一口氣：「這算什麼事！」

棠兒大氣都不敢喘一下。

自樂陽長公主去和親之後，自家姑娘便跟失了神魂似的，連自己房門都懶得踏出一步，看著飯照吃、覺照睡，可伺候她的丫鬟們看在眼中，都覺得瘆人、發愁，誰也拿她沒辦法。

不過這些天來老爺倒是時不時都要問問姑娘的事兒。

倒好像比以前更在意。

棠兒也不知這是不是自己的錯覺，興許是因為姑娘近來的狀態很讓人擔心吧？

姜伯游思忖片刻便搖了搖頭，叮囑了一句道：「好好看顧著，過不兩日便是她姐姐婚期，她若不想去便不去，也別叫旁人打攪了她，且讓她再養上幾天。」

棠兒躬身道：「是。」

姜伯游這才面帶憂色地轉身離開。

回到院中，棠兒看見蓮兒坐在屋外頭描繡樣，便湊過去朝裡面看了看，壓低了聲音問：「姑娘還在睡？」

蓮兒也嘆氣：「剛睡下不久。」

棠兒無法，看了看手中信，只好先擱在了暖閣靠窗的炕桌上，自去料理屋中別的事。

春盡的初夏，天氣還未十分炎熱。

兩扇窗朝外開著，透亮的日光照著外頭碧樹庭花，鶯鳥聲啁啾隱約，有清風絮絮而來，吹動床榻外頭輕薄的粉紗帷帳。

姜雪寧側臥於榻上。

薄薄的春被蓋了半身，搭著前胸，許是這些天來過得太過渾渾噩噩，覺也睡太多，午後短眠時總是會做些不好的夢。

一會兒是周寅之的人頭，一會兒是沈芷衣的棺槨。

夢境離奇，捉摸不定。

她行走在血淌了滿地的宮廷中，周遭皆是迷霧，身後像是有什麼東西在死命地追逐。於是她的腳步也越來越慌亂，最後竟發足狂奔起來。

熟悉的坤寧宮就在眼前。

她鬆了一口氣，衝了進去，可才停下腳步，就看見裡面立了一道清瘦纖長的身影。

「芳吟——」

在這瞬間，姜雪寧下意識地喊了一聲。

對方轉過身來，卻有些迷惑地望著她。

那是一張清秀的臉，但原本兩彎淡眉卻被勾勒得多了幾分凌厲的冷冽，是見慣了生意場上沉沉浮浮的鎮定，只是目中似乎又有些無奈和苦澀。

是尤芳吟。

但不是這一世的尤芳吟。

她看見姜雪寧後，微微怔了一下，接著卻有些惆悵地嘆了一聲：「富有半城也無用，兩邊下注終究開罪人，誰能想得到大局顛覆竟是源於二十多年前的舊怨？到這時，自然捨財保命為要緊了。」

舊怨，什麼舊怨呢？

姜雪寧想要問個清楚的，可那「富有半城」四個字卻跟洪鐘大呂似的在她腦海裡晃蕩迴響，一聲連著一聲，竟讓她心慌意亂，直接從這沒頭沒尾的幻夢中驚醒了。

她瞬間睜開眼，翻身坐起。

薄被從她胸前滑落。

外頭清風一吹，姜雪寧額頭身上皆是一片涼意，這才意識到自己出了一身冷汗，連背後的中衣都打濕了，貼在後頸，一陣陣地難受。

忘了。

她一定是忘了什麼關鍵的事。

最近這大半月來，因未能阻止沈芷衣去和親，她整個人都提不起精神來，活得像是行屍走肉，也像是沒頭的蒼蠅，彷彿什麼事都引不起她的關注，不值得她去在意。

可當真沒有別的事了嗎？

富有半城。

上一世的尤芳吟……

兩邊下注？

絞盡腦汁，反復思索，終於換得一道靈光如閃電般從萬念中劈過，姜雪寧徑直掀開了薄被從床榻起身，朝著外面大聲喚道：「棠兒蓮兒！蜀中的信呢？」

蓮兒在外頭嚇了一跳。

棠兒聞言則連忙去暖閣將先前那封信拿了進來，本要遞出，卻被姜雪寧徑直伸手搶過去，撕開信封便讀了起來。直到這時候，兩個丫鬟才看見，自家姑娘這些天來頹唐之氣竟一掃而空，取而代之的是一種如臨大敵般的凜然酷烈，好像是想起了什麼被自己忽略的大事一般。

棠兒難免擔心她情緒起伏太大出點什麼意外，小心道：「姑娘，您怎麼了？」

姜雪寧迅速看完了那封信，卻覺心中沉重。

並非是任氏鹽場的情況不好。

而是因為，頹廢了這些時日，她才終於想起：沈芷衣去和親了，燕臨也的確有一日會踏平韃靼，可要迎公主還朝，卻不是她知道前世軌跡便可以做得成的事——

缺了一個尤芳吟！

一個上一世的尤芳吟！

上一世沈芷衣去和親四年後，韃靼徹底暴露了狼子野心，進犯中原。

燕臨臨危受命，力挽狂瀾。

可待擊退敵兵，迎回公主棺槨時，才知道早在更早的兩年前公主就已備受折磨，甚至被迫落胎，只因韃靼人不想她生下混合兩族血脈的孩子。蠻夷舉兵之前，先殺了公主祭旗。縱有高貴血脈，一身驕傲，在境地裡也不過孤立無援，任人宰割！

彼時蕭氏勢大，朝廷既要用燕臨抗擊蠻夷，又要提防他擁兵自重，是以在糧草和後方多有為難之處。

可前線竟沒受到任何影響。

那時朝中便有人生了疑竇，但直到謝危連同燕臨謀反，所有人才知道，除了一個在生意場上縱橫的呂顯之外，他們背後還有那位富可敵國的「尤半城」！

打仗需要兵，養兵需要錢。

上一世他們背後有富可敵國的尤芳吟襄助，可這一世呢？

姜雪寧慢慢坐了下來。

她救了這一世的尤芳吟，上一世的尤芳吟因此並不存於此世。而她若想要兌現對沈芷衣的諾言，甚至比上一世更早將人救出，意味著她需要等量的銀兩，甚至更多，才能補足這個由自己造成的缺口！

她能做到嗎？

不……

已經不是能不能的事，而是無論如何，她必須做到！

薄薄的一頁信紙被姜雪寧慢慢地放回了桌上，她總算是清醒了，眨了眨眼，道：「準備筆墨，我要覆信。」

這些天來，朝中大部分文官都在忙碌剛過去的會試和即將到來的殿試，姜伯游也不例外，所以今日也不去戶部，而是徑直去到翰林院。

皇帝點了謝危為這一科會試的總裁官，此刻便立在書案邊上，剛接過下面幾位官員遞上來的幾份答卷。會試的結果早已經出來，如今是在遴選答卷中最好的幾張，以交由各處書局引發。

姜伯游抬頭看見，眉頭頓時皺起。

那日府門前的事，著實讓他吃了一驚，若非是自己親眼所見，只怕他是怎麼也不敢相信，平素看著正人君子、古聖遺風的謝危，竟做得出這般輕薄的禽獸之事！

往日謝危對姜雪寧關照，姜伯游從未多想。

一則他與謝危平輩論交，對方稱呼寧丫頭時也一直是看做晚輩；二則寧丫頭入宮伴讀，他也曾出言拜託；三則謝危不近女色，從未有過什麼不三不四的傳聞。

可就是這麼個人……

最近一段時間，姜伯游也想，自家姑娘不是什麼循規蹈矩的人，會否這中間存在什麼誤會，又或是二人兩情相悅？

他找姜雪寧談過兩回。

顧忌著姑娘家面子薄，且也不想讓她知道有這麼件事，他並未明白問她和謝危的關係，而是旁敲側擊。寧丫頭言語中，對謝危哪裡有半點逾越師生的情義？

所以，還是謝危問題大！

姜伯游心裡膈應，這陣子都未同謝危多說什麼，眼下也只悶聲不響先料理起公務，待到人稍微少了些，那頭找謝危的人也都退了，他才終於走過去。

先道一聲：「謝少師。」

往日姜伯游都直稱「居安」，謝危光聽這生疏的三個字，便知道對方是有話要說了，回身來微微一笑：「姜大人，有事指教？」

姜伯游審視著他，道：「少師大人年輕有為，可今年也二十有七，年將而立久未成家；小女縱性頑劣，眼下卻正當十九韶華，世事人情尚未通曉。少師大人為其師，教她懂禮知義，我這個做父親的甚為感激。只是她或恐還不懂事，要多賴少師大人約束言行。是以還請少師大人也謹言慎行，以免她年紀小，生出什麼誤會來。少師也知道，這女兒我養得不大好，怕闖出什麼禍來。」

話裡隱隱有些告誡之意。

謝危手中還執著那幾份答卷，心底卻生出些許的不快，面上笑容未改，沒接他話中正茬兒，只道：「姜大人養不好，不如給了我養？」

姜伯游豈能料到他竟說出這番話來？

面色登時拉了下來。

他寒聲道：「謝少師之能姜某雖然不及，可有句話卻要告誡少師！我家寧丫頭名聲雖然不好，可心性不壞。謝少師誤己便罷，切莫誤人。倘若兩情相悅老夫睜隻眼閉隻眼便罷了，可少師乃是寧丫頭的先生，如此輕薄，豈不是蔑視祖宗禮法，枉顧倫理綱常？」

這番話說到末時，聲音都因怒意抬高了些許。

遠遠正忙碌的翰林院其他人都忍不住朝這邊看了過來，顯然是把「倫理綱常」四個字聽了個清楚，面上都忍不住掛出了幾分好奇之色。

顯然在想：這兩位怎麼還扯上倫理綱常了？

謝危卻是垂眸。

的確，他是寧二的先生。按倫理，先生豈能與學生在一起、有私情？

只不過……

手中那幾頁答卷被他隨手擱回了案頭，謝危回視著姜伯游，溫溫然道：「那又怎樣呢？」

第一七二章 將離

這一日之後，翰林院裡有了傳聞，說是戶部侍郎姜伯游與太子少師謝危因為一份會試答卷爭吵起來，好像事涉什麼倫理綱常。

那位素性與人為善的姜侍郎，幾乎是鐵青著臉，甚至頗為不忿地朝著謝危冷笑了兩聲，只說什麼「豈有此理，豈有此理」，拂袖而去。

沒人想到別的地方去。

畢竟謝少師這樣朗月清風、品性端良的人，怎麼可能和什麼「倫理綱常」扯得上關係呢？

卻說姜伯游與謝危一番交談不歡而散後，心裡便埋下了一團陰雲，隱約覺得自家女兒竟被這麼個位高權重的人看中，絕不是一件好事。

且謝危在事前與事後的面目變化之快，簡直令他懷疑此人和自己以往認識的謝居安是不是同一個人。

考慮再三，當天回來他便找了姜雪寧說話。

姜雪寧下午醒悟過來後，已經開始吩咐丫鬟重新清點自己現有的東西，又覆信給尤芳吟，打算這個月便啟程前往蜀中。

姜伯游使人來請她，倒是正好。

書房裡，伺候在姜伯游身邊的常卓把茶端上來，便退了出去。

房內只留下父女二人。

姜伯游斟酌了一番才開口：「寧丫頭啊，妳姐姐的親事如今是已經落定，只待過兩天完婚。我看妳自從宮中伴讀回來之後，便似乎不大愛出門了。滿京城裡豪門勳貴家的公子，除卻那個實在不大成樣子的定非世子外，不知妳有沒有哪個看得上眼的？家中也是時候為妳謀劃一二了。」

果然是年紀到了，家裡都開始發愁她的婚事了。

姜雪寧端起茶來，低下頭只看見自己倒映在杯盞中搖晃的眼睛和眼底的波光，第一時間浮現在腦海裡的那張面容，清冷肅然，可並未給她帶來太多的柔情蜜意，反而有隱隱的刺痛。

手抖了一下，她慢慢放下茶盞。

姜伯游打量她神情，連忙道：「父親也不是要急著將妳許配給誰，倘若妳與那位定非世子玩得好，他那花天酒地、玩世不恭的毛病能改，妳又真喜歡的話，也不是不行……」

姜雪寧失笑：「父親多慮了，我並不中意此人。」

姜伯游鬆了口氣，心道她若喜歡那蕭定非，只怕是還不如謝危呢！

他續問：「那妳確是有中意的人了？」

自然是有的。

只可惜，她中意的那個人，似乎並不中意她。

姜雪寧覺得這話茬兒自己就不該接，所以索性沒有接了，竟直截了當地道：「父親，女兒現在並無談論婚娶的心思。京中諸事煩擾，這個月女兒便打算去蜀中，散散心。」

「胡鬧！」

姜伯游這一驚吃得不小，眼睛都瞪圓了，簡直不敢相信自己聽到了什麼。

「妳多大一個姑娘家，山高路遠去什麼蜀中？」

姜雪寧早知事情不會如此順利，畢竟一個未出閣的姑娘家自己要出遠門，聽起來實在匪夷所思。

姜伯游有此反應，她並不驚訝。

但既然敢提這話，她自然也有所準備。

只淡淡續道：「前段時間京中熱議長公主殿下和親之事，背後便有女兒摻和。提議讓蕭姝代公主和親，也是女兒的主意。」

姜伯游駭然起身：「妳說什麼？」

他撞倒了茶盞。

姜雪寧的話卻還沒說完，補道：「公主殿下和親當日，我之所以遲遲未歸，也是在謀劃李代桃僵，且在中途策劃要半道截殺和親隊伍。只不過殿下不願，所以未能得逞。」

「……」

這一下姜伯游徹底說不出話來了。

任何一件，拉出去都是要殺頭的大逆不道之事！

姜伯游只當自己這女兒愛玩了一些，愛鬧了一些，可也只限於年輕人之中，哪裡想到近來的風雨之中就有她一番手筆？

認知顛覆時，完全反應不過來。

姜雪寧倒是冷靜地為他分析利弊：「此事蕭姝一清二楚，如今她在宮中乃是新近得寵的賢妃娘娘，不知在琢磨多少報復我的法子。倘若女兒留在京城，一則不知還要做出多少荒唐事，二則言行無狀還恐牽累已經成為臨淄王側妃的姐姐；三則蕭姝若盯著女兒報復，也未必不牽連家族。如此倒不是先離開京城一段時間，遠避其禍，京城裡的人久不見女兒，自然漸漸忘了。又聽說天府人傑地靈，女兒去到蜀中，痛改前非，自然也無人知道我在京中是何等跋扈，說不準為父親尋回個好女婿。還請父親考慮一二。」

不過其實姜伯游同意不同意，對她來說都沒差。

若是同意，一應出行的事情自然簡單；若是不同意，最差也不過就是和上一世的尤芳吟一樣，偷偷跑出去，至於路引這些東西，周寅之便可搞定。何況她比起上一世的尤芳吟，手中還有更多的銀兩，半點也不窘迫。

第一時間，姜伯游心中出現的是憤怒。
可等姜雪寧一說，怒意反倒消減下去。
倒並不是就被姜雪寧這一番牽強的說辭給說服了，而是想到了謝危。二女兒流落在外多年，回到京城後也確是他沒有養好，這般已經虧欠良多。倘若她對謝危無意，而謝危要巧取豪奪，他是萬萬不該坐視的。可謝居安的本事他也比旁人清楚些，姜雪寧若留在京城，情況並不樂觀。
如此去往蜀中，未必不可。
雖然山高路遠，地處偏遠，可至少避開了京城這些紛擾，也可讓謝危鞭長莫及，什麼陷入「師生倫亂」這種惡名的風險，自然也可消解。
他皺著眉頭想了半天，終於嘆了口氣，問：「妳意已決？」
聽見這句，姜雪寧知道事情已經成了。
她篤定道：「不錯。」
姜伯游便道：「待我考慮考慮，也好看看蜀地那邊到底是什麼情況，便是妳要去，家中也得有些安排才好。」
姜雪寧起身斂衽一禮：「多謝父親。」
原本打算探聽女兒口風為她談婚論嫁的一番談話，就此因姜雪寧忽然提出要離開京城戛然而止。

姜伯游自是翻開案牘去看蜀地的情況。
姜雪寧則從書房中告退，又回到自己的房裡。
丫鬟們將她所有的貴重東西都搬了出來，只因姜雪寧下午時吩咐說最近會出門，有些貴重的東西不便攜帶，都要拿出去典當。
只是待從妝奩裡翻出那只青玉鐲時，棠兒蓮兒有些猶豫。
這鐲子她們都不知道是哪裡來的，也不是特別貴重的東西，可一直都被姜雪寧放在妝奩最底下。且去年王興家的之所以被姑娘發作，倒了大黴，便是因為這只鐲子。
二人一陣嘀咕，倒不敢把這鐲子放到要典當的那些東西裡，而是單獨擱在了一隻小匣子裡，放在桌案上。
所以姜雪寧回來，一抬眼便瞧見了。
蓮兒連忙湊上來解釋道：「方才妝奩裡看到的，奴婢同棠兒都不敢擅動，想問問您如何處置？」
和田青玉，玉色溫潤，紋理細滑，像是滌蕩的水波。
姜雪寧拿起來，生出幾分怔忡。
棠兒蓮兒都不敢說話。
過了好一會兒，姜雪寧才忽然問：「沈玠什麼時候成婚來著？」
眾人都稱的是「臨淄王殿下」，乍一聽「沈玠」二字，兩丫鬟都沒反應過來，隨即卻是為姜雪寧的大膽暗抹一把冷汗，回道：「就這月，十八，沒剩下兩天了。姑娘要去嗎？」

姜雪寧把那只玉鐲放回了匣子裡。

眼底卻似掠過了幾分風吹雲散的空寂，只慢慢道：「還是該去看看的。」

第一七三章　對錯愛恨

臨淄王沈玠成婚這一日，滿京城張燈結綵，從皇宮到王府到一正一側兩妃府邸沿路的街道上，一應障礙都被清掃，近王府二裡道旁都被掛上紅色的帷幔。

文武百官全數赴宴。

連皇帝都去了，素日應酬極少的謝危也到府赴宴，那些個身上有外差不能親到的，豐厚的賀禮自然都特特托人先送了來。

方妙這人往日在仰止齋眾多伴讀中，並不如何起眼，給人更深的印象是根沒原則的牆頭草，風往那邊吹，人往哪邊倒，只不過她倒來倒去的理由倒不是什麼利益爭鬥，完全是因為她的卦象，所以旁人雖然詬病她，倒也不好多說什麼。

如今忽然飛上枝頭被選為臨淄王妃？

別人不說，當日同方妙一道去選的陳淑儀頭一個不高興，別說是人親自前去道賀，連賀禮都沒送上半份，全當京城裡根本沒有這麼個人，這麼件事。

姜雪寧倒因為當日樂陽長公主被禁足時，方妙與自己一道前去看望，而對其有些許的好感，所以提前兩天帶了自己一份禮去，先行看過。

方妙見了她，原本愁苦的一張臉頓時眉開眼笑。

先是不住地說什麼貴人來了，我這樁親事不妥也是妥了，接著又半點不遮掩地向姜雪寧打聽姜雪蕙的為人處世。

姜雪寧以為方妙是要跟姜雪蕙鬥上一鬥，或者提防著一些，沒料想方妙聽完之後竟然大失所望，一副惋惜至極的口吻：「甭管是真是假，二姑娘這位姐姐卻是個謹慎行事，縱有那麼幾分的名利之心，卻也不會和旁人一般諸般手段用盡地去鬧。我倒白高興了。倘若她是個厲害人，把我搞下去我好捲包袱走人；沒把我搞下去，作繭自縛的可能倒很高，如此我在王府吃軟飯也吃得安穩。偏她這樣謹言慎行，不上不下，可有點如鯁在喉，讓我不知如何是好了。但願相安無事，互不妨礙！」

姜雪寧默然沒了言語。

上一世她嫁給沈玠，為的是可能性極大的皇后之位，所以把沈玠哄得高高興興，府裡連個側妃都沒有；這一世的方妙倒是極看得開，即將當臨淄王妃，最大的目標似乎是，混吃等死？

這樣看，她和姜雪蕙大約是打不起來。

畢竟，姜雪寧雖然不喜歡姜雪蕙，可不得不承認這位姐姐做事極有分寸，很少主動與人起什麼衝突，雖有些事為自己謀利，倒不去坑害別人。

她又在方妙處坐了一會兒，直到方妙手癢，摸出她那一堆東西來，想要給她算命。她才終於找了藉口，連忙告辭——

若是前世，這玩意兒她肯定不信。

如今人都重生回來了，便覺世事實在有些玄奧處。可越是如此，她越不敢算命。倘若真被批中了什麼，又不是什麼好的結局，那日子是否還要往下過呢？

倒不如什麼也不知道，想要的都去追，想留的都去搶。

方稱得上是痛快。

如此離開方府後，姜雪寧便繼續準備自己前往蜀中的一應事宜，等沈玠成婚這一日，便不再單獨去看望方妙，反而是在一路送親去王府後，留在了姜雪蕙的房中。

龍鳳燭高燒，滿屋都是紅。

只是屋子比起姜雪寧當年成親時小了許多，位置也不是正屋，守在門外的丫鬟婆子們少一些，湊上來奉承討好的話沒那麼熱情真切……

上一世姜雪寧才是沈玠的正妃，且當時沒有側妃同日進門，心裡沒有對比。如今一看覺得姜雪蕙縱然當了沈玠的側妃，可無論排場也好，名分也罷，都要矮著方妙一頭。若換了今日坐在這屋裡的是她，只怕無論如何都是忍不了，要把蓋頭掀了走人的。

姜雪蕙倒十分平靜。

自賜婚的聖旨到姜府時，她便已經知道接下來將要面臨的一切。既是自己選的路，即便不那麼如意，也得咬牙走下去，對旁人倒無多少怨懟之心。

屋外道賀聲聲喧鬧著。

姜雪蕙將紅蓋頭揭了下來，輕輕搭在案角，彷彿知道今日的姜雪寧有話要對自己講一般，並不問她這時候為什麼還要留在這裡，只是坐在桌旁，倒了一盞茶放在自己對面。

姜雪寧便立在她對面，打量她。

正妃側妃之別，與民間妻妾之別無異，將來若有子嗣還要分個嫡庶，如今既體現在成親的禮儀上，也體現在這屋舍的裝扮上，甚至體現在了姜雪蕙這一件大紅的嫁衣上。用的金線不如方妙那一件多，袖口盤著的不是牡丹，只是芍藥，孔雀展翅欲飛也終究難比鳳凰引吭而舞。

姜雪蕙輕輕一笑：「妳是在可憐我嗎？」

姜雪寧並不否認自己有些憐憫。

可這一世她沒有去搶姜雪蕙的姻緣，可以說是順其自然，所以姜雪蕙得到什麼又或是失去什麼，她其實也沒有特別強烈的感覺。

只不過有些唏噓罷了。

「此次妳成婚，我本是不打算來的。」

姜雪寧拿起那茶盞看了看，邊緣上一片深藍釉色的蘭葉，倒是沈玠素性的品味。這人什麼都好，就是不大適合當皇帝。這一世若遠避皇權的紛爭，該能有個善終吧？

她莫名笑一聲，又將茶盞放下。

「只是不論如何，婉娘到底養了我長大，她是妳生身之母，總盼著妳好。如今妳成婚，還是嫁臨淄王這樣尊貴的皇室血脈，她該最是高興。於情於理，我都該代她來看看，祝賀妳。」

姜雪蕙聽她又提起婉娘，便微微閉了眼，沉默下來。

姜雪寧卻少見地平和。

以往她提起婉娘時，總帶著不甘，帶著點自憐自艾的恨意，既嫉妒姜雪蕙，又偏要對她不屑一顧，以保全自己那點可憐的自尊。

如今決意離開京城了，反倒看得淡了些。

許是兩世變故，終於讓她找到點比這些陳年舊事更重要的東西吧？

她想要救公主。

她該要往前看。

「以往我的確是嫉妒妳、憎惡妳的，婉娘偷換了妳和我，妳用了我的身分，占了我的親情，享了我的富貴，我卻偏偏什麼地方都不如妳，處事笨拙，易躁易怒，越想做好越不能做好，反而叫旁人看輕。」

姜雪寧從袖中拿出了那只玉鐲。

活人已去，死物依舊。

倒看不出與婉娘臨死前交到自己手中時，有什麼太大的區別。

「可最近一段日子吧，反倒改了想法。往日在局中看不分明，如今抽離出來，卻才發現妳這般活著乏味得緊。我娘待妳好，可也約束妳，滿京城都是大家閨秀，人比人倒使人不敢犯錯。我便想，倘若要我享那榮華富貴，占那親情身分，卻過這樣無趣的日子，做這樣涼薄的人，只怕我心不甘、情不願。」

今日是姜雪蕙大喜的日子，所以上了異常精緻的妝容。

只是有些厚了。

眉眼都被脂粉蓋了，描出漂亮的輪廓，反倒將她那些真切的表情都壓在了妝容下頭，顯出一種壓抑而沉悶的木然。

姜雪寧輕輕將那只和田青玉手鐲放在了兩人中間的桌案上。

一隻手鐲，如一道鮮明的界線，將兩人分割。

她淡淡道：「婉娘臨去前拉著我的手，一定要我將這只鐲子給妳。她走的那天，我死死攥著這只鐲子，哭了兩三宿。等到了京城看見妳，就想，便是我死了，這鐲子也不會給妳。可如今我知道，世上除了婉娘還有別人，就算婉娘恨我，也還有別人在乎我、需要我。以前的命，不能由我，我認了。她不算對得起我，我卻對得起她。」

上一世婉娘的遺願，這一世她終究兌現了。

說完，姜雪寧好似也沒有別的話了。

她與姜雪蕙之間本來也沒有更多的交集，說完轉身便要離去。

屋內靜悄悄的。

姜雪蕙的目光落在那只鐲子上許久，慢慢拿在指間，觸手只覺冰冷一片。

想要笑一聲，卻發現眼眶裡有淚。

她扯扯唇角，只覺世事當真荒謬極了：姜雪寧恨她、嫉妒她、為難她，可在她這個位置，怎麼做才能不算錯呢？

怎麼做都是錯罷了。

倒也不必去爭哪種更好，哪種更壞。

「砰」地一聲悶響。

姜雪寧腳步才到門口，聽見時心中一驚，回頭望去，竟見是姜雪蕙抄起了邊上一方上好的端硯，用力砸下！

那只和田青玉手鐲，頓時四分五裂。

殘破的碎玉躺在桌案邊角，靜默無聲。

姜雪蕙面上沒有多餘的神情，有些麻木地擦去了滑落到臉頰的那滴淚，扔下那方端硯，只道：「是人都有自己的命數，我已經是這樣的人，妳也就不必對我再心懷什麼期待了。我明哲保身，她再愛我，於我而言也只是個素未謀面的陌生人罷了。」

「……」

姜雪寧憐憫地望了她許久，終究還是未置一詞，往外去了。

王府裡，觥籌交錯，賓客正自熱鬧。

這世間，對錯往往難分辨。

可愛恨卻很直接。

姜雪蕙對不對她不知道，反正這人她說不上討厭，可就是喜歡不起來。

第一七四章　本來合適

王府門口，門庭若市。

來往賓客遞交著自己的請帖與禮單，外頭的門房應接不暇，頻繁地高聲唱喏，請人入內。遇著位高權重者，往往越發熱情。

周寅之在錦衣衛裡，也算個角色了。

可如今一封禮單遞出去也只不過換得王府下人尋常臉色，便可知今日有多少王公貴族聚集在此了。

本是姜氏嫁女，周寅之托賴姜伯游舉薦才得入仕，本該備上一份厚禮。可前陣子略一思索，想起姜雪寧與自己這位姐姐的關係似乎並不融洽，便把原來備的禮減了一半下來。

只不過長公主和親那陣，姜雪寧交代他去辦點事，後來又說不用了。

這陣子更是從未聽說她在外面走動。

原本通州一事裡拜見過的謝少師與她似乎只是尋常師生關係，而前段時間傳得沸沸揚揚的那位定非世子，本是個紈褲不說，其出身的蕭氏還搖搖欲墜……

周寅之人站在王府大門口，心裡卻著實憂慮：聖上如今更重視錦衣衛了，衛所裡原來的一位鎮撫使得了提拔，其原來的官位便正好缺出。他有心於此，只是去年才升了千戶不久，這鎮撫使之位怎麼算似乎都落不到自己的頭上。可要錯過這機會，等下一次缺出，焉知會等到幾時？

正這般考量著，門外大街上忽然傳來一聲唱喏：「賢妃娘娘到——」

周遭立時安靜許多。

一架奢華的馬車停在門口，儀容端莊精緻的蕭姝搭著宮人的手踩著太監的背從車上下來，向周遭掃看一眼，只淡淡道：「本宮與臨淄王殿下今日要娶的正側二妃皆是昔年同窗，所以特來赴宴，聖上與皇后娘娘還在後面未到，諸位大人不必緊張。」

眾人全都向她道禮。

只是心裡面也不免犯嘀咕：蕭氏如今正身陷贛州賑災銀一案重查的旋渦，左支右絀，這位新封的賢妃娘娘倒是高調得很，怎麼好像半點沒受影響一般？

她來旁人自然要給她讓路。

原本門口處是周寅之，已經遞過了帖，一隻腳就要邁入門內。

眼見蕭姝朝這邊走過來，他收回腳步，往後退了幾步，在蕭姝走近時彎下身行禮。

蕭姝原是誰也沒看，見此卻是不由向他看了一眼。

這一下，便看見了對方身上穿著的錦衣衛玄底飛魚服，眉梢於是微微一挑。近來都伺候在沈琅身邊，自也知道他似乎有重用錦衣衛的想法，所以多留了個心眼。

她淡淡笑道：「多謝大人。」

說完也並不多留，徑直入內。

周寅之微微詫異了一下，略一皺眉思索，眼底卻閃爍些暗光。

蕭姝一走，外頭才又恢復喧鬧。

府裡的下人來引賓客入內。

各處廳中，早已坐滿了人。

稍有些身分的都安排在花廳。

朝廷裡的官員們大多到了，往日謹慎嚴肅，今日卻難得把架子放下，至少面上拋開了舊怨，推杯換盞，談笑風生。

六部的官員也坐得很近，分了兩邊。吏部、刑部、戶部在一頭，禮部、工部、兵部則在他們旁邊。

謝危通州一役掌了工部侍郎的實缺，正好不與姜伯游一起。

姜伯游乃戶部侍郎，無巧不巧和張遮坐得很近。

旁邊不遠處是刑部尚書顧春芳、吏部尚書姚慶餘、刑部侍郎陳瀛等人。

因今日怎麼說也是姜伯游嫁女，眾人都同他道賀。

姜伯游喝了幾杯便連連擺手，苦笑起來道：「可也沒多值得高興的，大女兒聽話懂事，還有個二女兒混世魔王似的，可棘手呢！」

這話真沒作假。

眾人多少都聽過點風言風語，可也不好說破，反正天花亂墜把姜雪寧一通誇，照舊勸他喝酒：「令嫒花容月貌，又曾是公主的伴讀，必定是個端良淑女，外頭的流言蜚語怎能信呢？」

陳瀛便附和：「是啊，我一聽便知道是假。」

旁人奇怪：「這是為何？」

如今刑部是顧春芳接掌，陳瀛慣來用些陰私手段，卻是顧春芳所嫌惡的，也不知存了什麼心思，竟向張遮看了一眼，似笑非笑道：「姜大人愛女我等不識，可前陣子街頭巷尾傳的流言裡另一位不正在咱們眼前坐著麼？說什麼姜二姑娘與張大人有些首尾。你看咱們張大人這樣，像是會與什麼女子有牽扯的人呢？」

眾人皆是一怔，目光轉向張遮，反應了一下——

別說，還真是。

這位新晉的刑部署司郎中，坐在這裡也有一時了，卻寡言少語幾乎沒說一句話，以至於眾人下意識忽略了他。這時陳瀛提起，才陡然意識到。可不是麼，前陣子那些流言裡不就有張遮嗎？

素來尋常的穿著，一身墨藍長袍，腰上懸一枚普通的墨玉綴著只黑色的銀紋錦囊，脊背挺直地坐著，滿面沉默的冷刻，讓人覺得不好親近。

帝師謝危，朝中公認的如沐春風。

可他麼，刑部私底下都稱「死人臉」。

連衙門裡的主簿們見了他都要抖上一抖，把衣裳多加兩件，誰能相信這麼個人和哪個姑娘家有什麼牽扯，又或是哪個姑娘家不長眼偏偏看上他？

自那日蜀香客棧被追上來問過後，張遮便再也沒有見過姜雪寧，也下意識地避免再想起她，成日裡只用卷宗與案子把自己掩埋，只恐有一日得閒，便控制不住腦袋裡那些使他痛苦的妄念。

眼下忽然聽見這名字，彷彿一記重錘敲在胸膛。

他本是冷肅神情，波動不顯，搭在酒盞邊緣的手指卻緊了一緊。只是這細微的動作也難以被旁人注意到。

姜伯游往日同刑部打的交道也少，那陣子流言蜚語傳得很亂，他更多都在留意那位荒唐的定非世子，唯恐此人跟寧丫頭扯上什麼關係，倒沒怎麼去管張遮。

畢竟聽聞此人品行貴重，不是那樣的人。

想來是旁人往寧丫頭身上潑髒水，畢竟他這當爹的從來只見王公貴族的子弟圍著自家女兒打轉，還從未聽說寧丫頭主動去糾纏誰，那謠言簡直是胡扯。

不過眼下倒因陳瀛的話，抬起頭來打量一番。

顧春芳知道張遮不善言語，也不喜陳瀛挑事的做派，撫鬚一笑，淡淡道：「流言蜚語傷人，姜大人教女有方，兩位姑娘都入選為公主伴讀，聽說姜二姑娘還甚得謝少師青眼。暗中散布流言的宵小也不過只能壞一時的清譽，時日一長謠言自破，姜大人倒不必煩惱。」

不提謝危還好，一提姜伯游整個人都不大好。

只是說這話的是顧春芳，一則出於好意，二則不知內情，他不好說什麼，勉強一笑，岔開了話題：「便借顧大人吉言了。說起來小張郎中也有二十四五，似乎還未談婚娶之事？」

這一下輪到邊上吏部尚書姚慶餘臉上不大好了。

誰叫他女兒曾與張遮談過親呢？

原本他欣賞張遮，要將姚惜許配給他。誰想女兒竟看他不上，死活要退親。後來在宮裡因推了溫昭儀一把，差點害得溫昭儀落胎，被責斥回府，如今跟魔著了似的，一個勁兒說是有人害她，犯了瘋癡的病，卻是無法出來見人了。

此事若說出來，很不光采。

張遮正襟危坐，垂眸回道：「一則冥頑不化，二則命格苦硬，不敢帶累旁人。」

姜伯游不由一怔。

姚慶餘卻是向張遮看了一眼，面色稍霽，只嘆張遮竟不提之前退親之事，可見人品貴重。可越知道這一點，便越覺自己的女兒實在有眼無珠。

他嘆了口氣道：「什麼命不命，無稽之談！」

眾人多少聽聞過張遮與姚府這一門親事沒成的事，原以為姚慶餘同張遮之間必定有些齟齬，沒料想張遮自稱「命格苦硬」，姚太傅這樣的身分竟反駁了他，面上是責斥，內裡一琢磨，卻是在為張遮說話。

到底為何退親，外頭無人知曉。

姜伯游在朝為官多少也有點察言觀色的本事，一聽到這裡，倒是真對張遮起了幾分好奇：姚太傅作為內閣輔臣，眼光可不低。能被他看上選為女婿，已經算是不俗；事情沒成，還能讓姚太傅為他說話，可就稀奇了。

張遮是朝中少見的以吏考出身的文官，比之滿朝科舉入仕的官員中，其實不算多光采。可沉默寡言，克己慎行。

比起京中那些紈褲子弟，真不知好出多少。雖則看上去似乎不很好相處，可身上渾無半分戾氣濁氣，心地該很不錯。瞧著像是能唬得住寧丫頭，也不會薄待了姑娘家的。

姜伯游心思微動，便貌似不經意地打聽了起來：「只聽說小張郎中祖籍在河南，當年之所以投在顧大人門下，便是為父伸冤。來京城，似乎也沒幾年？」

張遮道：「是，不過三年。」

姜伯游便「哦」了一聲：「住得還慣？」

張遮攥著杯盞的手指更緊，卻搭下眼簾，如常答道：「物候相近，並無不適。」

姜伯游又道：「那令堂身子可還康健？」

……

顧春芳一頭老狐狸，終於聽出了點眉目，不由朝姜伯游瞅了一眼，又轉頭來看張遮。可目光一落，卻瞧見他搭著杯盞那緊繃的手指，再看那沉默的輪廓，一時不由生出幾分異樣之感。

這位門生……

好像並不是面上這般平靜，反像是忍耐著什麼煎熬一般。

這邊姜伯游與人聊得投緣，越看越覺張遮很是合適。

那邊謝危同其他人坐在一塊兒，把背後姜伯游、顧春芳、張遮等人的話聽在耳中，卻是暗中一聲冷笑，眸底戾氣滋長，面上仍舊分毫不顯，只將盞中酒一飲而盡，燒灼到肺腑。

第一七五章　錦囊故物

沈玠乃是與當今皇帝沈琅同母所出的胞弟，既得聖寵，王府修建得也甚是豪奢，占地極廣。新到的賓客若無丫鬟侍女引路，庭園裡走不得多久只怕就要迷路。

可姜雪寧卻熟得很——

誰叫她上一世曾在這府邸中住過兩年多呢？庭木園徑，和皇宮給她的感覺差不多，閉著眼睛都難走錯。

從姜雪蕙的偏院出來，她不大想回女客的席面，懶得應付，便沿著花園小湖旁邊的回廊走去，想去找個安靜的地方躲一陣，等宴席將散再出去。

沒料想，才轉過回廊，竟遇到沈玠。

今日成婚的新郎，穿著一身大紅喜服，越發襯得面如冠玉，氣質溫潤。身後還跟了一眾侍從，越使人覺得芝蘭玉樹，眾星拱月。

看方向，他是從正屋方妙那邊來，要往姜雪蕙那邊去。

這一個照面，兩人都有些意外。

沈玠一怔，先反應過來，先拱手欠身道：「二姑娘有禮。」

姜雪寧卻是恍惚了一下。

對方這身打扮倒和前世一樣。

不過她當時見到，卻不是在外頭天光下，而是在新房中。也不知是喝多了酒還是面皮薄，這位殿下持著一柄喜稱挑開她蓋頭時，俊秀的臉在紅燭映照下，隱隱泛紅。那時她也生出了些微的暈眩，不過柔情蜜意都是錯覺，因為她對此人本來無情，所以錯覺之外，在心底蔓延開的便是無邊無際的空茫。

她還了一禮，道：「臨淄王殿下的宅邸太大了，我原本只是想抄個近路，回去席上，沒料想才走兩步竟就迷了路。」

沈玠猜也是如此。

姜雪寧說完，凝視他片刻，忽然問旁邊隨侍之人道：「有酒嗎？」

那些人先是一愣，下意識看向沈玠。

沈玠也不知姜雪寧什麼意思。

姜雪寧便一笑，解釋道：「我與殿下雖然不熟，可在宮中也曾得蒙殿下照顧一二。殿下與燕臨乃是舊日的好友，如今他流放黃州只怕不能親自來賀。於情也好，於理也罷，我都該替自己、也代燕臨，敬殿下一杯，賀殿下大喜。」

沈玠這才明白。

只是提起燕臨，他也不免有些黯然，只叫人先去取酒，卻道：「原是個大喜的好日子，可如今燕臨不在，芷衣也不在……」

與姜雪寧，他所交不深。

外人都道這位姜二姑娘跋扈囂張，可大約是聽多了燕臨嘮叨，又知皇妹沈芷衣待她非常，沈玠倒不和常人一般看法。

先才前廳待客，人人都道他今日同時迎娶正側二妃入門，是盡享齊人之福。

他面上道謝，心裡卻沒那麼高興。

可按著旁人眼光來看，他沒理由不高興。

眼下姜雪寧提這話，本不是個愉快的話題，沈玠卻忽然覺得一陣輕鬆，好像一下就有了個名正言順不高興的理由。

近處便有水榭。

今日府中大喜，到處都為賓客備了酒水。

下人很快將酒水取回，為二人各斟一盞。

姜雪寧端起一盞，腦海中浮現出的卻是沈玠上一世待她的種種，慶賀生辰，位封皇后，彌留之際甚至還將傳國玉璽留她保管，雖然後來此物成了她自戕殉葬的禍端，可作為帝王，他待一個對他無情的她，實在無可挑剔。

只是心性太善，善便懦弱。

她向他舉杯，緩慢而認真地道：「殿下是個好人，雪寧這一杯，敬祝您此生所願能償，安平順遂。」

所願能償，安平順遂。

實在是再普通不過的祝語，甚至在他大婚當日說來，有那麼點怪異不合時宜的味道。

沈玠微微蹙眉看向她。

她卻平淡一笑，清澈的眸底並無算計，只是真誠，彷如脈脈的細流淌過人心田，讓人漸覺熨帖。杯盞伸出來，與他輕輕一碰，仰首自己先飲盡了。

沈玠眨了眨眼，卻覺一陣惘然。

眼前這姑娘到底放下了什麼呢？好像渾身都輕鬆了一樣。

他不得其解，可也被她這般鬆快的姿態帶得彎唇一笑，只道一聲「願借吉言」，也仰首飲盡。

上一世，她對沈玠無情，沈玠卻對他仁至義盡；這一世，她避開了與沈玠的交集，既還了自己一個自由，也希望沒了自己的拖累，對方能得個好報。

姜雪寧把杯盞放了，再行一禮告辭。

轉身而去的姿態稱得上釋懷瀟灑。

沈玠立在原地，看了許久，卻不知為何悵然若失。直到侍從提醒，他才垂眸看看手中酒盞，放回侍從手中，繼續往姜雪蕙所在的院落而去。

姜雪寧路上既遇到了沈玠，又說過自己不認路，找地方躲懶當然更不懼怕，前頭小湖邊上遇到個幽靜的船舫，便坐到邊上，一面梳理著自己去到蜀中後要做的事，一面等著太陽下山。

前廳著實熱鬧了一陣。

遠遠聽著有山呼萬歲之聲，便知道是皇帝和皇后來了一趟，沒過多久著又聽一片恭送，於是知道皇帝又走了。

天將擦黑的時候，她料著時辰差不多，才重新起身，朝著前廳走去。

這會兒有些公務在身的賓客已先行告辭。

姜雪寧從侍從口中問得姜伯游正在園東角的涼亭中，便尋了路去找。

果然，遠遠就看見姜伯游面朝外面立著，正同幾人說話，其中一人背向外而立。

天色已暗，光線昏暗。

她一時沒看得清楚，待得走近了，那人聲音傳入耳中，身形略略側轉，才一下辨認出來。這一剎，當真有驀然回首、燈火闌珊之感，隱約一片熾熱滾過心懷，留下卻是一道抹不去的灼傷。

蜀香客棧那一日，話已說開，姜雪寧雖覺自己不是死纏爛打之人，可見面也怕尷尬。既認出他來，腳步便不遠不近地停下。

姜伯游眼神好，倒是看見她。

不過又同眾人說了一會兒，才相互道了別。張遮不知她就在背後，轉過身時，卻一眼瞧見她立在那海棠花樹下，身形便頓住。

但他沒有說話。

姜雪寧也不言語。

直到姜伯游走過來，笑著道：「怎麼找我來了？」

姜雪寧才一眨眼，收回目光，道：「方才想起蜀中的一些事宜，覺得還要同父親說上一說。」

姜伯游卻朝周遭一看，彷彿忌諱著什麼似的，一擺手道：「正好，妳的親事我也有些想法，要同妳談一談，回去的路上說。我先去同另幾位同僚道個別，妳且在此候我片刻。」

姜雪寧不知他是有什麼想法，但暫沒深問。

只點點頭，看他去了。

等她回過頭，去找張遮時，方才他駐足之地，已是空無一人。

上一世，有緣無分。

這一世，有分無緣。

她低笑一聲，暗罵老天爺折騰她，只覺自己要走出來怕還要花一段時間。

站了片刻，又覺累，乾脆往亭內走去。

只是上臺階經過旁邊那一叢南天竹時，姜雪寧視線一錯，卻突見初夏那微紅的葉片間掛著一隻玄黑的銀紋錦囊，像誰經過這蔓生的枝條時，被不小心掛走的。

她隨手拾起，本沒在意。

然而拿到手中的瞬間，便覺熟悉。

上一世張遮身邊可不常掛這麼一隻錦囊？

有一回她疑心是哪位姑娘送的，搶了來玩。本以為張遮已被自己折騰得沒了脾氣，不料他卻驟然變了臉色，雖還是堅忍寡言模樣，皺著眉頭時卻多了幾分沉怒。

她架不住，還了。

後來才知道那是慈母一片拳拳愛子之心，一針一線縫的，裡頭雖不裝什麼緊要事物，對張遮來說卻意義非凡。

若是上一世她拾得此物，必要用以好好嘲笑諷刺一番，如今見了卻是滿眼酸澀，只想他若發現東西丟了該很煩憂，便打算交由王府的下人保管，備著他返來尋找。

可待一挪步，錦囊裡傳出細碎之物碰撞的聲響。

「……」

姜雪寧忽然呆住，手指一顫。垂眸盯著手中捏的這只錦囊，某些紛繁的念頭劃過腦海，卻茫茫白霧似的，沒留下什麼痕跡。

立了過了好久，好久，她才慢慢將那錦囊解開。

嘩啦……

數十顆新年時吉祥瓜果樣的金銀錁子，從中滾落下來，散在她掌心。伴隨著掉出的，還有半頁折起來的薄紙，隱約能看到背面透出的墨跡。

姜雪寧眼淚霎時往下墜。

她用力壓住自己的心房，但覺溺水一般，下一刻便要呼吸不過來。

那夜將錦囊掛在他門外時的忐忑，那日站在他面前直問他心意的孤勇，盡數從心上劃過，這一刻卻都化作了一種不解的荒謬，不忿的悲苦……

「張遮，我屬意於你。」

「姜二姑娘容諒，在下心中已有屬意之人了。」

……

倘若你的確屬意旁人，對我毫不動心，那留著這些東西，又算什麼呢？

第一七六章　臣的坦白

張遮是半路上發現東西不見了的。

只是他自撞見姜雪寧後，便心神不屬，竟想不起是從什麼時候開始不見，又到底是丟在回來的路途上，還是丟在了臨淄王府裡。

於是去而復返。

空寂的園林中已經沒了姜雪寧的身影，涼亭中也空無一物，只有兩名侍從在收拾亭中留下的狼藉杯盤。

眼見張遮去而復返，先前伺候的侍從對他有些印象，上前來彎身一禮，主動問道：「張大人，怎麼了，可是落下什麼東西？」

張遮問：「可曾見過一枚錦囊？」

那侍從頓時一怔：「是玄底銀紋模樣嗎？」

張遮道：「你見過？」

那侍從連連擺手，目光卻變得有些奇怪，神情裡也帶上了幾分為難，猶豫了片刻才訕訕道：「見是見過，不過方才小的等來這裡收拾的時候，是見姜侍郎家那位千金立在這裡，正拿著一枚錦囊，和您要找的有些像。她面上瞧著……小的們就沒敢上去多問。」

「……」

張遮立在階前，恍惚極了。

腰際沒了那枚錦囊，有些空蕩蕩。

侍從於是覺得眼前這位年輕朝廷命官的神情，竟有一瞬與他先前所見的那位姜二姑娘重疊在一起，是一種奇異的、晃悠悠的沉重，像是黑沉沉的水面下有一面鏡子，讓折射上來的光都顯得昏暗。

過了好久，張遮才開口。

他問：「姜二姑娘走了嗎？」

侍從點點頭道：「對，好像已經和姜大人一道回府了。」

張遮便微微閉上了眼，沉默片刻，才道一聲「謝過」。

侍從心裡疑惑，卻不敢多問。

再一躬身，抬頭已見這位大人重順著園徑向外頭走去，分明暖風熏人醉的夏夜，背影漸漸隱沒在層疊的廊下燈光盡頭時，卻彷彿是走在冷寂的秋霜裡。

前日下過一場雨，沖刷了籠罩在京城上空的浮塵，長街的路面也被雨水洗了個乾淨。

車馬聲漸絕。

於是腳步輕踩在路面上的聲音便變得明顯起來，空寂、冷清。張遮腦海裡彷彿什麼都想了，又好像什麼都沒想。

他住的地方距離王公貴族們宅邸所聚之處頗有一段距離，過了這片寸土寸金處，兩旁樓閣的高度便低了下來，漸次有些笑鬧叫賣之聲響起。

今早不慎打翻家中茶壺，母親叮囑他回來記得買個新的。

張遮便進了間打烊晚的瓷器行，選了套簡單的邢窯白瓷的茶具，卻聽瓷器行的掌櫃的陪著一名雅客立在多寶格前面嘆氣。

「清沽美酒，醉鄉酒海，釉色清亮細薄，正稱梅之瘦骨。周老闆這一隻梅瓶碎得可惜，我找了許多能工巧匠，傾力修補，卻也只能止步於此了。」

「遠觀倒與新瓶無異。」

「可近賞不得。您觀這口頸處，細縫隱微，便巧匠能奪天工，也難以填去舊痕。畢竟是碎過的，您本珍之愛之，往後就更得細心看顧，否則有點磕碰都得散架，不可同彌合如新，剛出窯渾然一體時相比啦。」

「唉……」

……

張遮朝那一格看去，一隻尺高的梅瓶立在當中，天青如玉色，胎質細膩，本有天成之美。可上面卻有一道道細微的裂紋，乃是經過了修補後留下的，像是一道道被時光磨淺了卻始終難以消去的疤痕。

櫃檯前面的夥計朝他看一眼：「公子也想買只梅瓶嗎？本店什麼都有的，您多看看？」

張遮才慢慢收回目光，道：「不用了。」

銀錢付訖，帶了茶具回家。

張母知他今日赴宴，怕他免不了席間的應酬，喝多酒，所以備了醒酒湯熱著，見他回來，正好端給了他喝。

張遮心底一陣地酸澀。

有那麼一刻他甚至感覺到萬般的頹然，末了卻還是放輕了聲音，對蔣氏道：「回來晚了，又讓母親掛心。您身子骨不好，往後還是早些睡吧。」

怎麼說也是自己養大的兒子，蔣氏豈能看不出他心事重重？連著好些天來，他都早出晚歸，在衙門裡公務一忙起來沒個完，若說的確是事多繁雜也就罷了，可瞧著他的模樣卻好像除了公務，餘事皆不願去想，倒更像借此壓住什麼一樣。

可他自小便很有主意，什麼事都埋在心底。

蔣氏對他的事情知之不詳，眼下看他若無其事模樣，便知自己問了他也不會說，索性不問，只道：「便是你父親當年都沒你出息，他泉下有知定然瞑目。你呀，娘只盼著你安平些，遇到個喜歡的姑娘成個家，就再好不過。至於榮華富貴，好雖是好，可要去追，要去逐，反倒把自己過得很累。」

張遮沒有解釋。

蔣氏嘆了口氣，便從這間普通的書房裡退了出去，叮囑他也早些睡，然後將門帶上。
刑部有許多卷宗都被他帶了回來看。
如今都高高摞在案頭上。
邊上燈盞的光焰輕輕搖動，照著那一行行墨字躺在紙面上，卻無法進到眼底。
張遮覺得這光晃眼，便把燈盞移得遠了些。
於是紙面上的字也暗下來。
他枯坐在桌案後面，像是案頭上硯臺裡漸漸乾涸的水墨一般，一宿都沒動上一動。
初夏的天光來得很早。
市井裡的聲音又喧囂起來。
蔣氏一早醒來煮上粥，以為張遮與往日一般天不亮已經上朝，便打算趁著天氣熱起來之前收拾房間整理庭院。誰曾想到得他臥房門前，才把手放上去，門便開了。裡頭床鋪被枕整整齊齊，分明昨夜無人睡過模樣。
再轉頭一看，書房門卻是緊閉。
天未大亮，還有一點燈光從裡透出。
她猶豫一下，到了門前輕叩：「今日不去上朝嗎？」
張遮坐於案後的身軀，才輕輕動了動，像是終於被人從某個幽暗冷寂之所拉回來般，卻是慢慢道：「今日不去。」

朝議叫大起的日子，他從未耽擱過。

昨日也不曾說今日告假。

蔣氏怔住，半晌沒聲，然後才道：「那我去市上買些菜，等吃了早飯再去衙門吧。」

她收拾東西出門，拎了只竹編的小籃子。

早上的集市正是熱鬧時候。

挑一隻兩斤重的黑鯉魚，買了些嫩薑，香蔥，韭菜，還有新鮮的豆腐，最後選一塊看著不錯的豬肩肉，一道放進竹籃，往家中走。

去集市時，天還才濛濛亮。

回來時，晨光已然熹微。

只是當蔣氏轉過那熟悉的胡同，看到自己家那舊院時，忽然發現那長著青苔的臺階下，竟立著一名年輕的姑娘。身上穿一襲月白廣袖留仙裙，素面朝天，膚色在晨光裡顯得蒼白，微微抬著頭，似乎有些呆滯出神地望著那扇斑駁的木門。

這大清早的……

蔣氏遲疑一下，走了過去，笑著問：「這位姑娘，是找什麼人嗎？」

姜雪寧回過頭來，才發覺自己站得久了。

她看見了蔣氏，尋常模樣的婦人，獨自撫養兒子長大所經歷的風霜，在她面上留下了比同齡婦人更深的痕跡，兩鬢霜白，皺紋細細。

臂彎挎的竹籃裡，是剛買回來的新鮮的菜。

此時略帶著幾分擔憂地看向自己，眉目裡卻十分慈和。

他該恨自己的。

這胡同深處僅有一戶人家，姜雪寧已猜出了這婦人的身分，心底裡那股愧怍如熱泉一般翻湧起來，勉強要笑，眼淚卻還往下掉。

她道：「請問，此處是刑部張大人家麼？」

竟是來找自己那木頭兒子的。

蔣氏見著這麼個天仙似光豔照人的姑娘，根本都沒往張遮身上想，可見她話沒兩句先掉了淚，便想起張遮昨夜今早不尋常的種種，一時心裡嘀咕：那小子榆木疙瘩敲打不動，別是招惹了人家姑娘又惹了人家傷心吧？

在河南時還好好的，到京城反不學好！

倘若他真搞出什麼缺德事兒來，看她不請家法，替他那短命爹狠狠地揍他一頓！

「是，是，這兒就是。」蔣氏都不免手忙腳亂，忙道：「他今日沒上朝，正在書房裡呢，妳快先請進，我給妳叫他去！」

她上前開了門，請姜雪寧入門。

接著連手上挎著的竹籃都忘了放下，便要去敲那一夜未開的書房門，讓張遮出來。

沒成想，還沒等她走上臺階，原本緊閉的房門竟然開了。

張遮手搭著門框，站在門裡。

墨藍的一身長袍掛在他身上，雖依舊挺得筆直，卻給人一種沉默蕭索之感。他靜靜地看向了立在這簡陋小院裡的姜雪寧，過了好久，才道：「姜二姑娘，請進。」

姜雪寧也看了他半晌，才抬步走上臺階。

到得門前時，張遮向裡讓了讓。

她進了屋。

張遮才同蔣氏交代了一句，返身將門關上。

兩個一宿沒睡的人，面對面坐下。

茶是昨夜陳茶，已經涼了。

堆滿卷宗的書案上，燈盞燈芯的末端一縷青煙幽浮，已是燃盡。初升的日頭從東方，斜斜照進窗前這一張低矮的漆案上，驅散了幾分寒氣。

姜雪寧注視著他。

張遮卻低垂目光。

她輕輕道：「今日本該早朝，張大人卻在家中，彷彿知道我會來一般，是在等我嗎？」

張遮沉默。

姜雪寧雙手交覆於跪坐的膝上，一身沉靜，笑起來：「我曾表白屬意於張大人，張大人卻說自己已心有所屬。那天我恍恍惚惚的，半點都不服輸的性子，竟都忘了問。不知大人中意的這位姑娘，到底是誰呢？」

張遮案下的手掌悄然緊握。

他道：「京城人士，尋常人家罷了。」

張遮也會說謊，也會騙人了。

姜雪寧眨了眨眼，又問：「張大人才與姚小姐退婚不久，便移情於此人，雖說是尋常人家，可想來才貌該很不差，性情也在我之上吧？」

張遮好半晌才道：「姜二姑娘無可挑剔，只是在下出身寒微，不敢誤姑娘終身。她才貌不能與姑娘相比，性情也並非極好，只是……」

姜雪寧問：「只是什麼？」

張遮終於抬目看向她，克制而忍耐，心下卻異常荒涼，注視著她瞳孔，似乎想將這面容刻進心底，慢慢地道：「只是我愛重她。」

姜雪寧突地笑出聲來：「那她叫什麼名字呢？」

張遮寂然無言。

姜雪寧突然好恨他，連那一點虛假的笑都掛不住了：只將袖中藏了許久、也看了一夜的錦囊輕輕放上桌案，那一張薄薄的紙頁展開便壓在錦囊上，道：「張大人說不出，我來告訴你可好？」

張遮閉上了眼。

姜雪寧卻一字一句，近乎發狠般，紅著眼向他道：「你喜歡的這個人，才不如貌，壞得透頂，不是好人——她姓姜，叫姜雪寧！」

我意將心向明月。

那頁紙上，難得端正的墨跡，已經滲透，卻還未陳舊。

可張遮的心卻已千瘡百孔。

姜雪寧執拗地問：「你怎麼能說不喜歡我，你怎麼敢說不喜歡我？」

張遮於是想起了上一世。

鮮活的她、明豔的她、張揚的她、恣意的她。那時他克制不住那顆僭越的心，想要靠近她。可最終……

玉山傾，錦屏碎。

他胸膛裡那顆心都似被她鋒利的言語剖了出來，血淋淋挑在刀尖，千百般的苦湧到喉頭，又倒落回去，滿腹都是酸和澀。

梅瓶到底是碎過。

他望著她，彷彿從前世望到今生，終於還是低啞地喚她一聲：「娘娘……」

娘娘。

眼前這個人，怎麼會叫她「娘娘」呢？

姜雪寧先是感覺到了一種迷茫，隨即便晃蕩蕩地眩暈。那聲音隱微的兩個字從她耳中傳遞到心裡。眼前的張遮在輕輕搖晃，照進來的日光一片慘白，屋子裡好像有霧氣升騰起來，讓周遭一切都變得模糊不清，甚至轟隆隆地亂響。

她下意識地搖頭。

怎麼會呢？

一定是聽錯了……

可心裡面卻有個聲音卻冷冷在笑：知道的，妳早該知道的！這一世你們才認識多久，他憑什麼對妳情深義重，喜歡妳卻還要瞞著妳？妳沒有聽錯！

一股椎心之痛，連著無盡的愧疚將她捆縛，讓她頹然坐倒。

這一刻，什麼都明白了。

像是有那高高的山嶽、沉沉的深淵，將她壓垮，任她墜入，她到底承受不住，埋下頭捂住臉，控制不住地慟哭。

張遮無言地走過來，只覺自己像是那殘忍的劊子手，擊潰了她最後的防線。

前世今生的種種匯集如洪流。

他半跪在她身側，喉結微微滾動，終於還是容許了自己這一刻的僭越，輕輕將她擁入懷抱，道：「是臣不好，是臣不好……」

她哭著道：「你沒早告訴我，你騙我……」

張遮說：「是臣騙了您。」

姜雪寧憎惡自己，回想起先前的質問，只覺自己荒謬可笑。她哪裡配呢？

她的淚都掉在張遮胸膛，沾濕了他衣襟，將他一顆心浸在裡面，也使他確認，的確不該告訴她的：「娘娘，臣也怕。怕您知道，您眼前這個，是上一世的張遮。」

一旦知道，往事便紛至沓來，生出無窮愧疚。

她要自由，要得償所願。

可這愧疚，卻足以將一個已漸漸拋開前塵往事的人壓垮、擊倒。她所遇到的所有人都是新的人，唯有他是她陳舊的羈絆。而太過沉重的過往所裂開的溝壑，縱然兩個人都想盡力填補，又怎能彌合如新？

那樣活著，該有多累？

她在他面前時，一點也不像真正的她。

第一七七章　到底鍾情

圓圓的木棍在砧板上擀著，一隻手熟練地轉動，面皮便在拉扯擠壓下慢慢變得透薄。

蔣氏是想簡單地下一鍋餛飩。

只不過面皮擀著擀著，就聽見書房那頭傳來的哭聲，她頓時一怔，不免有些憂心，有些遲疑地朝著窗外張望。

自家這根木頭，往日幾乎與女子沒什麼交集。

那位姜二姑娘……

莫不是傳言中與他有些瓜葛的那位？

當時蔣氏還以為這是謠傳。

街坊鄰居們打趣，她也只說，倘若真有點什麼首尾，以那小子悶頭只做不說的脾性，該是一早就中意了人家，早晚會娶回家來的。

沒料想人家姑娘找上門。

瞅他那消沉樣，對人家姑娘十分在意，只是那不冷不熱的態度，叫她這個當娘的看了都生氣，活像是吞了黃連。

也不知說了什麼，還引得人家哭起來。

蔣氏看那姑娘倒是賞心悅目，也不去想是不是姑娘對自己的兒子不好，反琢磨這兒子又臭又硬，半點不開竅。

爐子上燒了水。

面皮也擀夠了。

她算了算時辰，怕裡頭那位姑娘早晨來時沒吃飯，也不好進去多問，索性多包幾隻餛飩，一個個飛快地捏了，等著水滾沸後丟進去。

書房裡哭聲，過了好一陣才小下來。

姜雪寧坐在地上，抱著自己的膝蓋，眼神空茫地落在張遮那顏色沉冷的袖袍邊角上，只感覺到了命運的弄人。

曾以為，重生便可挽回一切，重頭來過。

可怎麼能夠想得到——

她最在意、最不想傷害的人，也帶著記憶歸來呢？

在她哭的時候，張遮沒有說一句話，只是陪在她身邊，任由那一聲聲的飲泣將他心肺撕裂，給予他一種強烈的存活於世的感覺。

唯痛苦與磨難最深刻。

也唯有在面對她的時候，那些素日裡都深深壓抑在冷肅軀殼之下的、鮮活的喜怒哀樂、貪嗔癡怨才會爬上來，讓他感知到，一日一日無法自拔。

只是控制不住自己的代價，卻太過慘烈。

連回想都彷彿蒙了一層血色。

那日夜深的宮中長道，她低垂了眉眼，放低了姿態，扯了他的衣袖，騙他說從此以後就當個好人，只懇求他幫幫她。

宮廷裡危機四伏。

蕭姝有孕，她與蕭氏鬥得正狠，陷入太深，在那個位置上，抽身已不能夠，而輸意味著死。

周寅之是她的心腹。

心狠手辣，結黨營私。

無論出於法，還是出於理，他都沒有理由放過此人。該要趁著對方結黨營私、賣官鬻爵的事情被人挖出，將其一網打盡，方不負自己治律多年、清正一生。

可三司會審的那一日，他高坐在堂上，看著卷宗上那一條條的罪證，提了筆，卻久久未能落下——

一旦定罪，周寅之固然可除，可姜雪寧與此人捆綁已深。

周寅之倒，等於她死。

他不僅是在斷案，也是在斷她的生死！

那是張遮入朝為官近十年來，第一次下不了筆，也是唯一的一次徇私……

然後萬劫不復。

他永遠也忘不掉，在飄蕩著陳腐與血腥味的牢獄裡，與他相熟的獄卒帶著不忍，悄悄遞傷藥給他時，告知他母親的死訊……

蔣氏獨居，身子本就不好，乍聞他身陷囹圄，傷心欲絕，卻要強撐著為他伸冤，把衙門裡的冤鼓都敲了個遍，哭著對人說：我養出來的兒子我知道，他做不出這樣的事情來！他是清官，他是好官，他對著他父親的靈位發過誓的……

可無人理會。

她在家中無人看顧，早晨下臺階時一跤跌倒，再也沒能起來。

足足過了七八天，街坊鄰居才發現了異常，搭了梯子爬上牆朝院子裡看，才發現。撞開院門進去，人已經……

張遮永遠不敢去想那場面。

為人臣，他不忠！

為人子，他不孝！

別說在母親跟前盡孝，母親的喪事還是朝中的同僚冒天下之大不韙幫了忙，而他這個身受母恩的兒子，卻連出去送個終都做不到。

姜雪寧頹坐著，一動也不動，心喪若死地問他：「張大人，你該恨過我吧？」

張遮說：「恨過的。」

姜雪寧道：「該是如此。」

張遮一陣沉默，然後才慢慢道：「可我怎能恨妳？不忠的是我，不孝的也是我；愛妳的是我，害妳的還是我。到頭來，只好怨憎自己。娘娘，張遮哪裡有那樣好呢？他為妳迷了心竅，背棄原則，枉顧律法，成了這渾噩世間一介庸碌昏聵的凡夫俗子。不要再惦記他了，他只是一個不敢再去愛的懦夫，他不值得。」

姜雪寧抱著膝蓋，搖頭哽咽：「不，是我不值得……」

是她太壞了。

身在深淵，貪慕他的高曠，嫉妒他的清正，伸出手去把他從高高的山巔拽下，沉進了不見底的地獄，毀了他的一切，縱她想以命相抵，又怎能償還？

他們之間隔著好與壞，悖逆與忠孝，還有那本不該有的牢獄之災，酷烈之刑，甚至還有著活生生的人命……

縱然都重生了，又能如何？

那些過往，實在太痛、太慘烈，連她午夜夢回時都要難過不安，張遮偶然想起又會是何等煎熬苦楚？

神仙眷侶也會吵架。

縱她與張遮在一起，又怎知他日不會因些許不快，便互揭傷疤，或在某一個瞬間，無意地傷害？

兩個人都記得過往，太脆弱了。

姜雪寧道：「你不想我知道，你也重生而回，是不想我愧疚，願我自在。可我愛的，偏偏是你。我要怎樣才能不去追逐你，不來找尋你？我心安理得，以為一切可以重頭來過，就想要打破砂鍋問到底。沒想到，倒叫你一番努力全白費。你太瞭解我了，張遮……」

張遮寂然無言。

姜雪寧卻覺自己從未有如此難過的時候：「你不是懦夫，我才是。」

倘若兩個人要在一起，這樣的祕密，張遮怎能瞞著她一世？

到時再知道，她如何承受？

可若早早告訴她……

她又怎麼能心安理得、毫無愧怍地去愛他、想他、追逐他？

前世她怎麼對待謝危，這世便會怎麼對待張遮。

前世她當了高高在上的皇后，可謝危卻因為當年與她一道上京，而知道她不過是個言行粗鄙、什麼也不知道的鄉野丫頭。於是她厭棄謝危。倘非因他位高權重，或恐早找了個理由將他貶謫出京，一點也不願想起那些不願回首的往事。

這世她要重新當一個好人，可重生回來的張遮，卻見過她所有的壞，所有的不堪。她明明愛這個人，卻害得他身陷囹圄，寡母亡故，清譽折毀。一見著他便覺自己壞，一念著他便要生愧，又怎能承受住熬煎，時時願意見他呢？

對謝危是厭；對張遮是愧。

可本質上並無什麼差別，她都不願意去面對過去那個不堪的自己，也不敢再對著張遮走近哪怕一步。

姜雪寧抬起頭來，望著他，才發現眼前這一張清冷的面龐，這一雙沉靜的眼眸，的的確確與上一世毫無差別。

還有他與後來一般的字跡。

那麼多的蛛絲馬跡，只是她一點都沒有發現罷了。

可是……

一種恐懼忽然浮上心頭，姜雪寧濃長的眼睫都被眼淚浸濕，聲音顫了顫，問他：「不，不對。那日他們逼宮，朝上那些清流都上書要我殉葬，交出傳國玉璽。我答應了，謝危也允諾了我，不會殺你，你怎麼會與我一般……」

怎麼會與她一般重生？

這一刻她心底恨意陡然鑽出，身體繃得緊緊的，立時要起身：「他食言了，謝居安他失信於我！」

然而，一隻寬大有力的手掌，卻輕輕將她拉住。

張遮靜默地抬眼。

只想起那日那位已傾覆了朝野、掃清了六合的太師大人，來到他無人問津的牢房，風輕雲淡似說出的那番話……

他凝望著姜雪寧。

手還拉著她的手。

過了許久，才慢慢道：「沒有。」

謝居安沒有失信。

姜雪寧頓時愣住，從高處看向張遮。

那一雙清明的眸底，倒映著她的身影。

可她腦海裡卻亂糟糟的。

直到一個想法劃過，她喉嚨裡都跟堵了沙、卡了刀一般，淚珠撲簌順著面頰滾落，艱澀道：「你……」

倘若謝居安沒有失信於她，那麼只有一種可能——

張遮安靜地道：「國有律，家有規。王子犯法，罪同庶民。張遮是個罪人，判詞也已寫下，罪由律定，刑由法處。情不可移法，我錯得已經夠多了，罪當處斬，憑何倖免？」

沒有人忍心為他寫判詞。

所以他自己寫了。

罪狀與律例，一應完全，核准秋後處斬。推上刑台，天地蒼茫，鍘刀一落，身首異處，血濺三尺罷了。

姜雪寧終於站不穩，重新跌坐下來，怔怔地望向窗外。

是啊。

那可是張遮啊。

她以舊恩相挾，要謝危放過張遮，可張遮治律一生，又有何處愧對於人呢？既然親筆寫下了自己的判詞，便是自認其罪，縱然放在面前的是生與死，他也會選後者。

所以她才會喜歡他。

姜雪寧忽然覺得好累好累，眨了眨眼，才問道：「謝危後來可算得償所願，登基當了皇帝吧？」

與其說是個問題，不如說是句感慨。

畢竟他謝居安那樣強的本事，滅蕭氏、誅皇族，染得半座京城都是血，最終傳國玉璽也拿到了，登上皇位何等易如反掌？

可沒料想，張遮久久地沉默，竟然說：「沒有。」

姜雪寧疑心自己聽錯。

她看向張遮。

張遮想起自己上一世從入獄到秋決那段時間聽聞的事，卻道：「都過去了。娘娘，那些答案，都已經不再重要。」

姜雪寧恍惚如夢。

蔣氏已經煮好了餛飩，猶豫再三，還是遠遠去叩了門。

姜雪寧手忙腳亂起身，只覺狼狽。

她實在無顏面對這位上一世為自己連累亡故家中的婦人，不敢多留，擦了眼淚便要告辭離開。可張遮卻拉住了她，朝她道：「留下來，一道吃個早飯吧，娘該多煮了一個人的。」

一碗普通的餛飩，面皮擀得雖薄，卻也沒用什麼珍貴的食材，不過是剁了肉餡，混了胡椒，點了薑末。煮好後，盛到碗裡，撒上蔥花，略點了些乾蝦、米醋。

碗也只是普通瓷碗。

端上桌來熱騰騰一片白氣。

姜雪寧人偶似的同張遮、蔣氏坐到桌前，拿起筷子，卻有一種不知身在何處的感覺。

蔣氏時不時打量二人，卻擔心這位穿著打扮不俗的姑娘吃不慣這麼粗的東西，有些拘謹：「早也不知有客來，買了魚回來吧，做著又太花時間。也就糊塗著包了碗餛飩，實在不怎麼上得檯面……」

姜雪寧心中酸脹。

她霧氣裡張著朦朧的淚眼，只道：「沒有，伯母做的東西，很好吃。」

張遮坐在她旁邊，沉默寡言。

尋常百姓，市井人家，煙火嫋嫋。

卻無一處不透著脈脈溫情。

一口熱湯喝下去，便熨帖到心裡，姜雪寧隱約明白他為什麼留自己吃這一頓飯，是想她釋懷。一顆一顆餛飩往嘴裡吃著，越吃眼淚卻越往下掉。

張遮知道她慣來是食不厭精膾不厭細，少食多餐，在宮裡便愛折騰那些廚子，食量向來不大。

可她吃了大半碗還沒停下。

他心裡便生出一種無來由的隱怒，看不得她如此為難作賤自己，伸出手來拿走了她的竹筷，擱到一旁，開口時卻心軟得一塌糊塗，只低低道：「夠了，不要再吃了。」

姜雪寧卻緊緊壓住自己心房，卻覺難以面對。

蔣氏看出端倪，忙擱下碗筷道：「是啊，我們家小門小戶沒有那麼多規矩。是我擔心姑娘大早來，肚子餓，所以添得多了些。吃不完便擱著，沒有什麼失禮的。」

她不說話還好。

一說話，姜雪寧已泣不成聲。

蔣氏手忙腳亂：「哎喲，可別哭可別哭！我就知道，我家這根木頭，從小爹去得早，孤僻寡言，不討人喜歡，我儘管著他學業，卻也沒個人教他怎麼討女孩子歡心！姑娘妳可快別哭了，受了什麼委屈，都告訴我，看我不回頭修理他！」

姜雪寧哭得笑起來：「張大人可壞了。」

張遮靜靜看著她，心如刀絞。

蔣氏哪知道他們之間的恩怨，立時橫了張遮一眼，又道：「妳都告訴伯母，可別悶在心裡，這天底下哪兒有什麼過不去的坎兒？我讓他給妳賠禮道歉。」

姜雪寧看向張遮，輕如夢囈般道：「張大人壞就壞在太好了，您也太好了……」

蔣氏愣住。

姜雪寧卻知自己來得已經夠久，站起來，只向蔣氏深深地躬身一禮，被淚水洗過的眼眸格外清澈，道：「多謝伯母款待，我出來未曾知會家裡人，該要告辭了。」

蔣氏不明所以。

張遮卻道：「我送妳。」

他走在前面，拉開了門栓，打開了院門。

姜雪寧同他一道走出。

塵世的喧囂忽然撲面而來。

她站立良久，忽然返身抱住了張遮，緊緊地在他胸懷裡閉上眼：「就抱一會兒。」

張遮終究沒動。

姜雪寧說：「張大人，你這樣好，要我往後怎麼把你忘了呢？」

張遮回答：「遇見更好的。」

姜雪寧委屈：「你騙我，沒有比你更好的。」

張遮便默然，過了會兒才道：「那便遇到一個更合適的。」
姜雪寧貪戀這點溫度。
就算是前世，也沒有靠得這樣近過，因為她是皇后，他是臣子；這一世分明靠得最近，卻也是最遠，因為他們都沒有勇氣，頂著血淋淋的過往，當作什麼都不曾發生一般相愛。
她笑：「我喜歡的才是合適，若不喜歡，哪兒有什麼合適？」
何談「更合適」呢？
張遮久久無言。
姜雪寧抬起頭來，卻道：「你低頭，我就告訴你一個祕密。」
張遮看她半晌，依言低下頭。
她便踮起腳尖，懷著無限眷戀地去輕輕啄吻他眉心。
這一次，是她僭越他。
然後退了三步，安安靜靜地笑起來：「不管你怎麼想，其實打從避暑山莊裡遇到你，看見你不識好歹要避嫌，寧肯出去淋雨時，我便想占有你。這麼個不解風情的朝廷命官，憑什麼不能為我所用？只是可惜，我動了心，一敗塗地，你也沒有贏。所以我屬意你，不是因為你救我、護我，也不是因為愧怍，而是一見鍾情。」
她以為張遮會愣住。
可沒料到，他脈脈注視她，竟然也笑了一笑，慢慢道：「我知道。」

此一時真是千愁百感交織到了心底，無盡地流湧，可最終燦爛起來。

她仰著頭不想再掉淚。

故作不在意地哼一聲道：「笑起來這樣好看，往年卻對我吝嗇得很，連點好臉色都不給。我走了！」

張遮道：「好。」

姜雪寧又道：「雖然這天底下比本宮好的姑娘沒幾個，可本宮允許你找個不那麼好的，別虧待了自己，看著可心就娶回家吧。」

張遮也道：「好。」

卻沒有告訴她：天底下心性比妳好的姑娘很多，可我都不愛，也都不想娶。

姜雪寧話說完了，才又說了一句：「我真的走了。」

張遮還是道：「好。」

姜雪寧罵他：「不解風情，又臭又硬，爛木頭一根！誰喜歡上你都是倒了黴，迷了心，瞎了眼！」

張遮沒回嘴。

姜雪寧一跺腳走了。

可張遮立在後面，看見她繃著身子走出去十幾步，到了胡同口時終於沒繃住，肩膀聳動起來，舉起手抬起袖，往臉上擦。

經過的人都詫異地看她。

她一路走出了胡同口，被天光照得慘白的身影，這才漸漸被人影和聲音淹沒。

張遮心像是被人剜空了。

蔣氏從裡面走出來，看了半晌，打量打量佇立在原地的張遮，試探著道：「我看，這位姑娘倒是很好啊。」

張遮寂然道：「是很好的。」

可終歸不是他的。

蔣氏循著他看的方向看去，卻不由茫然。

第一七八章　臨別

姜雪寧一大早出去，也沒跟誰打過招呼，唯有出來的時候被門房瞧見，可門房不會知道她去哪裡。家裡面若發現她不見了，該會著急。

可去蜀中的事情已經和姜伯游談定了。

倘若她這一副魂不守舍的模樣回到家中，不免要使人擔心她如今的狀態，以至去蜀中的計畫無法成行。所以她半道找了個人少僻靜處，坐了許久，直到強迫自己心緒稍平，又掬了溪邊清水將一張臉洗淨，這才強作無事地回到了府中。

姜伯游一大早聽說人不見了，也沒打聽到她往何處去，在府裡訓斥了幾個下人，看見她沒事兒人似的回來，眉頭便緊緊地皺起，肅然道：「妳又是去哪裡了，連招呼都不跟家裡打一聲，這般到了蜀中去，如何能叫人放心？」

姜雪寧其實無心應付。

可這一世除卻張遮之外，她還有自己不得不去完成的事情、彌補的過失，是以並未在姜伯游面前露出破綻，只道：「女兒只是想起即將離開京城，到底有些眷戀的風物，又有些朋友已經不在京城，所以趁著早市剛開一個人出去轉轉，散散心，也看看離開京城之前要不要為舊日的朋友們備些禮物。本是心血來潮，又兼離愁別續，是女兒的錯，讓您擔心了。」

她看著的似乎與平常無異，可的確不是很打得起精神的樣子，姜伯游根本不知道她與張遮之間有過什麼，自然也無從猜測她今早去向，只當她說的都是真的。

放在別的大家閨秀身上，這理由是扯淡。

放在姜雪寧的身上，卻是合情合理。

只不過這番說辭也讓姜伯游嘆氣：「既然有幾分眷戀，那是否考慮考慮放棄去蜀中？倘若妳不喜歡待在家裡，那找個稱心如意的人嫁了，也未嘗不可。」

姜雪寧抬頭看向姜伯游。

姜伯游昨夜便想跟她提這事兒來著，但看她神思恍惚，只聊了去蜀中的一應事宜，到底沒來得及開口就回了家，是以拖到了今日：「昨日宴中父親倒是相中了一位人品不錯的，左右琢磨其實與妳相宜，若能成了，說不準是樁好姻緣。」

姜雪寧無心於此，搖了搖頭。

姜伯游卻道：「那位刑部的署司郎中張大人，聽聞通州之役時也對妳頗有照顧，看著雖然沉默寡言，卻是個靠得住的人。昨日父親還同此人聊了幾句，倒是朝中難得的清流。妳都不考慮考慮？」

「……」

姜雪寧萬萬沒料到姜伯游所相中的這個人是張遮，一時心內百感交集，且苦澀且荒涼，哭不出來，也笑不出來。

她慢慢垂了眼簾。

才道：「父親實在費心了，只是女兒去蜀中之意已決，一應事宜已經安排妥當。且女兒這般跋扈的性情，還是不要去禍害旁人的好。請父親打消了這心思吧。」

姜伯游頓時無奈。

他固然是欣賞張遮的，可寧丫頭無意，也實在不好強求。原本提出這建議也沒抱太大的希望，姜雪寧無動於衷也在他意料之中。

所以只好道：「那也實在沒辦法了。可蜀中畢竟山高水遠，我實在擔心……」

「父親乃是戶部侍郎，掌權於六部之中，四川巡撫陸文英乃是您同科，榮州知府昔年又曾受您恩惠，上面都已經打點妥當。」姜雪寧的確不曾去過蜀中，可心中竟沒多少懼怕。「往下還有女兒舊日的好友尤芳吟，她嫁給了如今自流井大鹽場主任為志，有她照應應該不差。另一則，聽聞禮部樊尚書家的小姐樊宜蘭，也就是去年與我一道去選伴讀卻因詩才被黜落的那位，這幾個月也到了蜀地，居於成都。女兒若到了那邊，並非無人作伴。」

樊宜蘭選伴讀之後便遊歷四方去了，算起來與姜雪寧當然沒什麼交情。

可畢竟這位才是開了先例的不凡之人。

一介女子離開京城，遊歷寫詩，最近幾個月來便有些詩作流傳出來，已小有名氣，且其父的官職還要比姜伯游大一些，又在蜀中，自然更能說服姜伯游。

姜伯游想想便終於沒了話，只道：「既然如此，那剩下這兩日妳便看看京中還有沒有什麼故交要告別，好生敘話，畢竟這一去還不知多久才能回來。」

姜雪寧道：「是。」

只是等姜伯游走了，她坐在自己屋外的花架下，看著挨著院牆那幾棵高高的木芙蓉，春來夏近，綠葉生長，只是一朵花也無，便想起燕臨一身錦衣翻上牆頭摘一朵木芙蓉扔進她懷裡時含著笑的眼。

那時候，意氣少年未經風雨，嬌蠻公主無憂無慮，尤芳吟還是個苦尋出路不得的可憐庶女，而她剛重生回來，滿懷著對一切、對張遮的憧憬。

可如今，物是人非。

勇毅侯府一朝傾覆，燕氏一族流徙黃州；韃靼和親狼子野心，樂陽長公主身赴番邦；尤芳吟脫胎換骨，借嫁任為志遠去蜀中；而她所有的慶幸與憧憬打破，在與張遮的這段愛恨裡摔打得鮮血淋漓，方知往事並不如煙。

這座京城，還有什麼值得眷念呢？

姜雪寧想不出來。

若說原來還有幾分惆悵，只因張遮還在京城，如今不管她是否能夠釋懷，過往沉重的愛恨糾葛也只能在這一日畫上終點。

最後一絲不捨都隨之湮滅。

她想，她從沒有一日這樣迫切地想過要離開這座繁華的囚籠，去到那片自己嚮往已久的自由山河。

家中已經開始收拾行囊。

此事唯恐中途生亂，所以並未對外聲張。

姜雪寧仔細理了理，算自己這一去既是了卻前世心願，也是為了他日能順利救出樂陽長公主，京城的人脈倒不能偏廢了。比如方妙、蕭定非等人，雖未必派得上用場，可打點著總比不打點好。所以趁著最後兩日，她讓人準備了些禮物，送到各人府上。

蕭定非這些日子以來跟著姜雪寧搞風搞雨，充分地體會到了為所欲為、無法無天的快樂，趁著蕭氏麻煩纏身不斷落井下石，簡直把「紈褲子弟」和「傷仲永」這兩個詞演繹了個淋漓盡致，正在爽到頭上無法自拔的時候，乍然收到姜雪寧臨別之禮，驚得一蹦三尺高。

當天下午就殺到姜府來，拽著她袖子哭天搶地。

也不知幾分是真、幾分是演，口裡說著什麼「妳走了我以後靠誰去」、「妳怎麼可以拋下我一個人去逍遙」、「說好的罩我呢」之類的廢話。但沒能糾纏多久，就被聞訊趕到的姜伯游著人亂棍撿了出去。

姜雪寧倒沒什麼感覺，心道蕭定非這種能屈能伸、人做得鬼也做得的德性，在哪兒都吃不了什麼大虧，所以並不把他說的話當真。

只是等蕭定非走了，她反倒有些躊躇。

誰都料理好，唯獨一人使她為難。

這個人便是謝危。

上一世，此人謀反，殺盡皇族，誅盡蕭氏，血染山河，她雖是咎由自取，可落得自裁殉葬地步，到底害怕謝危。

婉娘剛去，她被接回京中的路途上與此人同行，有多少狼狽不堪都被對方知道，所以也心有回避厭憎。

這一世，她改了偏執乖戾，能順則順、能哄則哄，倒和他成了師生，既幫助過他也得過對方的幫助，反倒在害怕、厭憎之外，多幾分感激。

種種情緒交織，實在複雜。

但不管怎麼複雜，此世謝危到底算她先生，又與她有許多交集，況他人在朝中，他日燕臨擁兵要他在朝中照應，攻打韃靼救回長公主要他在前後斡旋……

誰都能忽略，他不能忽略；誰都能開罪，他不可開罪。

姜雪寧能屈能伸，且這一世的謝危好像也沒那麼可怕，想想決定投其所好，乾脆去了一趟幽篁館。

這些日來呂顯的生意一般，也沒賣出去幾張琴，但蜀中那邊卻捷報頻傳，任氏鹽場順風順水，儘管他先前拋銀股又買進虧過一筆，可如今看著股價慢慢漲回來也不由得眉開眼笑。

幽篁館的小童近來還能聽見他喝茶時哼兩句歌。

心情別提多明媚。

初夏午後，半個時辰的小睡後，正端了一把上好的紫砂壺，在自家琴館裡走看。

一抬頭瞧見有客來，先喜了一下。

待得定睛分辨出來人，眉頭便是一挑。

呂顯笑得老奸巨猾：「哎喲，貴人稀客，這不是姜二姑娘嗎？來是制琴還是買琴，又或者，要跟我談談銀股？」

姜雪寧一聽這話便知道呂照隱還對舊日任氏鹽場銀股的交易耿耿於懷，再看這神情便知道自己在對方眼裡有若一隻待宰的肥羊。

好端端進士出身，翰林儲相，怎麼就變成了這一副市儈的奸商嘴臉？

姜雪寧沒笑：「買琴。」

呂顯頓時有些失望，但一轉念又振奮起來：「那可好，最近幾個月我這裡可出了幾張不錯的好琴。老早我便想了，去歲姑娘那張蕉庵也彈了大半年了，該換了。您過來看看這幾張，漆色細膩，秀雅端莊，正合您這樣的大家閨秀……」

姜雪寧嘴角微微一抽：「此琴非為女子所選。」

呂顯「哦」了一聲，迅速把手轉到另外一面牆上掛著的琴，殷勤地推薦起來：「君子用琴都在這邊，您看這張櫸木所制，乃是河陽一位獨臂的斫琴師花費兩年精心打造，與姑娘先前取走的那張蕉庵相比雖差了些，可送人絕對拿得出手……」

姜雪寧：「……」

她無言看著呂顯。

呂顯察言觀色的本事何等厲害，輕易便發現她好像不滿意，於是眼珠子更亮了幾分：「都不滿意？」

姜雪寧瞅他一眼，實話實說：「送給謝少師。」

呂顯：「……」

正準備要用一張普通的琴狠狠坑上姜雪寧一大筆錢的呂顯，面上那殷勤的笑容幾乎立刻僵硬了，剛指向那張標價五千兩其實只值一千三百兩的琴的手，也凍住了似的，慢慢收了回來。

他感覺喉嚨裡一口老血。

坑姜雪寧是簡單，畢竟她瞧不出好壞；可這張琴若真送到謝危那邊，呵呵，甭管他這些年是不是為姓謝的當牛做馬，若謝危看出是張劣琴，保管叫他哭爹喊娘！

呂顯換了一種目光打量著姜雪寧，只思考這姑娘到底是不是故意。

但不管是不是故意，原本的奸商想法立時褪了個一乾二淨。

把里間的門簾一掀，他重新掛上了親切溫和的笑，道：「您裡面請，我叫童兒把那幾張琴請出來。」

不多時，姜雪寧掏了四千兩買了一張琴，從裡面出來。

呂顯數著自己手裡的銀票，心裡卻在哀嘆自己少賺了一半，要親送姜雪寧出去時，卻不由好奇：「姓謝的，不，謝居安生辰也不在這陣，姑娘怎麼忽然想起要送琴？」

姜雪寧斜抱著琴，淡淡道：「一場師恩，臨別贈禮罷了。」

呂顯心頭一跳，頓時愣住。

姜雪寧卻欠身一禮，轉過樓梯，下了樓去，徑直坐上了在街邊等候的馬車，順著長街遠去了。

這一趟便是直接去謝府。

第一七九章　跌墜之琴

斫琴堂後的內室，刀琴一身藍衣靜立在角落的陰影中，雖毫無存在感，目光卻時不時掠過場中，尤其頻繁地落在那名大馬金刀坐在下首的男人身上。

雜亂的頭髮用麻繩綁起來，這初夏的天裡一身簡單甚至算得上是簡陋的短褐，卻輕易地勾勒出一身流暢的肌肉和寬闊的胸膛，眉峰如刀裁，文氣褪盡的眼底反而有一種危險的鋒芒。

不是旁人，正是通州一役裡逃了的孟陽。

眼下同室而坐的，有彎腰駝背的笑臉貨郎，有挎著醫箱的遊方大夫，有頗有才名的清高士人，也有老成持重不苟言笑的商人……

一個孟陽坐在當中，倒不突兀。

只是其餘幾人說兩句話便要轉頭看他一眼，隱約有點忌憚，也有點困惑。

那手執摺扇的士人呷了一口茶，考慮再三後，還是沒忍住道：「通州的事情鬧得這樣大，先生便不擔心教首那邊同您撕破臉，拚個魚死網破？」

謝危淡淡道：「證據呢？」

那遊方大夫蹙眉：「那您接下來——」

謝危輕輕提起那茶盞蓋，又輕輕放下去，磕地「啪」一聲細響，無波無瀾地道：「公儀丞到京城，一應事宜都是他做的主；通州一役受朝廷埋伏，我若強行救他，豈不暴露自己，還未必能救成？這種情況下，自然棄卒保車。便報到金陵，又怎能怪到我頭上？他頂多懷疑我袖手旁觀，順便算計了一把公儀丞。天底下情義靠不住，利益最牢固。京城的局勢沒我不行，公儀丞沒了，再想除我無異於自斷臂膀，倒不如虛與委蛇，大事成後再行爭鬥。所以當務之急，是讓他騰不出手來處置京城局勢，給他找點事，我等方可坐山觀虎。」

幾人對望了一眼。

那笑臉貨郎撥弄手中一面小鼓，幾經思索，卻將目光放到了孟陽身上，隱隱覺得謝先生此計該與這窮凶極惡之人有些聯繫。

於是道：「想必孟義士能派上大用場？」

謝危這才掉轉頭看了孟陽一眼。

孟陽卻不很買謝危的帳。

他平素獨來獨往，通州一役見勢不好便先逃了，後來刑部追捕他都逃過了，誰想到謝危的耳目竟比朝廷還要靈通，正當他以為自己已經安全時，好幾把刀便架在了脖子上，前夜將他綁到此處。今天卻被帶來，聽這幫天教的話事者議事，讓他實在不知謝危有何居心。

此刻便道：「在下一介草莽，對你們的事沒有興趣。」

謝危對此人的耐心已經用盡，平平地道：「你好不容易逃出天牢，既無物欲，也不貪生怕死，想來該是要為你髮妻報仇吧？只是我留圓機和尚還有些用，倘若你不懂事來壞我計畫，便謝某再惜才，也只得痛下狠手了。」

孟陽冷笑：「老子若看見圓機，便一殺了之！要麼你立刻殺了我，要麼放老子走。」

謝危聞言並未動怒，只是道：「你髮妻入土為安，已有數年了吧？」

孟陽豁然起身：「你什麼意思？」

謝危眼角眉梢皆是淡漠：「我不殺你，只是你若壞我事，那少不得牽累亡魂。請你亡妻屍骸出棺，找地方吊了掛上。」

天教幾名話事者皆不敢出聲。

孟陽勃然大怒！

他本精壯如猛虎，殺機一動竟是將胳膊上綁帶一解便要奪向謝危脖頸，只是後面刀琴早防著他這手，根本還不待他碰著謝危毫釐，已擒住了對方利爪，一腳飛踢出去，踹得這身材比他壯碩上好幾分的漢子往後撞倒了茶桌！

「啪嗒！」

袖袍罩住的手臂上一陣機括彈動之聲，抬起來竟是綁在臂上的一架小弩，湛藍的箭尖淬過毒，如毒蛇吐信般對準孟陽。

刀琴人狠話少，看著他不動。

謝危半點沒把這場面放在眼底，只道：「還不殺你不過是我惜才，你若不能為我所用，今日跨不出此門，且謝某言出必踐，從不失信於人。你若不信，大可試試。」

孟陽雙眼如猛獸般充血，與刀琴對峙。

門外卻是劍書急匆匆走進來，看見裡面這劍拔弩張場面都不覺稀奇，只到謝危身旁，壓低聲音稟報了幾句。

謝危微微一怔，道：「來多久了？」

劍書道：「剛來，屬下想您在斫琴堂中談事，就、就先請她到壁讀堂等候了。」

斫琴堂與壁讀堂都非常人能踏足的地方。

壁讀堂更是謝危書房。

可謝危聽了也沒覺不妥，道：「我去看看。」

內室中眾人都不知道劍書來是稟什麼事，謝危也並非同眾人解釋什麼，只道自己出去一趟，便把眾人都撂在了此處，出斫琴堂往後面壁讀堂去。

夏木陰陰，蟬鳴陣陣。

壁讀堂外臨窗栽著兩株杏樹，這時節花期早過，枝椏上結著零星的青杏，小小的，掩映在葉片之下，只看一眼便讓人想起那酸澀的味道，口中生津。

姜雪寧還是頭回到這地方。

北面便是一面空空的牆壁，上頭全無一物，有一種單調掩蓋下的謹嚴，倒是暗合了「壁讀」二字，與謝危本人襯得很——

面壁思過，日三省身麼。

她也只敢四處張望張望，並不敢亂動亂翻什麼。

只是劍書先走，她等了一會兒不見人，又瞅著窗外那杏樹半點，倒沒忍住扯下來巴掌長一小枝，連兩片樹葉，帶著顆小小的青杏，放在手掌心裡，甚是可愛，有點夏日裡勃勃的生氣。

謝危便是這時走進來。

姜雪寧眼角餘光瞥見一道陰影落在了門口，立時把那枝青杏擱到了窗沿上，轉身斂衽一禮，問了句安。

謝危看他一眼，又看了窗沿上一眼，倒沒說她什麼，只問：「怎麼想起來我這兒？」

那張琴抱著挺沉，進來之後不久就被姜雪寧放在了桌案上。

謝危說完這句，目光一轉，就瞧見了。

琴外頭還裹了琴囊。

謝危眉梢微微一動：「來學琴？」

姜雪寧唇角一彎剛要笑，聽見這三個字差點一趔趄，忙道：「不不不，沒有。只不過念及先生愛琴，今日在幽篁館裡選看，聞說此琴極好，所以得之來獻先生。」

謝危道袍雪白，淵渟岳峙。

立在她面前掃她一眼，她便主動將琴取了遞過去。

謝危道：「這般乖覺，總讓人覺著妳沒安好心。」

他說著，揭開了琴囊。

杉木斫的琴，圓首，內收雙連弧形腰，乃是仿的伏羲式，根根琴弦倒映在琴身上，天光下留了幾道淡淡的陰影。輕輕抬手一撥，便有環佩之聲潺潺而出。

這不是呂顯那張昆山琴嗎？

他一試便知是自己往日問過呂照隱的那張，只不過呂照隱奸商習性，藏著不給，非要賺高價。他於古琴又不是非取不可，索性晾著他，看他憋到何時。

沒料今日卻被寧二送來。

姜雪寧心道自己也的確不算安什麼好心，只希望離京之前能給這位謝先生留下點好印象，等來日因公主之事有求時，對方能念著點舊情，襄助一二。

只是話裡當然不能承認。

她道：「自奉宸殿進學來，得蒙先生教誨，學琴習文，雖不敢說明事理，卻也有所長進。師恩在上，學生心念庸俗，無以為報，只能選琴以悅。倘若先生不嫌，學生此次離京便也寬心了。」

「錚——」

無名指輕輕勾過琴弦，卻失了準力，化得刺耳一聲響。

姜雪寧寒毛都聳了一下。

立在她身前的謝危，忽地沒動了，只有窗外頭帶著幾分燥熱的風吹進來，掀動他雪白的衣袂。

她抬起頭來，看見謝危停留在琴上蜷曲停止的手指，還有那消解了神情的面容上，一雙靜默注視著自己的深眸。

無言的威懾力。

姜雪寧也不知為何，一下覺得喘不過氣。

她今日穿著一身煙紫的百褶裙，單螺髻前垂下來兩縷劉海，冰沁沁的藍色瑪瑙耳墜掛成一彎月綴在她雪白的耳垂上，柳葉細眉下一雙瀲灩的眼，此刻卻盛了幾分不安。

那種奇怪的感覺又出現了……

謝危聽著外面蟬鳴，只覺萬般聒噪，卻若無其事問：「要離京？」

姜雪寧心跳都快了幾分，來一趟不過是親自謝過師恩，再簡單道個別，沒打算停留多久，聞言忙埋頭道：「是，近日京城事亂，燕臨也好，長公主也好，都已經遠去。學生與父親商量，打算出京一段時間，避開是非，也散散心，所以今日是來與先生告別的。」

謝危沒有說話。

姜雪寧越發緊張，眼皮頻跳，已經有些慌了神：「謝過先生教誨一場，他日學生回京必來拜會，眼下不敢攪先生正事，這便告辭。」

氣氛著實不對。

她也不敢抬頭看謝危臉色，躬身再行一禮，便從謝危身邊退過，要走出門去。

可未料她前腳剛跨出門時，一隻手竟從門內伸了出來，修長的五指緊緊箍住了她左手手腕，力道之大彷彿要陷進她的肌膚，竟給人真切的痛感！

同時有「砰」的一聲落地之響。

姜雪寧魂驚膽喪，幾乎被拽得回身，對上的卻是謝危不知何時已封凍冰冷的視線。

他無比平靜地問：「妳去哪裡？」

姜雪寧聽了這四字只覺如在夢魘之中，這時才發現，謝危手中竟然空空。目光近乎僵硬地朝旁邊地上一轉——

那張昆山古琴不知何時跌墜於地。

磕壞了一枚琴柱！

一剎那安靜的空茫，記憶倒回昔日學琴時。

琴摔了……

腦海裡轟然一聲巨響，有多少算多少，全部炸開了。敢想的不敢想的，可能的不可能的，盡數奔湧而出，狂風巨浪、吞山趕海一般將她打倒！

她終於知道那種奇怪的感覺從何而來。

姜雪寧被他抓著手腕，只覺像是有毒蛇爬上來，一種發自深心的恐懼將她整個人攫住，讓她止不住地戰慄，聲音都跟著身體顫抖，卻還殘存著一絲渺茫的希望：「先生，請、請您放開我。」

謝危沒去看腳邊跌墜的琴一眼，只盯著她，毫無起伏波動地重複了一遍：「妳去哪裡？」

第一八〇章　問自由

越是平靜，越顯驚心動魄。

聒噪的蟬鳴藏在樹影之中，卻更襯出了此刻令人心悸的靜寂。

姜雪寧彷彿什麼都聽不到，連近處門外窗外的蟬鳴，都好像遠在天邊，唯有自己一下快似一下的心跳，還有那透過緊握她手腕的掌心裡傳來的脈搏，如此清晰，如此令人膽寒！

壁讀堂不比斫琴堂。

斫琴堂平日尚有下人伺候，壁讀堂卻是誰也不敢輕易往近了靠一步，此時此刻，門口除卻他二人，再無旁人。

姜雪寧過去也曾想過，謝危到底怎麼看自己？

厭憎，不喜？

……

無論怎樣，都不曾想過今日此時。那是她不會去想，也不敢去想的，也是從一開始便被她排除在外的可能！

可謝危將這一切都打破了。

她上一世實在不是什麼未經世事、不察人心的小姑娘。

倘非謝危此人太過特殊，她或恐不至於今日才有所察覺。

姜雪寧竭力地攥緊了手指，才能勉強控制住自己。

那緊緊抓著她手腕的手掌，毫無放鬆之意。

謝危彷彿什麼出格的舉動都沒做一般，還是那般超塵拔俗的漠然，搭著眼簾看她，道：「留在京城有什麼不好嗎？」

她在發抖。

謝危卻好似沒察覺，嗓音淡淡地道：「家裡已輕易不敢招惹妳，外頭有蕭定非陪妳胡鬧，連妳素日看不慣的姐姐都嫁了出去。他日燕臨還朝回到京城，該樂見妳在。公主去了韃靼和親，往來消息，朝中最快，妳在京城也好第一時間知悉。便妳受不了家中的日子，改日我動議國子監增設女學，離了家進學也一樣，誰也無從非議。怎就非走不可呢？」

沒有一個字威逼強迫。

甚至他在說出這番話時，眉眼間還是一片山高霧濃的曠遠，渾無半分私心，全為她想一般。

可卻猶如一張縝密的大網！

謝居安每出口一字，姜雪寧便覺這張大網朝著她收緊一分！一點一點擠占她立足的空間、呼吸的空氣，讓她難以掙扎，近乎窒息！

她竭力想要維持冷靜，不敢激怒他，道：「先生高看學生了，學生往日都是縱性胡為，若非先生襄助只怕已釀成大禍。」

謝危道：「那繼續縱性胡為有何不可？」

姜雪寧試圖將自己的手往回抽，可那只攥著她的手，紋絲不動。

謝危看著她，無比平靜地敘述：「妳是戶部侍郎的嫡女，長公主的伴讀，臨淄王的妻妹，燕臨的玩伴，蕭定非的靠山，我的學生——妳在怕什麼？」

他每一句話都敲擊在她敏感的神經上，在「我的學生」四字一出時，姜雪寧腦海中那根緊繃的顯終於「嗡」地一聲斷裂！

這天底下誰都可以——

唯獨謝危，絕不是她敢沾染！

此刻的她便如同一隻被逼進了死胡同的獵物，面臨著步步靠近的猛獸，必須要張開自己身上每一根利刺，繃緊自己身體每一個角落，方才能使自己鼓起那少許的勇氣，睜大微紅的眼，對他道：「放開我。」

她沒有再喚「先生」了。

謝危的眼底那絲絲縷縷的戾氣終於悄然上浮，聲音卻比方才還輕：「張遮不還在麼，為什麼想要離開京城呢？」

若往日提起這名字，姜雪寧心裡或會湧起些許不可為人道的甜蜜，然而前日說開之後，這個名字所能帶給她的便只剩下無可挽回的遺憾和可望不可及的刺痛！

謝危踩了她的痛腳。

她開始用力地掙扎，瞪視著他，咬緊了牙關尖聲道：「與他有何關係！我是多壞的人，多糟糕的心性，先生不早一清二楚嗎？鄉野裡的丫頭哪兒登得上大雅之堂！京城本不是我該待的地方，在這裡的每一日都如躺在油鍋裡，不得一日安生，從無一日自在！我憑什麼不能離開？」

每一日都如躺在油鍋，不得一日安生，從無一日自在。

謝危眼睫覆壓，凝望著她。

卻覺她這困獸猶鬥的姿態十分可笑，甚至讓他失望，平緩的語調裡是一種冰冷的辛辣：「懦夫才作此想。寧二，妳不是小孩子了，不要再胡鬧了。」

姜雪寧伸出手去掰他的手。

他動也不動一下，只覺她這般歇斯底里，避他如避蛇蠍，視他如洪水猛獸，可他卻不知自己到底哪裡叫她如此懼怕……

那一刻，竟湧上幾分悲哀。

他到底放低了聲音，輕道：「寧二，留下來吧。」

姜雪寧淚湧上眼眶：「放開我！」

謝危恍若未聞：「公主去和親了，我答應妳的事沒有做到，還要還妳的恩，欠著妳一命。」

姜雪寧無法掙脫他，哽咽道：「不要你還了，我不稀罕！」

謝危想起了很久以前，那分明厭憎他的小姑娘看他病得糊塗，成日裡淚流。待在他身邊，怕他死在她邊上，同一個死人共處；想出去採藥，又怕野外的山魈，夜行的豺狼。

那一天是節氣裡的大雪。

深山裡越見寒冷，高處更是飄了白雪。

那小姑娘哭了一宿哭累了。

他迷迷糊糊醒來，清晨裡卻不見人。

直到日中，才瞧見一團白影從洞外走入。她滿身都是寒氣，頭上肩上都是雪，兩片嘴唇青紫，不知從哪裡採了草藥，哆嗦著手去打火石。可這天裡的樹枝都濕透了，她點不著，卻沒哭，只一點點將藥草咬碎了，擱進那不知從哪處墳頭撿來的一角破碗裡。

他的刀插在石縫裡。

她花了好久才拔了出來，哆嗦著在自己手腕上劃了一道，那豔紅的血便汩汩淌出，蜿蜒著墜入那一角破陶碗，和深綠的藥草混雜在一起，成了濃重的墨紫。

然後才端著碗湊到他唇邊。

少女白生生的臉上沒有半分血色，用帶著哭腔哄他：「莊子上來過一個很厲害的大夫，用這個方子救活過死人，你把藥喝了就好了……」

死人怎麼能救活？

多半是招搖撞騙的神棍。

他至今難以分辨，那到底是不是自己的夢。

只有那極端澀口的藥草混雜了鮮血時鐵銹般的腥苦味道，不時從記憶的深處流湧而出。

後來他燒過了，好像就好了。

那小姑娘卻糊塗起來。

他出去探路，找些吃食，她卻總拽他袖子，意識昏沉，嘴裡卻還夢囈似的抱怨：「我就知道，你好了要自己走……」

不得已，便軟了心腸，背著她一腳深一腳淺地走。

可她還覺得他不是好人，會丟下她走。

他只好將已然髒汙的衣袍撕下窄窄的一條，一端繫在她的手腕上，一端綁在自己的手腕上，然後告訴她：「現在我同妳綁在一起，誰也不能先走，我在。」

她的夢囈才慢慢停了。

謝危回想，那真是他二十餘年裡最瘋狂、最傻氣的時候。

冥冥中彷彿有那麼個信念——

相信在那等絕望的境地裡，尚能尋覓一線生機。沒有琴與書，沒有刀與劍，沒有天教，沒有朝廷，沒有身世，也沒有復仇，只有浩蕩天地，兩個想要活下去的人。

可姜雪寧說，不要他還了，她不稀罕。

冰冷裡藏著厭憎，多像是後來在京城偶有幾次與她照面時？

謝危竟覺胸腔裡一陣絞痛。

這痛楚來得如此迅疾，又如此陌生，以至於他還不及分辨，就產生了一陣的眩暈和恍惚，只道：「不要也沒關係，京城裡什麼都有……」

姜雪寧已被逼到崩潰的邊緣，發了狠一般朝他喊：「什麼都有，除了自由！」

謝危道：「妳怎麼不明白呢？」

姜雪寧道：「放開！」

謝危一字一句對她道：「天底下根本沒有真正的自由。就算逃到天涯海角，只要心中有牽絆，便永遠困在囚籠！妳終究，不得不回來……」

大抵世間所有的真話都太過殘酷，包裹著一層又一層尖銳的荊棘，不但入不了人的耳，反會刺得聽者豎起渾身的防禦，將自己緊緊保護在裡面。

那種恐懼不僅沒有消滅，反而更加翻湧。

姜雪寧不知自己到底是更恐懼謝危這個人，還是更恐懼他這句話，終於忍無可忍，掰不開他鉗制著自己的手掌，便埋頭一口深深的咬了下去。

劇烈的疼痛從手背傳來，幾乎透入骨髓，可謝危仍不願放手，望著她，聲音裡甚至隱隱透出一絲的哀求，近乎偏執般道：「姜雪寧，不要走。」

可痛到極致，手指一陣痙攣。

姜雪寧到底還是掙脫了他，胸膛起伏，怒睜著眼，往後退去，像是反駁他，又像是要告訴自己一樣：「胡說八道！都是胡說八道！」

她什麼心緒都來不及收拾，更不願往深了去想。

就這樣逃了。

逃得遠遠的。

當晚便乘著府內早已準備好的馬車，帶上她的行囊，出了京城，山水路迢迢，一去蜀中三千里。

謝危手中空空蕩蕩，鮮血從手背順著靠近虎口的位置淌落，一片椎心的淋漓。

他到底站在門內，沒有追出去一步。

那一道不高的門檻，仿若一道鴻溝，將他與外面的世界撕裂，誰也無法跨越，旁人進不來，而他出不去。

呂顯來到壁讀堂時，天已薄暮。

劍書立在外面不敢進去。

他順著那道門向裡面望去，只見裡頭昏暗一片，先前姜雪寧從幽篁館取走的那張琴躺在地上，碎了根琴柱，崩斷的琴弦如一根青絲般蜷曲。而謝危立在陰影裡那面牆壁前，久久沒有動一下，枯槁似根朽木。窗沿上擱了小小一枝青杏，落日餘暉深紅的光從青翠的葉片背面透入，還未長熟的果子嵌在枝邊，也不知是誰人所折。

姜雪寧該是來過了。

呂顯見得這場面，竟也不敢往裡踏了。

倒是謝危，慢慢轉頭來，看見他們，彷彿什麼都沒發生一般，面上並無異樣，道：「你來得正好，趕上議事，一道吧。」

呂顯卻看見了他的手。

謝危從那張摔壞的琴旁邊走過，朝斫琴堂方向去，只想眾人應該等久了。

呂顯與劍書還站在原地。

劍書一片惘然，也不懂：「為什麼不強留呢？」

呂顯回首望著那摔壞的琴。

沉默許久，少見地沒了笑，慢慢道：「謝居安不是那樣的人。」

第一八一章　蜀中

馬車飛奔出了京城。

身後巨大的城門在金紅的落日之中慢慢合攏，夜色也隨著離這座城池越遠而漸漸浸染，將天幕蒙成了一片黑，掩去了原本繁華的聲音，讓官道上那噠噠的馬蹄聲變得清晰。

姜雪寧靜坐在車內良久。

最終還是沒有忍住，掀開了窗邊的車簾，朝著後方望去：城樓上明亮的燈籠，在視線裡越來越遠，慢慢黯淡下來，像極了夜幕中那稀疏掛著的寒星。

她一直以為，若有一日，自己終於拋卻一切、離開京城的那一日，該像是出籠鳥一般歡欣喜悅。

然而事與願違。

臨別時謝危那失望而斷然的一句句話，簡直如同惡毒的詛咒，化作了一片烏雲、一陣陰風，不斷盤旋在她腦海，籠罩在她心上，驅之不散，揮之不去。

天底下根本沒有真正的自由。

就算逃到天涯海角，只要心中有牽絆……

便永遠困在囚籠！

他懂什麼？

不過是威嚇她，逼迫她，不想讓她離開京城罷了！

姜雪寧收回目光，慢慢閉上眼。

她強行清理了自己混亂的念頭，只數著前面車夫揮舞馬鞭時的聲響，讓自己不要再去想在謝危府上發生的那些極端出乎她意料的事情。

從京城到蜀地，路途遙遠，足足有三千里之遠。

朝廷往來消息雖有三百里加急、六百里加急甚至八百里加急，十數日甚至數日便能跑上一趟，可姜雪寧這一去帶的行李雖然不多，卻也裝了一輛馬車，另帶了棠兒蓮兒兩個丫頭，還有府上的護衛同行保證安危，馬匹縱然選得精良也無法與朝廷相比，所以天氣好的時候一日行上百多里已經算是頂了天。

夏日晝長夜短，本適合行路；可夏日裡也多狂風暴雨，一旦遇著不合適的天氣便只好在驛站或者客店停留，甚至借宿村莊。

姜雪寧上一世在京城裡過慣了養尊處優的日子，偏又狠了心地要早些去到蜀地，一路吃住都不方便，倒把自己逼得瘦了一圈，頗有點形銷骨立。

到得黃河邊上時，趕上洪災剛過。

入眼遍地飢民，路有餓殍。

也不知哪裡跑出來不少天教的人，四處散布朝廷無能、昏君無道的謠言，說是皇帝做不好才引來了天災，又開粥棚布施，倒是把人心攥在手裡。

姜雪寧不在朝，不為官，縱然見不得這樣慘烈的場面，也無法救助如此多的災民，雖把天教的謀算看得清清楚楚，心有憂慮，可回過頭去一想天教散布的那些話實在算不得「謠言」，而謝危運籌帷幄，上一世連天教都滅了乾乾淨淨，想來對這些事情自有洞察，也無須旁人來提醒。

她到底狠了心，讓車夫繼續趕車前行。

過黃河，經洛陽，越蜀道，到成都，幾乎是從初夏行到了初秋，一路所見的景致也從莽莽平原換成渭河湯湯、蜀道天險，最後才是被崇山峻嶺圈在其中的天府沃野。

尤芳吟早收到她要來蜀中的消息，提前用自己的體己銀子在成都、自流井兩地為她各置了一處宅院，一處常住一處落腳，且掐算著時間提前半個月到了成都的驛站接應。

見著姜雪寧從馬車上下來時，險些沒認出來人。

精緻的面容蒼白且滿是僕僕的風塵，長日奔波的疲憊讓她看上去比原來瘦了許多，整個人看上去甚至有一種說不出的落寞、消沉之感，一見之下幾乎讓尤芳吟眼淚都掉下來。

任為志有些尷尬，又有些好奇模樣，站在遠處，半天沒有走近。

姜雪寧卻笑起來扶了給自己行禮的尤芳吟。

舉目向著周遭看去，一應物候皆與京城不同，往來的行人說著蜀地的方言，除卻來迎自己的尤芳吟外，處處都陌生得很，竟讓她有了一種漂泊異鄉之感。

有那麼一個恍惚的剎那，謝危那句話再次迴響在耳邊。

然而隨之而來的便是新奇與歡喜。

她忽略了那種奇怪的清愁與空茫。

在接下來的兩年裡，姜雪寧隱身於任氏鹽場之後，為了自己對沈芷衣的承諾，不計一切後果地擴張生意的版圖，但凡來錢快的行當都有她摻和的痕跡，且通過發銀股迅速斂財的手法，也漸漸在長江沿線的商業重鎮推廣開來。

在第二年，她已經暗中聯繫上燕臨。

姜雪寧讓自己變得沒有時間去想，吃穿用度上從不委屈自己，下面人都聽從她，上面也沒人能管束她，更沒有了那些虛偽繁瑣的應酬。

可即便如此，也仍舊不敢停下。

她怕自己一旦停下，稍有一刻的空閒用來安靜思考，便會發現：縱使來到蜀中的選擇沒有錯，可長達兩年的叛逃，也只不過是身體力行地證明了那個人說得有多正確而已。

（待續）

國家圖書館出版品預行編目(CIP)資料

坤寧 / 時鏡作 . -- 初版 . -- 臺北市 : 臺灣角川股份有限公司 , 2023.07-
冊 ; 公分

ISBN 978-626-352-734-8 (第 6 冊 : 平裝)

857.7 112007662

坤寧 六

2023 年 7 月 26 日 初版第 1 刷發行

作者　時鏡

發行人　岩崎剛人
總監　呂慧君
編輯　陳育婷
設計主編　許景舜
印務　李明修（主任）、張加恩（主任）、張凱棋

台灣角川

發行所　台灣角川股份有限公司
地址　104 台北市中山區松江路 223 號 3 樓
電話　（02）2515-3000
傳 真　（02）2515-0033
網址　http://www.kadokawa.com.tw
劃撥帳戶　台灣角川股份有限公司
劃撥帳號　19487412
法律顧問　有澤法律事務所
製版　尚騰印刷事業有限公司
ISBN　978-626-352-734-8

原著書名：《坤寧》由北京晉江原創網絡科技有限公司授權出版。